東野圭吾

王蘊潔——譯

聖女的救贖

導讀——

努力點的話，你也可以像女人一樣破案

推理作家 文善

《聖女的救贖》是以物理學家湯川學為偵探的伽利略系列第五本小說，二〇〇六年開始在《ALL讀物》雜誌連載，並與二〇〇八年出版單行本。然而在這以理科為中心的系列，東野圭吾卻在題目中就開宗明義這是有關「女人」的作品。

著名拼布藝術家真柴綾音，結婚前和丈夫真柴義孝協議，如果一年後沒懷孕就離婚。一年後義孝要綾音履行約定，而且原來他暗地裡和綾音的助手宏美有婚外情。意想不到的是，在綾音回北海道娘家期間，在東京的義孝竟然在家裡中毒身亡，面對義孝完全沒有自殺動機，但外人無法下毒的情況，最大嫌疑人綾音又有完美的不在場證明，警方不得不找湯川幫忙。不過當湯川學的老朋友草薙刑警，在調查義孝的命案時，竟然不自覺地愛上了綾音。看在眼裡的內海，決定自行和湯川一起找出下毒的真相……

如果閣下是先從日劇認識神探伽利略系列的話，對內海薰這角色一定不會陌生。不過那角色本來是原著小說中沒有的，電視劇製作團隊提出創造一個女性角色當湯川的搭檔，而東野圭吾也答應了，甚至在後來的《伽利略的苦惱》中第一章〈墜落〉中讓她正式在小說中登場。

也許因為這本書是繼《嫌疑犯X的獻身》後的長篇故事，所以常常被看為《嫌疑犯X的獻身》的續集。不過相比續集，其實《聖女的救贖》也許更像是《嫌疑犯X的獻身》的鏡像。

和《嫌疑犯X的獻身》一樣，讀者一開始便（大概）知道兇手是誰。故事的謎團也只是很簡單的「如何下毒」，登場人物少而且各人關係一目了然，東野圭吾就如魔術師一樣，把《嫌疑犯X的獻身》的戲法在《聖女的救贖》再變一次。只是，故事由兩個男人的對決，變成兩個女人——內海薰和真柴綾音的角力。《嫌疑犯X的獻身》中的主角石神是個冷靜的數學家，而《聖女的救贖》中的綾音，雖然表面上是個家庭主婦，但她設下的詭計，和數學家石神的同樣精密，而且多了一份女性特質；而內海，已經不是那個圍着湯川苦苦哀求他協助的女生，本來創造出來是為了讓電視畫面平衡點的女性角色，在東野圭吾筆下，脫胎成獨立冷靜、有過人的邏輯思考，在小說中大放異彩的幹練刑警。對，是「刑警」，而不是「女刑警」。

網路上流傳一則小故事，小學的體育課上，一名男孩在嘲笑另一名男孩「跑得像女孩子」，旁邊的女同學聽到，她對嘲笑人的男孩說：「是啊，如果你努力點的話，你也可以跑得一樣快。」

所以請不要把《聖女的救贖》當成另一部東野圭吾式的惡女小說來看，不然會錯過了讀伽利略系列的樂趣。

ひがしの
けいご

聖女
の
救済

1

種在長方形花槽內的三色菫開了好幾朵小花。雖然泥土有點乾，但絲毫不減鮮花的燦爛。雖然三色菫並不屬於豔麗的花，但這才是真正的頑強。其他盆栽等一下也要澆水了。綾音隔著落地窗看著陽台想道。

「妳有沒有在聽我說話？」背後傳來問話聲。

綾音轉過頭嫣然一笑說：

「我在聽啊，當然在聽啊。」

「但妳沒什麼反應。」坐在沙發上的義孝換腳蹺起了二郎腿。雖然他去健身房健身，但擔心無法穿窄管褲，所以努力避免腿部和腰部周圍的肌肉練得太發達。

「我只是稍微發呆了一下。」

「發呆？真不像是妳啊。」義孝挑了挑修得很整齊的單側眉毛。

「因為我太驚訝了。」

「是嗎？但是妳應該很瞭解我的生涯規劃。」

「我自認為很瞭解。」

「妳想表達什麼？」義孝微微偏著頭，顯得從容不迫，似乎在說這根本是小事一樁。綾音無法判斷他是否只是裝出這種態度。

她嘆了一口氣，再度注視著他端正的臉。

「對你來說，那件事真的那麼重要嗎？」

「哪件事？」

「就是……生孩子的事。」

義孝露出輕蔑的苦笑，把頭轉到一旁，又將視線移回她身上。

「妳剛才到底有沒有在聽我說話？」

「正因為有在聽，所以才問你這個問題啊。」

綾音露出嚴厲的眼神瞪著義孝，義孝也恢復了嚴肅的表情，然後緩緩點著頭。

「這件事很重要，我認為是我人生中不可或缺的一部分。如果不生孩子，婚姻生活本身就失去了意義。男女之間的愛情會隨著時間慢慢消磨掉，之所以在愛情消磨完後，仍然能夠生活在一起，是因為建立了家庭。男人和女人在結婚後，首先變成丈夫和妻子，生了孩子之後，成為父親和母親。只有成為父母之後，才能夠成為終身伴侶，難道妳不這麼認為嗎？」

「我認為並非如此而已。」

義孝搖了搖頭說：

「我認為就是這樣。我深信是這樣，也無意改變這個信念。既然不改變信念，就無法繼續過這種生孩子無望的生活。」

綾音按著太陽穴，她感到頭痛。她作夢也沒有想到，義孝竟然會對她說這種話。

「所以說到底，就是這麼一回事嗎？無法生孩子的女人沒有利用價值，所以就一腳踢開，再去找一個能夠生孩子的女人——就只是這樣嗎？」

「妳說得真難聽。」

「但事實就是如此，不是嗎？」

也許是因為綾音加強了語氣，義孝坐直了身體，然後皺起眉頭，遲疑了一下後點了點頭。

「在妳看來，也許就是這麼一回事。總之，我很重視自己決定的生涯規劃，也可以說，放在比任何事更優先的位置。」

綾音的嘴角忍不住露出了笑容，她當然不是真的想笑。

「你真的很喜歡這句話，重視自己的生涯規劃——第一次見面時，你一開口就說了這句話。」

「綾音，妳到底有什麼不滿？妳已經得到了妳想要的一切。當然，如果妳還有其他的要求，妳可以說出來，不必客氣，我會盡力而為。不要再胡思亂想，愁眉不展了，該開始為新生活做打算了，還是我們有其他選擇？」

綾音將視線從他身上移開，看向牆壁。那裡掛了一條寬一公尺左右的掛毯，她花了三個月時間才完成，最大的特徵，就是完全使用了從英國進口的布料。

這件事根本不需要義孝提醒，生兒育女也是她的夢想。她不知道多少次希望自己能夠撫摸著一天比一天大的肚子，坐在搖搖椅上做拼布作品。

但是，不知道是不是上天的惡作劇，她沒有能力生兒育女。既然這樣，那也無可奈何。她已經不抱希望，接受這個事實走過這些年，也相信和義孝能夠順利地走下去。

「我可以向你確認一件事嗎？也許你會覺得這個問題很無聊。」

「什麼事？」

綾音轉身面對著他，深呼吸後問：

「你對我的愛呢？你對我還有感情嗎？」

義孝露出心虛的表情收起下巴，很快又在嘴角浮出剛才的笑容。

「我對妳的感情並沒有改變，」他說，「這一點我可以斷言。我喜歡妳，這份心意並沒有改變。」

綾音覺得這句話根本是天大的謊言，但她露出了微笑，因為她只能這麼做。

「太好了。」她說。

「走吧。」義孝轉身背對著她，邁步走向門口。

綾音跟在他身後，看向梳妝台，想起了藏在右側最下方抽屜內的白色粉末。那些白色粉末裝在塑膠袋內，袋口封得很緊。

看來只能用白色粉末來搞定了。自己的前途已經失去了光明。

綾音注視著義孝的後背，心裡對著他的後背叫了一聲：「老公。」

我真心愛著你。正因為真心愛你，所以你剛才那些話讓我的心已死，所以你也必須死。

2

若山宏美看著真柴夫婦走下樓時，覺得有點不太對勁。雖然他們兩個人都面帶笑容，但顯然都在強顏歡笑，尤其綾音更是勉強擠出笑容。宏美沒有對此表達任何意見，因為她有預感，一旦開了口，就會摧毀某些東西。

「讓妳久等了，豬飼有沒有打電話來？」義孝問，他問話的語氣也有點僵硬。

「他剛才打到我的手機，說五分鐘後就會到。」

「那我們做好開香檳的準備。」

「我來吧。」綾音立刻說道，「宏美，妳把杯子拿出來。」

「好。」

「我也來幫忙。」

宏美目送綾音走進廚房後，打開了牆邊的碗盤收納櫃的門。她之前曾經聽綾音說，這個古董風格的傢俱要價將近三百萬圓，裡面放的碗盤當然也都是高級貨。她小心翼翼地拿出了三個法國精細水晶玻璃器皿品牌巴卡拉的香檳杯，和兩組威尼斯玻璃香檳杯。真柴家的慣例是主人都使用威尼斯玻璃的杯子。

義孝把五人份的餐墊放在八人座的餐桌上。他已經很習慣家庭聚會了，宏美也漸漸瞭解了步驟。

宏美把香檳杯放在他鋪好的餐墊上，廚房傳來了水聲。

「你剛才和老師談了什麼？」宏美小聲問道。

「沒什麼。」義孝回答時沒有看她一眼。

「你說了嗎？」

義孝這才轉頭看著宏美問：「說什麼？」

她正準備回答時，對講機的鈴聲響了。

「他們好像到了。」義孝對著客廳叫了一聲。

「對不起，我現在走不開，老公，你去開一下門。」

「好。」義孝回答的同時，走向牆邊的對講機。

十分鐘後，所有人都到齊了，大家都坐在餐桌旁，每個人臉上都帶著笑容。宏美覺得每個人都努力維持著不破壞平靜氣氛的輕鬆表情，她每次都忍不住思考，如何才能學會拿捏這種分寸。這並非與生俱來，因為她知道真柴綾音花了一年的時間才融入這種氣氛。

「綾音的廚藝還是這麼出色，通常醃泡的醬汁不會這麼講究。」豬飼由希子吃了一口白肉魚，發出感嘆的聲音。每次都由她負責稱讚每一道料理。

「因為妳每次都用郵購買回來的醬汁。」她的丈夫豬飼達彥在一旁說。

「你說話真沒良心，我有時候也會自己做啊。」

「只有青醬，妳只有青醬可以拿來說嘴。」

「不行嗎？很好吃啊。」

「我很喜歡青醬。」綾音說道。

「是不是很好吃？而且也有益健康。」

「綾音，妳可不可以不要為她說話？她會得寸進尺，連牛排都淋上青醬。」

「哇，聽起來很好吃的樣子，我下次要來試試。」

由希子的話逗得眾人發笑，豬飼皺起了眉頭。

豬飼達彥和義孝在大學時參加同一個社團，豬飼目前是律師，擔任多家公司的顧問律師，真柴義孝經營的公司也是其中之一，但他並非只是顧問律師而已，也積極加入公司的經營。

豬飼從葡萄酒冰鎮桶內拿出葡萄酒，打算為宏美的杯子裡倒酒。

「啊，我不能再喝了。」她把手蓋在杯子上方。

「是嗎？宏美，妳不是很愛喝葡萄酒嗎？」

「雖然喜歡，但現在還不用，謝謝你。」

「是喔。」豬飼點了點頭，為義孝的酒杯中倒了白葡萄酒。

「妳身體不舒服嗎？」綾音問。

「不，不是，因為常常和朋友聚餐，最近有點喝太多了……」

「真羨慕年輕人啊。」豬飼為綾音的杯子裡也倒了酒之後，瞥了一眼身旁的太太，為自己的杯中倒了酒，「由希子也暫時必須禁酒，今天晚上有人陪她，真是太好了。」

「喔，戒酒嗎？」義孝停下了拿著叉子的手，「所以還是要禁酒嗎？」

「對啊，因為她的母奶是我們兒子所有的營養來源，」豬飼搖晃著杯子說，「母奶裡當然不能含有酒精成分。」

「所以要忍耐多久？」義孝問由希子。

「醫生說，差不多要一年左右。」

「一年半，」豬飼說，「我覺得兩年也沒問題。不不不，我看妳乾脆趁這個機會戒酒算了。」

「你也不想一想，我接下來要面對幾年辛苦的育兒生活，如果不喝點自己喜歡的酒，到底要怎麼撐過去？還是你要幫忙照顧小孩？如果是這樣，我可以考慮一下。」

「好啦，好啦，一年之後，妳想要喝啤酒或是葡萄酒都隨妳，但是必須適可而止。」

「我當然知道。」由希子嘟著嘴說完，立刻露出了笑容。她的表情充滿了幸福。對現在的她來說，和丈夫這樣鬥嘴，似乎也是快樂無比的儀式。

豬飼由希子在兩個月前順利生下了孩子。這是他們夫妻的第一胎，也是期待已久的孩子。豬飼今年四十二歲，由希子三十五歲，他們好幾次都說自己是滑壘成功。

今天晚上的家庭聚會就是慶祝他們喜獲麟兒。義孝提出之後，綾音負責準備。

「所以今天晚上，孩子就交給你父母嗎？」義孝輪流看著豬飼夫妻問道。

豬飼點點頭說：

「他們叫我們不必急著回家，因為他們兩老可以盡情地照顧孫子，所以卯足了全力。父母住在附近，就是有這個好處。」

「但是老實說，我有點擔心，我婆婆有點太寵孩子了。我聽朋友說，要讓孩子適度哭一下，不必急著去抱起來。」由希子皺著眉頭。

宏美發現她的杯子空了，立刻站了起來。

「呃……我去拿水給妳。」

「冰箱裡有礦泉水，妳把瓶子一起拿過來。」綾音說。

宏美走進廚房，打開冰箱。那是容量有五百公升的雙門巨大冰箱，冰箱門內側放了一整排礦泉水。她拿出其中一瓶，關上了冰箱，正準備回到座位時，和綾音視線交會。綾音動了動嘴巴，似乎在說「謝謝」。

「孩子出生之後，生活會和以前不一樣吧？」義孝問。

「姑且不論工作，日常生活就完全以孩子為中心了。」豬飼回答。

「這也是無可奈何的事，而且也會影響到工作。當孩子出生之後，就會更有責任感，會比之前更有幹勁吧？」

「的確是這樣。」

綾音從宏美手上接過礦泉水，為每個人的杯子裡倒了水。她的嘴角露出微笑。

「對了，你們呢？也差不多該生了吧？」豬飼輪流看著義孝和綾音的臉問道，「你們結婚也一年了，是不是開始對兩個人的生活有點膩了呢？」

「老公！」由希子輕輕拍了拍丈夫的手臂提醒他，「你不要亂說話。」

「啊，好啦，我知道每個人都不一樣。」豬飼擠出笑容後，把葡萄酒一飲而盡，看向宏美問：「宏美，那妳呢？我不會不識相地問妳的私事，而是問教室的情況，目前還順利嗎？」

「目前還勉強能夠應付，只是還有很多搞不清楚的地方。」

「妳完全都交給宏美了嗎？」由希子問綾音。

綾音點了點頭說：

「我已經沒什麼可以教宏美了。」

「喔，妳好厲害。」由希子佩服地注視著宏美。

宏美的嘴角露出笑容，垂下了雙眼。她很懷疑豬飼夫妻對目前自己所做的事有多少興趣，也許覺得自己很不識相地和他們兩對夫妻一起吃飯，但至少要和自己聊幾句話。

「對了，我有禮物要送你們。」綾音站了起來，從沙發後方拿出一個很大的紙袋。「就是這個。」

由希子看到她從紙袋裡拿出的東西，誇張地驚叫起來，雙手掩著嘴。

那是用拼布做的床罩，但比普通的床罩小了很多。

「我想你們可以用來當作嬰兒床的床罩，」綾音說，「以後不用嬰兒床時，也可以當作掛毯使用。」

「好美喔，綾音，謝謝。」由希子露出感激涕零的表情，握著拼布床罩的邊緣說：「我一定會很珍惜，真的太謝謝妳了。」

「這是綾音的力作，這種的做起來很花時間吧？」豬飼看著宏美，徵求她的同意。

「老師好像花了半年的時間？」宏美向綾音確認。她也稍微瞭解這件作品的製作過程。

「我也忘了，」綾音偏著頭，「只要你們喜歡，那就值得了。」

「我超喜歡，真的可以送我們這麼貴重的禮物嗎？老公，你知道嗎？這種的超貴，而且是三田綾音的作品，在銀座舉辦展覽時，一件單人床的床罩標價要一百萬。」

「是喔。」豬飼瞪大了眼睛。他似乎真的很驚訝，似乎覺得只不過是把布拼縫起來，為什麼那麼貴。

「她縫製這件時很用心，」義孝說，「我休假的日子，她也整天坐在那張沙發上縫個不停，而且一坐就是一整天，真是讓我佩服不已。」義孝說話時，用下巴指向客廳的沙發。

「幸好趕上了。」綾音瞇著眼小聲說道。

用餐結束，他們一起移到沙發上。兩個男人開始喝威士忌，由希子說想再喝一杯咖啡，宏美走向廚房。

「我來泡咖啡，宏美，妳去為他們準備兌水酒。冰箱的冷凍庫有冰塊。」綾音打開水龍頭，在燒水壺裡裝了水。

宏美把調兌水酒要用的東西放在托盤上走回客廳時，豬飼夫婦的話題已經轉到院子的園藝上。這棟房子院子的燈光也很講究，即使在晚上，也可以欣賞種植的盆栽。

「照顧這麼多花也很辛苦吧。」豬飼問。

「我也不太清楚，但她整天在忙這些。二樓陽台上也有，她每天都在澆水。雖然我覺得很辛苦，但她並不以為苦，應該真的很愛花花草草。」義孝對這個話題不太感興趣，宏美知道他對植物或是大自然都沒有興趣。

綾音泡了三杯咖啡走回客廳，宏美慌忙開始調兌水酒。

豬飼夫婦在晚上十一點左右表示準備回家了。

「謝謝你們的款待，而且還收到這麼漂亮的禮物，真的有點過意不去。」豬飼起身說道，「下次你們務必要來我家玩，只不過因為要照顧嬰兒，家裡現在亂成一團。」

「改天我會整理啦。」由希子戳著丈夫的側腹後，笑著對綾音說：「妳來看看我家的小王子，雖然他的臉好像大福。」

「一言為定。」綾音回答。

宏美也差不多該回家了，於是就決定和豬飼夫婦一起離開。豬飼說，一起搭計程車，可以順道送她回家。

「宏美，我明天要出門幾天。」宏美在玄關穿鞋子時，綾音對她說。

「明天開始是三天連續假期，妳要去旅行嗎？」由希子問。

「不是，好久沒有回老家了，我要回去一趟。」
「老家？札幌嗎？」
綾音笑著點了點頭。
「聽說我爸爸最近身體不太好，所以想回去幫我媽媽一下，但我爸爸的身體並沒有什麼大礙。」
「真讓人擔心啊，在這種時候還讓妳費心為我們慶祝，真是太惶恐了。」豬飼摸著頭說。
綾音搖了搖頭。
「別這麼說，真的沒什麼大礙——宏美，那就這樣，如果有什麼事，妳可以打手機聯絡我。」
「妳打算什麼時候回來？」
「這個嘛……」綾音偏著頭說，「等我決定後，會打電話給妳。」
「好。」
宏美偷瞄了義孝一眼，義孝轉頭看著其他方向。
離開真柴家，來到大馬路時，豬飼攔了計程車。最先下車的宏美最後才坐上計程車。
「會不會聊太多孩子的事了？」計程車出發後不久，由希子問。
「為什麼？應該沒問題吧，今天的聚會不就是為了慶祝我們成為新手父母嗎？」坐在副駕駛座上的豬飼回答。

「我不是這個意思，我擔心沒有顧及他們的心情，因為他們也很努力做人，不是嗎？」

「我記得之前聽真柴這麼提過。」

「會不會不孕？宏美，妳有沒有聽說什麼？」

「不，我什麼都沒聽說。」

「這樣啊。」由希子發出失望的聲音，宏美猜想他們送自己回家，可能想從她嘴裡打聽什麼。

隔天早晨，宏美像往常一樣九點出門，前往位在代官山的「杏屋」。那是將公寓的房間改裝而成的拼布教室，但並不是她，而是綾音開了這間教室，將近三十名學生也因為可以得到三田綾音的親自指導來這裡上課。

宏美走出公寓的電梯，在教室門口遇到了綾音，身旁放了一個行李箱。綾音看到宏美，露出了微笑。

「怎麼了？」

「沒什麼大不了的事，只是想把這個交給妳。」綾音從上衣口袋拿出了什麼，當她伸出手時，宏美發現是鑰匙。

「這……」

「這是我家的鑰匙，我昨天也說了，目前還不知道什麼時候回來，我很擔心家裡的狀況，所以先放在妳這裡。」

「喔……這樣啊。」

「妳不願意嗎？」

「不，沒這回事，只是妳自己有鑰匙嗎？」

「我不會有問題，回來的時候會和妳聯絡，即使妳不方便，只要等到晚上，我先生就會在家。」

「如果是這樣，那就由我代為保管。」

「拜託妳了。」綾音握著宏美的手，把鑰匙放在她手上，而且還彎起她的手指，讓她握住了鑰匙。

「那我走了。」綾音拖著行李箱離開了，宏美目送著她的背影，忍不住叫了一聲：「老師……」

綾音停下了腳步問：「什麼事？」

「不，沒事，請妳路上小心。」

「謝謝。」綾音輕輕揮了揮空著的那隻手，再度邁開步伐。

拼布教室一直開到晚上。雖然中途換了另一批學生，但宏美幾乎沒有休息，送走最後一名學生時，她覺得肩膀和脖子都很僵硬。

宏美整理完教室準備離開時，手機響了。看到液晶螢幕上顯示的來電號碼，她倒吸了一口氣。因為是義孝打來的。

「教室已經結束了嗎？」他劈頭問道。

「剛剛才結束。」

「是嗎？我目前在和朋友吃飯，結束之後就馬上回家，妳來我家吧。」

因為義孝說得很輕鬆，宏美不知道該怎麼回答。

「怎麼了？不方便嗎？」

「那倒不是……沒關係嗎？」

「當然沒關係啊。我相信妳也知道，她暫時不會回家。」

宏美看著放在一旁的皮包，裡面有今天早上剛拿到的鑰匙。

「而且，我也有事要和妳說。」義孝說。

「什麼事？」

「見面再說。我九點會回到家，妳來之前，打一通電話給我。」他說完之後，就掛上了電話。

宏美在一家義大利麵很有名的家庭餐廳吃完晚餐後，打電話給義孝。他已經回到家了，語帶興奮地叫她趕快去。

宏美搭計程車前往真柴家時，陷入了自我厭惡。她對義孝毫無愧疚的態度忍不住皺起眉頭，但也不得不承認，自己也很興奮。

義孝滿面笑容迎接了她，他的舉手投足看起來從容不迫，完全沒有偷偷摸摸的感覺。

走進客廳，聞到了咖啡的香氣。

「我好久沒有自己泡咖啡了，不知道泡得好不好。」義孝走進廚房後，雙手拿著兩杯咖啡走了出來。他並沒有用杯碟。

「我第一次看你走進廚房。」

「是嗎？但很有可能，因為和她結婚之後，我真的什麼都不用做。」

「因為老師把你照顧得很好。」宏美喝了一口咖啡，咖啡很濃，也很苦。

義孝也撇著嘴角說：「好像加太多咖啡粉了。」

「要不要我去重泡？」

「不，不用了，下次再請妳泡。先不說這個，」他把咖啡杯放在大理石茶几上，「我昨天和她談過了。」

「果然……」

「但我並沒有告訴她對方是妳，我說是她不認識的女人，雖然我不知道她相信幾分。」

宏美想起綾音今天早上把鑰匙交給她時的表情，總覺得綾音當時的笑容似乎隱藏了什麼陰謀。

「老師怎麼說？」

「嗯，她接受了一切。」

「真的嗎？」

「真的啊，我不是說了嗎？她不可能有意見。」

宏美搖了搖頭說：

「雖然我這麼說有點奇怪……但我無法理解。」

「這就是規則，雖然是我建立的規則，總之，現在不必煩惱了，所有的問題都解決了。」

「我可以放心了嗎？」

「當然。」義孝說完，把手放在宏美的肩上，用力把她拉了過來。宏美依偎在他身上。他把嘴唇湊到她耳邊說：「今晚就住這裡吧？」

「睡在臥室嗎？」

真柴撇著嘴角說：

「有客房，那裡也是雙人床。」

宏美既感到猶豫和困惑，又感到鬆了一口氣，但仍然無法擺脫內心深處的不安，輕輕點了點頭。

隔天早晨，宏美走進廚房準備泡咖啡時，義孝走了過來，說想看看到底要怎麼泡。

「我也只是根據老師教我的方式泡而已。」

「沒問題啊，妳示範一下。」義孝抱著手臂說。

宏美把濾紙放在咖啡濾杯上，然後用量匙舀了咖啡粉放進去。義孝看到咖啡粉的量後點了點頭。

「先加少量熱水，真的只能少量，等咖啡粉膨脹起來。」宏美倒入少量燒水壺裡的開水後，等了二十秒左右，再度把熱水倒進去。「倒熱水的時候要像這樣畫圓形，因為咖啡粉會膨脹，所以在倒熱水時，要維持這個狀態。然後看咖啡壺上的刻度，如果要泡兩杯，就馬上把濾杯移開，如果不移開，咖啡會變淡。」

「沒想到這麼難。」

「你以前不是會自己泡咖啡嗎？」

「我以前都用咖啡機，但和綾音結婚後，被她丟掉了。她說這樣泡的咖啡比較好喝。」

「因為老師知道你有咖啡癮，所以想要泡好喝的咖啡給你喝。」

義孝撇著嘴角，緩緩搖著頭。每次宏美提到綾音為他的付出，他都會露出這樣的表情。

義孝喝著剛泡好的咖啡說：「果然好喝。」

「杏屋」週日休息，但宏美無法休息。因為她在池袋的一間藝文教室當講師，這也是接替綾音的工作。

義孝叫她下班後打電話給他，他似乎打算和她一起吃晚餐。宏美沒有理由拒絕。

宏美在七點多結束了藝文教室的工作，她邊收拾，邊打電話給義孝，但義孝的手機沒有接通。只有鈴聲響個不停，但他遲遲不接電話。宏美又打了家裡的電話，結果還是一樣。

他出門了嗎？但不可能不帶手機出門。

宏美只好去真柴家，中途也打了好幾次電話，但還是沒有接通。

她來到真柴家門口，從大門向內看，發現客廳亮著燈，但仍然沒有人接電話。

宏美下定了決心，從皮包裡拿出鑰匙。就是綾音交給她的那把鑰匙。

玄關的門鎖住了。她打開門鎖後，打開了門。玄關門廳也亮著燈。

宏美脫下鞋子，沿著走廊往裡面走。她聞到了淡淡的咖啡味，不可能是今天早上的咖啡留下的味道，難道是義孝又泡了咖啡嗎？

她打開客廳的門，頓時愣在那裡。

義孝倒在地上，旁邊有一個傾倒的咖啡杯，木頭地板上有一攤黑色的液體。

要叫救護車！要打電話！電話號碼是幾號、是幾號——宏美用顫抖的手拿出手機，但完全想不起該打哪個電話。

3

一棟棟漂亮的房子沿著緩和的坡道而建，在路燈的燈光下，就可以充分瞭解到每棟房子都整理得很乾淨，這裡顯然不是努力奮鬥一輩子，好不容易買了一棟房子的人所住的地方。

好幾輛警車停在路旁，草薙見狀後說：「司機先生，停在這裡就好。」

下了車之後，草薙邊走邊看著手錶。目前是晚上十點多。原本打算今晚看的節目也泡湯了。那是一部之前錯過的國產院線片，得知電視上會播放，他就打消了去影音出租店租ＤＶＤ的念頭。接到通知後慌忙出了門，結果忘了設定預約錄影。

可能因為深夜的關係，附近不見看熱鬧的民眾，電視台的記者也還沒有到。草薙抱著一絲期待，希望是一起能夠很快解決的事件。

站崗的員警一臉嚴肅地站在發生事件的那棟房子門口。草薙出示了警察證後，對方向他點頭致意：「辛苦了。」

草薙走進大門，打量著房子，站在路上就可以聽到屋內談話的聲音。室內所有的燈似乎都打開著。

他發現圍籬旁有一個人影。因為光線昏暗，所以看不清楚，但從嬌小的身材和髮型，猜出了那個人是誰。他走向那個人問：

「妳在幹嘛？」

內海薰聽到草薙的問話聲並沒有驚訝，緩緩轉過頭，用沒有起伏的語氣打招呼說：「辛苦了。」

「我在問妳，為什麼不進去？在這裡幹什麼？」

「沒幹什麼。」內海薰面無表情地搖了搖頭，「只是在看圍籬和院子裡的花而已，還有陽台上的花。」

「陽台？」

「就是那個。」她指著上方回答。

草薙抬起頭，發現二樓的確有一個陽台，很多花和葉子都垂了下來，但這並不是什麼稀罕的景象。

「因為裡面有很多人，人口密度太高了。」

「雖然妳可能覺得我很囉嗦，但妳為什麼不進去？」

「妳不喜歡擁擠嗎？」

「我只是覺得一大票人在同一個地方看來看去，也沒有太大的意義，而且也會影響鑑識人員工作，所以我決定在房子外四處看看。」

「妳哪裡有四處看看？只是在這裡看花而已。」

「我剛才已經四處看過了。」

「好吧，妳看過現場了嗎？」

「我剛才不是說了，還沒有看，走到玄關就退了出來。」

內海薰若無其事地回答，草薙看著她的臉，感到很不可思議。他一直認為刑警的本能，就是比別人更早趕到現場，但是這個常識似乎無法套用在眼前這個年輕女偵查員身上。

「我瞭解妳的想法了，總之，妳跟我一起進去，很多事要自己親眼看一下。」

草薙轉身走向門口，她也默默跟在後面。

屋內的確有很多偵查員，既有轄區刑警，也有草薙的同事。後輩岸谷看到草薙，露出了苦笑。

「這麼早出動，辛苦你了。」

「你是在挖苦我嗎？廢話少說，真的是他殺嗎？」

「目前還無法確認，只是認為他殺的可能性相當高。」

「到底是怎麼回事？你簡單說明一下。」

「簡單地說，就是屋主在客廳突然暴斃，當時只有他一個人。」

「只有他一個人。」

「你們跟我來。」

岸谷帶著草薙和內海薰來到客廳，客廳很大，差不多有十五坪左右，放了一套綠色的皮革沙發，中央是一張大理石的茶几。

茶几旁的地上用白色膠帶圍出了人倒在地上時的輪廓。岸谷低頭看了之後，轉頭對草薙說：

「死者名叫真柴義孝，是這棟房子的屋主。」

「這我知道，來這裡之前就聽說了，好像是某家公司的老闆。」

「就是所謂的資訊科技相關的公司，今天是星期天，所以是休假日，目前還不知道他白天有沒有外出。」

「地上好像濕了。」木質地板上留下了什麼液體倒翻的痕跡。

「是咖啡，」岸谷說，「發現屍體時，咖啡灑在地上，咖啡杯也掉在地上，鑑識人員已經用滴管採集了咖啡。」

「是誰發現了屍體？」

「呃，」岸谷翻開了記事本，說了若山宏美的名字，「是死者太太的學生。」

「學生？」

「他太太是知名的拼布創作家。」

「拼布？那種東西也會出名嗎？」

「好像是，只是我並不太瞭解。」岸谷看向內海薰，「女生可能比較瞭解。妳有沒有聽過三田綾音這個名字？她的名字這樣寫。」

岸谷攤開的記事本上寫著「三田綾音」這幾個字。

「我不瞭解。」內海薰冷冷地回答，「你為什麼覺得女生就會瞭解？」

「沒有啦，我只是問問而已。」岸谷抓了抓頭。

草薙聽著他們的對話，忍不住想要笑出來。年輕的岸谷終於有了後輩，所以想在後輩面前表現出前輩的樣子，但似乎不太知道怎麼和女性相處。

「屍體是怎麼發現的？」草薙問岸谷。

「死者太太昨天回娘家了，在出發之前，把家裡的鑰匙交給了若山小姐，據說是因為死者太太不知道自己什麼時候回來，為了以防萬一，就把鑰匙寄放在她那裡。今天晚上，若山小姐想問真柴義孝先生在生活上有沒有什麼不方便，於是打了電話，但無論手機和家裡的電話都沒有人接。她感到很不安，所以就來家裡看看。她第一次是在七點多打電話，踏進這棟房子時可能將近八點。」

「於是就發現了屍體嗎？」

「就是這樣，然後她用自己的手機撥打了一一九。救護人員立刻趕到，但確認死者已經死亡，於是就找來附近的醫生確認了屍體。因為死因有可疑的地方，於是救護人員就打電話到轄區分局報案。差不多就是這樣。」

「這樣啊。」草薙點了點頭，看向內海薰，她不知道什麼時候走開了，走到了碗盤收納櫃前。

「發現屍體的人目前在哪裡？」

「若山小姐正在警車上休息，股長也在車上。」

「老頭子這麼快就來了嗎？我沒想到他會在警車上。」草薙皺著眉頭說，「已經瞭解死因了嗎？」

「很可能中毒身亡，雖然也不排除自殺的可能性，但也很有可能是他殺，所以才會找我們。」

「這樣啊。」草薙看著內海薰走進了廚房，「那個人是不是叫若山宏美？她進來的時候，大門鎖著嗎？」

「聽說是這樣。」

「窗戶和落地窗呢？不知道門窗的狀況怎麼樣。」

「轄區的刑警趕到時，除了二樓廁所的窗戶以外，全都鎖住了。」

「二樓有廁所嗎？人有辦法出入嗎？」

「我沒試過，但應該不行。」

「那就是自殺啊。」草薙在沙發上坐了下來，蹺起了二郎腿，「還是有人在他的咖啡中下毒？如果是這樣，凶手是怎麼離開這棟房子？這不是太奇怪了嗎？轄區警局為什麼認為有可能是他殺？」

「如果只是這樣，可能不會認為是他殺。」

「還有其他狀況嗎？」

「轄區的偵查員在勘驗現場時手機響了，是死者真柴的手機。偵查員接起了電話，發現是惠比壽的一家餐廳打來的。真柴預約了今晚八點去用餐，而且是兩個人。因為到了時間，也不見人影，所以餐廳打電話來確認。真柴是在晚上六點半左右預約了餐廳，我剛才也說了，若山是在七點多打電話給真柴，那時候電話已經沒有人接了。六點半預約了餐廳的人在七點多自殺——這未免太不合理了，所以我認為轄區警局的判斷很合理。」

草薙聽了岸谷的話，忍不住皺起眉頭。他彎著指尖，抓了抓眉尾。

「既然有這種事，你要先說啊。」

「因為剛才在回答你的問題，來不及向你說明。」

「我知道了。」草薙拍著大腿站了起來，從廚房走出來的內海薰又回到了碗盤收納櫃前。草薙從她的背後走過去，「岸谷在向我們說明情況，妳走來走去忙什麼？」
「我都有聽到。岸谷先生，謝謝你。」
「不客氣。」岸谷聳了聳肩。
「碗盤收納櫃有什麼問題嗎？」
「這裡。」內海薰指著碗盤收納櫃內說，「你不覺得收納櫃的這個部分比其他地方空嗎？」
那裡的確很空，看起來有點不自然，感覺原本放了什麼餐具。
「是。」
「我剛才去廚房看了一下，那裡有五個洗乾淨的香檳杯。」
「所以那幾個香檳杯原本放在這裡嗎？」
「我想應該是。」
「所以呢？有什麼問題嗎？」
內海薰抬頭看著草薙，微微張開嘴唇，但隨即改變了主意，搖了搖頭。
「不是什麼重要的事，我只是在想，這裡最近是不是辦過派對。因為香檳杯通常只有在派對時才會使用。」
「原來是這樣。像他們這種有錢人，也許經常會辦家庭聚會，但即使最近舉辦過家庭聚會，也並不代表沒有會導致自殺的煩惱。」草薙回頭看向岸谷，又接著說，
「人都很複雜，而且又充滿了矛盾，即使不久之前才熱鬧地舉辦派對，或是剛預約了

餐廳，想死的時候誰也攔不住。」

「嗯。」岸谷不置可否地點了點頭。

「他太太呢？」草薙問。

「啊？」

「我是問被害人……不，是死者的太太，已經聯絡她了嗎？」

「好像目前還無法聯絡到。聽若山說，死者太太的娘家在札幌，而且離市區有一段距離，即使聯絡到了，今天晚上應該也無法趕回來這裡。」

「北海道嗎？那的確有困難。」

太好了。草薙暗自鬆了一口氣。如果死者的太太趕回來，就必須派人等在這裡。這麼晚了，股長間宮十之八九會命令草薙負責這種苦差事。

因為時間已晚，所以應該會等到明天才會開始在附近查訪。草薙正期待今天晚上就到此結束時，門打開了，四方臉的間宮走了進來。

「草薙，你已經到了嗎？這麼晚才來。」

「我早就到了，已經向岸谷瞭解了大致的情況。」

間宮點了點頭後，轉頭對身後說：「請進來吧。」

在間宮的招呼下，一個年紀大約二十五、六歲，身材苗條的女人走了進來。她一頭中長的頭髮，是時下難得一見的黑髮。她的黑色頭髮更襯托出她的皮膚白皙，但此刻她的皮膚不是白皙，而是該說是蒼白更加貼切。總之，她絕對算是美女，臉上的妝容也很有氣質。
草薙猜想她應該就是若山宏美。
「聽妳剛才的說明，妳一進來就看到了屍體，所以是在妳目前所站的位置就看到了嗎？」
微微低著頭的若山宏美聽了間宮的問題後，瞥了一眼沙發。她應該在回想發現屍體時的情況。
「對，應該就是這裡。」她小聲回答。
也許是因為她很瘦，再加上臉色蒼白的關係，草薙覺得她站在那裡也很費力，發現屍體的她應該餘悸猶存。
「在此之前，妳是前天晚上最後一次來這裡，對嗎？」間宮向她確認。
「對。」若山宏美點了點頭。
「當時和現在有沒有哪裡不一樣？任何小地方都沒有關係。」
她露出怯懦的眼神巡視室內，但立刻搖了搖頭。
「我不太清楚。因為前天還有其他人，大家吃完飯才坐在這裡……」她的聲音發抖。
間宮皺起眉頭點了點頭，似乎覺得這也情有可原。
「不好意思，妳累了一天，還協助我們偵辦。今晚請妳回家好好休息，明天可能還會再向妳瞭解情況，可以嗎？」

「雖然沒問題，但我能回答的問題有限。」

「也許是這樣，但我們還是要盡可能瞭解詳細的情況，請妳協助我們的偵查工作。」

「好。」若山宏美低著頭，簡短地回答。

「我請下屬送妳回家。」間宮說完，看向草薙，「你剛才是怎麼來的？不是開車嗎？」

「對不起，我搭計程車過來。」

「搞什麼嘛，偏偏今天搭什麼計程車。」

「我最近很少開車。」

間宮咂嘴時，內海薰說：「我是開車過來。」

草薙驚訝地回頭看著她說：「開車？妳還真好命啊。」

「我開車去吃飯時接到通知，對不起。」

「不需要道歉，那妳可以送若山小姐回家嗎？」間宮問。

「好，但在此之前，我可以請教若山小姐一個問題嗎？」

間宮聽了內海薰的話，露出了驚訝的表情。若山宏美的臉上也露出一絲緊張。

「什麼問題？」間宮問。

內海薰注視著若山宏美，向前走了一步。

「真柴義孝先生似乎在喝咖啡時倒下，他平時喝咖啡也不用杯碟嗎？」

若山宏美驚訝地瞪大了眼睛，視線飄忽起來。

「對，呃……他一個人喝咖啡時可能是這樣。」

「如果是這樣，就代表昨天或是今天曾經有訪客，妳知道是誰嗎？」

內海薰用斷定的語氣問，草薙看著她的側臉。

「妳怎麼知道有客人上門？」

「因為廚房的流理台有一個咖啡杯和兩個杯碟沒有洗。如果是真柴先生自己喝咖啡，應該不會有杯碟。」

岸谷走去廚房，又馬上走了回來。

「內海說得沒錯，的確有一個咖啡杯和兩個杯碟。」

草薙和間宮互看了一眼之後，將視線移回若山宏美身上。

「妳知道是怎麼回事嗎？」

她一臉不安的表情搖了搖頭說：

「我……不知道。因為前天晚上從這裡離開之後，我就沒來過這裡，也不知道是不是曾經有客人來過。」

草薙再度看向間宮，間宮一臉沉思的表情點了點頭後說：

「瞭解了，謝謝妳，時間已經這麼晚了，內海，那妳就送她回去。草薙，你也一起上車吧。」

「好。」草薙回答。他知道間宮的目的。若山宏美顯然在隱藏什麼，間宮希望他可以一探究竟。

三個人一起走出去後，內海薰說：「你們在這裡等一下，我去把車子開過來。」因為她是開自己的車子，所以停在投幣式停車位。

在等待車子期間，草薙觀察著身旁的若山宏美。她看起來很受打擊，不像只是因為看到屍體的關係。

「妳不冷嗎？」

「我沒事。」

「妳今晚原本打算出門嗎？」

「這……當然不可能啊。」

「是嗎？我原本以為妳可能和別人有約。」

若山宏美聽到草薙這麼說，微微動了動嘴唇，看起來有點驚慌失措。

「我想應該有很多人問過妳這個問題了，但我可以再問一下嗎？」

「什麼問題？」

「妳今晚為什麼會打電話給真柴先生？」

「因為老師把鑰匙交給我，所以我覺得應該不時打電話去關心一下。如果真柴先生在生活上有什麼不方便的地方，我必須協助解決……」

「但因為電話沒人接，所以妳就來到這裡。」

「對。」她輕輕點了點頭。

草薙偏著頭問：

「但是，手機沒有接不是常有的事嗎？家裡的電話也一樣，難道妳沒想到真柴先生可能出門了，剛好不方便接手機嗎？」

若山宏美沉默片刻後，輕輕搖了搖頭說：

「我沒有想到……」

「為什麼呢？難道有什麼讓妳擔心的事嗎？」

「並不是，只是心裡有點忐忑不安……」

「忐忑不安啊。」

「因為感到心裡忐忑不安，所以就來家裡看一下，這樣不行嗎？」

「不，我並不是這個意思，通常為別人保管鑰匙，不會那麼有責任心，我很佩服，而且最後妳的不安成真了，我認為妳的行為很值得稱讚。」

若山宏美似乎並不認為草薙真心這麼想，所以把頭轉到一旁。

深紅色的Pajero停在屋前，車門打開了，內海薰從車上走了下來。

「四輪傳動嗎？」草薙瞪大了眼睛。

「坐起來不會不舒服。若山小姐，請上車。」

若山宏美在內海薰的示意下坐在後車座，草薙也跟著她上了車。

內海薰坐上駕駛座後，設定了衛星導航系統。她似乎已經確認了若山宏美的住址，就在學藝大學車站附近。

「請問……」車子開出去後不久，若山宏美開了口，「真柴先生……不是意外或是自殺嗎？」

草薙看向駕駛座，和內海薰在後視鏡中眼神交會。

「目前還無法斷言，解剖結果也還沒有出爐。」

「但你們不是偵辦殺人命案的刑警嗎？」

「是這樣沒錯，但目前只是認為不排除他殺的可能性，我們也不便透露詳細的情況，應該說，我們也不清楚詳細的情況。」

「這樣啊。」若山宏美小聲回答。

「若山小姐，那我可以反過來請教妳嗎？如果這次的事件是他殺，妳有什麼頭緒嗎？」

她倒吸了一口氣，草薙凝視著她的嘴。

「不知道……我對真柴先生的瞭解，除了他是老師的丈夫以外，幾乎一無所知。」她小聲回答。

「這樣啊，妳無法馬上想起來也沒有關係，如果想起什麼，請隨時告訴我們。」

若山宏美沒有點頭，沉默不語。

她在公寓前下車後，草薙坐到副駕駛座上。

「妳覺得怎麼樣？」草薙看著前方問。

「她很堅強。」內海薰把車子開出去的同時回答。

「堅強？有嗎？」

「因為她一直忍著眼淚，從頭到尾都沒有在我們面前流一滴淚。」

「也可以認為她並沒有很傷心。」

「不，她哭過了。我猜想在等救護車上門時，她一直在哭。」

「妳怎麼知道？」

「因為她的眼妝，有花掉之後急忙補妝的痕跡。」

草薙注視著後輩刑警的臉問：「是嗎？」

「應該沒錯。」

「女人注意的地方還真是不一樣。喔，這句話是稱讚。」

「我知道。」她的嘴角露出笑容，「草薙先生，你認為呢？」

「一句話，就是很可疑。即使她代為保管鑰匙，一個年輕女生會去一個男人住的地方察看嗎？」

「我也有同感，如果是我，就絕對不可能去。」

「如果認為她和死者有一腿，我的想像力會不會太豐富？」

內海薰嘆了一口氣說：

「非但不會太豐富，反而是唯一的可能。他們原本打算今晚一起用餐吧？」

草薙拍著自己的大腿說：「惠比壽那家餐廳嗎？」

「餐廳的人說，預約時間到了，也沒有人出現，所以才打電話，而且預約了兩個人用餐。也就是說，不光是真柴，另一個人也沒有去那家餐廳。」

「如果另一個人就是若山宏美，就可以合理解釋這件事了。」

草薙確信，這件事應該八九不離十。

「如果他們有特殊的關係，應該很快就可以證明。」

「為什麼？」

「因為咖啡杯。流理台內的咖啡杯，應該就是他們兩個人喝過的，果真如此的話，其中一個咖啡杯上應該有她的指紋。」

「原來如此，但即使他們有一腿，也無法成為把她視為嫌犯的根據。」

「我當然知道。」內海薰說完這句話，把車子停在左側路旁。

「我可以打一通電話嗎？因為我想確認一件事。」

「可以啊，妳要打電話給誰？」

「當然是打給若山宏美。」

草薙大吃一驚，內海薰不理會他，操作著手機。不一會兒，電話就接通了。

「請問是若山小姐嗎？我是警視廳的內海，剛才不好意思……不，不是什麼重要的事，只是我想起忘了向妳確認妳明天的行程……這樣啊，我瞭解了。不好意思，打擾妳休息了，晚安。」內海薰說完後，掛上了電話。

「她明天要幹什麼？」草薙問。

「她說沒有安排，應該會在家裡，還說拼布教室可能會休息。」

「是喔。」

「但是，我打電話的目的並不光是為了確認她明天的安排。」

「什麼意思？」

「她的聲音帶著哭腔。雖然她努力掩飾，但一聽就聽出來了。她回到家中，只剩下一個人時，壓抑的感情應該潰堤了。」

草薙坐直了身體，「妳打電話是為了確認這件事嗎？」

「即使不是很熟的對象，得知對方死了，可能會受到打擊，情不自禁哭出來，但是，已經過了一段時間之後再哭……」

「顯然對死者有特殊的感情嗎？」草薙看著露出得意笑容的後輩女刑警說：「妳還真有兩下子啊。」

「不敢當。」內海薰露出微笑，放下了手煞車。

隔天早晨，草薙被電話鈴聲吵醒了。才早上七點剛過，間宮就打電話給他。

「真早啊。」他忍不住挖苦道。

「你應該慶幸還能在自己家裡睡覺，今天一早就要在目黑分局舉行偵查會議，應該會成立搜查總部。今天晚上開始就要住在警局了。」

「你為了告訴我這件事，特地打電話給我？」

「怎麼可能？你現在馬上去羽田。」

「羽田？為什麼要去那種地方……」

「說到羽田，當然就是要去機場啊。真柴的太太從札幌回來了，你去迎接她。她上車之後，就把她帶來目黑分局。」

「當事人同意了嗎？」

「應該已經說好了，你和內海一起去。她會開車去，班機八點抵達。」

「八點？」草薙跳了起來。

他急忙起床漱洗，手機又響了。這次是內海薰打來的，說已經等在他家樓下了。

草薙和昨天一樣，坐上她的Pajero，一起前往羽田機場。

「這次又叫我去做苦差事，和死者家屬見面這種事，無論經歷幾次，都還是無法適應。」

「但股長說，你最瞭解該如何與死者家屬應對。」

「是喔，那個老頭竟然說這種話。」

「還說你的臉會給家屬帶來安心感。」

「什麼意思？是說我長得一臉呆相嗎？」草薙用力咂嘴。

他們在八點零五分抵達機場，在入境大廳等了一會，旅客陸陸續續走了出來。草薙和內海薰一起尋找真柴綾音的身影。她的特徵是身穿米色大衣，帶著藍色行李箱。

「是不是那個人？」內海薰注視著某個方向問。

草薙順著她的視線望去，看到了一個條件完全相符的女人。那個女人微微垂下帶著憂鬱的雙眼，全身散發出嚴肅的氣氛。

「好像……就是她。」草薙的聲音有點沙啞。

他的心情無法平靜，雙眼盯著那個女人。他也不知道自己的內心為什麼這麼慌亂。

4

真柴綾音聽了草薙和內海薰的自我介紹後，問的第一個問題就是義孝的遺體在哪裡。

「遺體正在進行司法解剖，雖然不瞭解目前的情況，但等一下確認之後就會通知妳。」草薙回答。

「這樣啊……所以目前無法馬上見到嗎？」綾音一臉沉痛的表情眨了眨眼，看起來像是強忍著快要滑落的淚水。她的皮膚看起來有點乾，但她平時應該不是這樣。

「如果解剖結束，會盡力安排馬上送回。」

草薙察覺到自己說話的語氣很僵硬。每次面對死者家屬時都難免緊張，但這次和平時的感覺有微妙的不同。

「不好意思，那就麻煩你們了。」

以女人來說，綾音的聲音有點低沉，但草薙覺得她的聲音格外迷人。

「希望可以去目黑分局向妳瞭解情況，這樣可以嗎？」

「好，我接到了聯絡，說希望我可以去警局一趟。」

「不好意思，那就麻煩妳了，車子已經準備好了。」

草薙請她坐在內海薰駕駛的Pajero後車座，自己坐在副駕駛座上。

「請問妳昨天是在哪裡接到聯絡？」草薙轉頭看向後方問。

「在當地的溫泉區。我和老朋友一起去溫泉住宿，因為手機關機了，所以完全沒有發現有人打電話給我……在睡覺之前，才聽到語音信箱的留言。」綾音說到這裡，長長地吐了一口氣，「我還以為是惡作劇電話，因為我從來沒有做任何會讓警察找上門的事。」

「我想也是。」草薙說。

「請問……這到底是怎麼回事？我完全搞不清楚狀況。」

草薙聽到綾音語帶遲疑地問了這個問題，不由得感到難過。她應該最想問這個問題，但又同時害怕聽到回答。

「請問我們的人在電話中怎麼對妳說？」

「電話中只說我先生去世了，因為死因有可疑的地方，所以將由警方展開調查，就只是這樣而已，完全沒有說任何詳細的情況……」

打電話的員警也無法透露更多情況，但綾音一定覺得是一場惡夢，整晚都輾轉反側。光是想像她搭飛機時的心情，草薙就覺得窒息。

「妳先生在家裡去世，」他說，「目前還不瞭解原因，也沒有明顯的外傷，若山宏美小姐發現他倒在客廳。」

「宏美……」綾音似乎倒吸了一口氣。

草薙看向正在開車的內海薰，內海薰也瞥了他一眼。兩個人的視線交會。

草薙認為他們在想同一件事。和內海薰討論若山宏美和真柴義孝的關係到現在還不到十二個小時。

若山宏美是綾音的學生，綾音還邀請她一起參加家庭聚會，顯然把她當成自家人。如果她搶走綾音的丈夫，簡直就是恩將仇報。

問題在於綾音是否察覺了他們兩個人的關係，並不能認定因為關係親近，就一定會發現。草薙知道好幾個案例都因為關係太親近，反而難以發現。

「妳先生有沒有什麼疾病？」

綾音聽了草薙的問題後搖了搖頭。

「應該沒有，他都會定期做健康檢查，但從來沒有聽他說有什麼問題，酒也不會喝太多。」

「之前應該不曾有過突然昏倒的情況吧？」

「應該沒有，至少我不知道，所以完全無法想像這種事。」綾音摸著額頭，似乎在緩解頭痛。

草薙認為目前最好不要告訴她服毒的事。在解剖結果出爐之前，必須先隱瞞有自殺或他殺的可能性。

「目前只認為是非正常死亡，」草薙說，「遇到這種情況時，無論是否有他殺的可能，警方都會盡可能詳細記錄現場的情況，所以就在若山宏美小姐的見證下，進行了某種程度的現場勘驗。因為當時無法聯絡到妳。」

「我在昨天的電話中，已經瞭解了這些情況。」

「妳經常回札幌嗎？」

綾音搖了搖頭說：

「結婚後第一次回去。」

「是因為娘家有什麼事嗎？」

「因為我爸爸身體不太好，所以我覺得偶爾要回家看看，但沒想到我爸爸看起來很有精神，於是就約了朋友一起去泡溫泉……」

「原來是這樣。請問妳為什麼把鑰匙交給若山小姐？」

「因為我擔心我不在的時候會臨時有需要。她是我工作上的幫手，有時候拼布教室會用到我放在家裡的資料或是作品。」

「若山小姐說，她擔心妳先生生活上有什麼不便，所以打電話給他，但因為電話一直打不通，所以很擔心，於是就去妳家察看。妳也請若山小姐照顧妳先生的生活嗎？」草薙在措辭上很小心謹慎，問了她重點問題。

綾音皺起眉頭，微微偏著頭回答說：

「我不太清楚，可能曾經拜託她，但即使我沒有說，她很貼心，也會覺得我先生一個人在家，可能有什麼不方便……請問這件事有什麼問題嗎？還是說我不該把鑰匙交給她？」

「不，並不是這樣，因為昨天聽若山小姐提到事情的來龍去脈，所以想要向妳確認一下。」

綾音雙手捂住了臉。

「我完全無法相信。我先生身體並沒有問題，星期五晚上，還找了朋友來家裡聚會，他當時也很高興……」

綾音說話的聲音在顫抖。

「我非常瞭解妳的心情。請問來參加聚會的是？」

「我先生大學時的朋友，還有他太太。」

綾音告訴他們，客人的名字叫豬飼達彥和由希子。

綾音放下了遮住臉的手，露出凝重的表情說：

「我有一事相求。」

「什麼事？」

「如果可以，我想先去看看家裡的情況，我也想知道他怎樣倒在地上……不行嗎？」

草薙再度看向內海薰，但內海薰這次沒有看他。這名後輩女刑警直視前方，專心開著車子。

「好，我請示一下上司。」草薙拿出手機。

間宮接起電話後，草薙轉達了綾音的要求。間宮低吟了一聲後回答說：

「沒問題，情況稍微發生了變化，也許在現場瞭解情況比較好，那你們就帶她回家。」

「情況發生了什麼變化？」

「見面再談。」

「好。」

草薙掛上電話後，對綾音說：「現在就去妳家。」

「太好了。」她小聲回答。

草薙轉過頭，看著前方的道路，聽到綾音用手機打電話的聲音。

「喂，宏美嗎？我是綾音。」

草薙聽到她的聲音，頓時慌了手腳。他沒有想到綾音現在會打電話給若山宏美，但也不能制止她。

「……對，我知道了，我現在和刑警在一起，正要去家裡。宏美，妳受驚了。」

草薙擔心不已，因為他無法想像若山宏美會怎麼回答。她可能會因為失去心愛的人悲傷欲絕，說出隱藏在內心的秘密。一旦發生這種情況，綾音也無法保持平靜。

「……好像是。妳沒問題吧？身體還好嗎？……那就好，那妳要不要來家裡？當然並不勉強妳，只是我也希望向妳瞭解一下情況。」

若山宏美似乎冷靜應對，但草薙沒有料到綾音會把她也找來。

「沒問題嗎？那就一會兒見……嗯，謝謝妳，妳也不要太逞強了。」綾音似乎掛上了電話，接著聽到她吸鼻子的聲音。

「若山小姐也要一起來嗎？」草薙向她確認。

「對，啊，不行嗎？」

「不，沒問題。是她最先發現的，妳直接聽她說明比較好。」

草薙在說話時也心神不寧。他對男人的情婦要如何向元配說明她發現男人屍體時的情況感到好奇，但同時盤算著只要仔細觀察綾音在聽說明時的態度，就可以瞭解她是否察覺了丈夫和學生外遇的事。

下了首都高速公路後，內海薰開著Pajero直奔真柴家。她昨天也開這輛車前往現場，也許是因為這個原因，她沿途開得很順。

來到真柴家時，間宮已經在那裡了，和岸谷一起在門口等他們。

草薙走下車後，向間宮和岸谷介紹了綾音。

「這次的事，真是太令人遺憾了。」

間宮向綾音深深鞠躬後，轉頭看向草薙問：

「你有沒有說明情況？」

「大致說明了。」

間宮點了點頭，再度看著綾音。

「因為有些事想要請教，不好意思，妳一回到家，就來叨擾。」

「沒問題。」

「那先進去再說——岸谷，房子的鑰匙。」

岸谷從口袋裡拿出鑰匙，綾音露出困惑的表情接過了鑰匙。

綾音打開門鎖後進了屋，間宮和其他人也跟著進屋。草薙也拎著她的行李箱跟著進去了。

「我先生倒在哪裡？」綾音進屋之後問道。

「在這裡。」間宮走上前去。

客廳的地上仍然貼著膠帶。綾音看到倒地的人形輪廓，捂著嘴，愣在原地。

「聽若山小姐說，妳先生就倒在那個位置。」間宮向她說明。

悲傷和衝擊似乎再度侵襲綾音的全身。草薙看到她雙腿一軟，跪在地上，肩膀微微顫抖著，隱約發出了啜泣的聲音。

「那是幾點的時候？」她小聲問道。

「若山小姐是在將近八點的時候發現的。」間宮回答。

「八點……他當時在幹什麼？」

「好像在喝咖啡。現在都清理掉了，當時咖啡杯掉在地上，而且咖啡也灑出來了。」

「咖啡……他自己泡的咖啡嗎？」

「什麼意思？」草薙問。

「因為他自己從來不做任何事，我從來沒有看他泡過咖啡。」

草薙看到間宮的眉毛抖了一下。

「他不會自己泡咖啡嗎？」間宮向她確認。

「和我結婚之前，他會自己泡咖啡，但那時候有咖啡機。」

「現在沒有咖啡機了嗎？」

「沒有了，因為不需要，所以丟掉了。」

間宮的眼神變得更加嚴肅，他維持著這樣的表情開了口。

「真柴太太，目前解剖結果還沒有出爐，所以還無法斷言，妳先生似乎是中毒身亡。」

綾音頓時面無表情，隨即瞪大了眼睛。

「中毒……中了什麼毒？」

「目前還在調查，但調查留在現場的咖啡後，驗出了毒性很強的毒藥。也就是說，妳先生死亡的原因並不是疾病或是單純的意外。」

綾音掩著嘴，拚命眨著眼睛，漸漸紅了眼眶。

「怎麼會？為什麼會有這種事……？」

「目前還是不解之謎，所以想請教一下，妳在這個問題上是否有什麼頭緒？」

草薙恍然大悟，原來間宮在電話中說「情況發生了變化」就是指這件事，也難怪間宮會親自來這裡。

綾音扶著額頭，坐在旁邊的沙發上。

「我沒有任何頭緒。」

「妳最後一次和妳先生說話是什麼時候？」間宮問。

「星期六早上，我出門的時候，他也和我一起出了門。」

「當時，妳先生的樣子有沒有和平時不一樣？任何枝微末節的事都無妨。」

綾音沉默片刻，似乎在思考，然後用力搖了搖頭。

「不行，我沒辦法思考。」

這也難怪，草薙很同情她。丈夫突然死亡就已經很受打擊了，如今又得知是離奇死亡，而且還是中毒死亡，當然會陷入混亂。

「股長，要不要先讓她休息一下？」草薙說，「她剛從札幌回來，應該很累了。」

「嗯，是啊。」

「不，沒關係。」綾音挺直了身體，「但我可以先去換衣服嗎？我從昨天晚上就一直穿著這套衣服。」她身上是一套深色的套裝。

「昨晚開始？」草薙問。

「對，因為我一直在想，有沒有什麼辦法可以趕快回東京，所以就做好了隨時都可以出發的準備。」

「所以妳昨天都沒睡？」

「是啊，反正也睡不著。」

「那可不行，」間宮說，「要不要先休息一下？」

「不，我沒事，我換好衣服，馬上就會下來。」綾音站了起來。

草薙目送她走出客廳後問間宮：

「已經查出毒藥是什麼了嗎？」

間宮點了點頭說：

「從剩下的咖啡中驗出了亞砷酸的成分。」

草薙瞪大了眼睛問：

「亞砷酸？就是毒咖哩事件中使用的毒藥嗎？」

「鑑識人員說，應該是亞砷酸鈉。從咖啡中所含的濃度判斷，真柴義孝喝下的量遠遠超過了致死量。詳細的解剖報告會在下午出爐，但屍體的狀況也符合亞砷酸的中毒症狀。」

草薙嘆著氣點了點頭。看來真柴義孝自然死亡的可能性幾乎是零。

「剛才真柴太太說，她先生不可能自己泡咖啡，那到底是誰泡的咖啡？」間宮好像自言自語般說道，但當然是說給幾名下屬聽的。

「我認為他曾經自己泡咖啡。」內海薰突然在一旁插嘴說。

「妳為什麼這麼斷言？」間宮問。

「因為有人作證。」內海薰看了草薙一眼後繼續說道，「就是若山小姐。」

「她說了什麼嗎？」草薙回想著記憶。

「你還記得我昨天晚上問杯碟的事嗎？我問她，真柴義孝先生在喝咖啡時不用杯碟嗎？若山小姐回答說，他一個人喝咖啡時可能不用。」

草薙想起了當時的對話。

「妳這麼一說，好像有這麼一回事，我也聽到了。」間宮也點了點頭，「問題在於他太太的學生為什麼知道連他太太也不知道的事。」

「關於這一點，要向你報告一件事。」

草薙在間宮的耳邊把和內海薰討論的內容——若山宏美和真柴義孝之間可能有特殊關係的推理告訴了他。

間宮看了看草薙，又看了看內海薰，露出了得意的笑容。

「所以你們也認為這樣嗎？」

「股長，你也這麼認為？」草薙意外地看著間宮。

「你們以為我這把年紀是白活的嗎？我昨天就察覺到了。」間宮用指尖戳了戳自己的腦袋。

「請問是怎麼回事？」岸谷在一旁問道。

「晚一點再告訴你。」間宮回答後，再度看著草薙和內海薰，「在他太太面前不要提這件事，絕對不行。」

「好。」草薙回答，內海薰也在一旁點頭。

「只有在剩下的咖啡中發現毒藥嗎？」草薙問。

「不，還在另一個地方發現了。」

「那是——」

「放在濾杯上的濾紙，正確地說，是從留在濾紙上沖過的咖啡粉中發現的。」

「所以是在泡咖啡的時候，有人把毒藥混入咖啡粉中嗎？」岸谷問。

「通常認為是這樣，但還有一種可能。」間宮豎起了食指。

「就是咖啡粉中原本就已經摻了毒藥。」內海薰說。

間宮滿意地點了一下頭。

「就是這麼一回事。咖啡粉放在冰箱內，鑑識小組說，冰箱內的咖啡粉沒有驗出毒藥，但不能因此斷定原本裡面就沒有摻毒藥。可能只是摻在表面，用湯匙舀咖啡粉時，把毒藥也一起舀走了。」

「如果是這樣，那是什麼時候放進去的？」草薙問。

「這就不知道了。鑑識小組從垃圾袋裡撿到了幾張用過的濾紙，但並沒有發現有毒藥，這也是理所當然的事，如果濾紙上有毒藥，就代表之前已經有人喝了毒咖啡。」

「流理台內放著還沒有洗過的咖啡杯，」內海薰說，「那是什麼時候喝的這件事很重要，除此以外，是誰用的也很重要。」

間宮舔了舔嘴唇。

「這已經知道了，因為已經查出了指紋，其中一人是義孝，另一個人就是你們想的那個人。」

草薙和內海薰互看了一眼，他們的推理內容似乎已經完成了確認作業。
「股長，若山宏美等一下會來這裡。」草薙向間宮報告了綾音打電話的事。
「她來得剛好，可以問她什麼時候喝的咖啡，千萬別讓她矇混過去。」
「是。」草薙回答。
聽到有人走下樓梯的聲音，他們都住了嘴。
「讓各位久等了。」綾音這麼說著，走進了客廳。她換了一件淺藍色襯衫和黑色長褲，臉上的氣色看起來比剛才好多了，應該是上樓時補了妝。
「現在可以向妳請教一些問題嗎？」間宮問。
「可以，請問是什麼問題？」
「請妳坐下再說，因為妳一定很疲累。」股長指著沙發說道。
綾音在沙發上坐了下來，然後隔著落地窗注視著庭院。
「真可憐，看起來都半死不活的。雖然出門前請我先生幫忙澆水，他對花花草草沒什麼興趣。」
草薙看向庭院，花盆和花槽內綻放著五顏六色的鮮花。
「不好意思，我可以先幫花澆一下水嗎？否則我會心神不寧。」
間宮露出困惑的表情，但隨即面帶笑容點了點頭。
「好，沒問題，反正我們不趕時間。」
「不好意思。」綾音說完，站了起來，但她走去廚房。草薙感到納悶，探頭向廚房張望，發現她正在用木桶裝水。

「庭院裡沒有水龍頭嗎？」草薙在她身後問道。

綾音回頭對他露出微笑。

「這些水要拿去澆陽台上的花，二樓沒有盥洗室。」

「喔，原來是這樣。」

草薙想起昨天第一次來這棟房子時，內海薰抬頭看著二樓陽台。水桶裝滿水後變得很沉重。

「我來幫妳拿。」草薙伸出手說。

「不，沒關係。」

「妳不必在意，拿到二樓就好了嗎？」

「不好意思。」綾音用幾乎聽不到的聲音說。

臥室是差不多十坪大的西式房間，牆上掛著巨大的拼布掛毯，鮮豔的配色吸引了草薙的目光。

「這是妳的作品嗎？」

「對，這是之前的作品。」

「太美了！不好意思，我原本以為拼布和刺繡差不多，沒想到這麼有藝術性……」

「稱不上是藝術，拼布是實用品，用於生活是首要目的，但如果能夠賞心悅目，不就是錦上添花嗎？」

「完全同意，製作這些作品太了不起了，但是很辛苦吧？」

「因為很耗時間，所以必須有耐心，但製作的過程也很快樂。如果無法樂在其中，就無法創作出出色的作品。」

草薙點了點頭，再度看向掛毯。乍看之下，只是將各種顏色的布拼在一起，但想到綾音心情愉快地製作出這條掛毯，就覺得看著這條掛毯，心情也跟著放鬆了。

陽台配合了房間的大小，也很寬敞，但因為放滿了花槽，只剩下一個人活動的空間。

綾音拿起了放在陽台角落的空罐。

「這個是不是很有趣？」她把空罐出示在草薙面前。

空罐底部鑽了好幾個小孔，她用空罐裝了水桶的水。水當然從小孔中淋了下來，她用這些水澆在花槽的花上。

「喔喔，這可以代替灑水壺。」

「沒錯，澆花的灑水壺裝水桶裡的水不是很不方便嗎？所以我自己用錐子打了幾個孔。」

「好主意。」

「對不對？但我先生說，他無法理解為了在陽台上種花，需要做到這種程度。」綾音說到這裡，突然露出嚴肃的表情蹲了下來。空罐的水繼續流了出來。

「真柴太太。」草薙叫了一聲。

「對不起，我無論如何無法相信我先生已經死了……」

「不可能馬上相信。」

「我相信你也知道，我們結婚才一年而已。我好不容易適應了新生活，也漸漸瞭解他在飲食方面的喜好，原本還以為接下來會有很多開心的事。」

綾音單手捂著臉，低下了頭。草薙不知道該對她說什麼。她周圍那些五彩繽紛的鮮花此刻看起來格外讓人憐惜。

「不好意思。」她小聲說道，「我這樣的話，根本無法幫警察的忙，我必須振作。」

「還是改天再向妳瞭解情況？」草薙脫口問道，如果間宮聽到這句話，一定會皺眉頭。

「不，我沒事，我也很希望早日瞭解真相，但我無論怎麼想都想不通，他為什麼會服毒……」

綾音說到這裡，聽到了對講機的鈴聲。她露出驚訝的表情站了起來，從陽台向下張望。

「宏美。」綾音對著樓下叫了一聲，輕輕舉起了手。

「是若山小姐嗎？」

「對。」綾音走進了房間。

接著，她又走了出去，草薙也跟在她身後。沿著樓梯下樓後，內海薰站在走廊上。她應該也聽到了對講機的門鈴聲。草薙小聲對她說，若山宏美來了。

綾音打開了玄關的門，若山宏美站在門外。

「宏美。」綾音帶著哭腔叫了一聲。

「老師，妳還好嗎？」

「我沒事，謝謝妳過來。」

綾音說完這句話，緊緊抱著若山宏美，然後像小孩子一樣放聲大哭起來。

5

「對不起。」真柴綾音鬆開若山宏美後，用指尖拭著眼睛下方，小聲說道，「之前一直忍耐著，但一看到宏美的臉，突然無法克制感情，但現在沒事了，真的沒問題了。」

綾音努力擠出笑容，草薙看在眼裡，覺得於心不忍，很希望可以讓她一個人靜一靜。

「老師，有什麼需要我幫忙的嗎？」若山宏美抬眼看著綾音問。

綾音搖了搖頭說：

「妳來這裡就足夠了，而且現在我完全無法思考。先進屋吧，我也想向妳瞭解一下詳細的情況。」

「真柴太太，」草薙看著兩個女人，慌忙對她說：「我們也要向若山小姐瞭解一些事情，昨天因為很忙亂，所以沒辦法好好向她瞭解情況。」

若山宏美眼神飄忽，露出困惑的表情。她可能認為昨天已經充分說明了發現屍體時的狀況，已經沒什麼可說了。

「當然，你們也可以一起聽。」綾音似乎完全沒有察覺草薙的意圖。

「不，我的意思是，先由我們單獨向若山小姐瞭解情況。」

綾音聽了草薙的話，一臉難以理解的表情眨了眨眼睛。

「為什麼？我也想向宏美瞭解情況，所以我才叫她來這裡。」

「真柴太太，」間宮不知道什麼時候走了過來，插嘴對綾音說：「很抱歉，我們警察的工作注重按部就班，所以可不可以先由草薙他們去處理。妳可能會認為公家單位做事很死板，但如果不遵守程序，之後可能會很麻煩。」

間宮雖然語氣很溫和，但態度很堅定，綾音露出一絲不悅的表情，最後點了點頭。

「好吧，那我要去哪裡？」

「妳留在這裡沒有關係，因為我也想請教妳幾個問題。」間宮說完，看著草薙和內海薰，「你們帶若山小姐去可以好好談話的地方。」

「是。」草薙回答。

「我去把車子開過來。」內海薰打開玄關的門走了出去。

二十分鐘後，草薙他們坐在家庭餐廳內角落的桌子旁。內海薰坐在他旁邊，若山宏美一臉嚴肅的表情低頭坐在對面。

「妳昨晚睡得好嗎？」草薙喝了一口咖啡後問。

「不太……」

「看到屍體，應該很受打擊吧？」

若山宏美沒有回答這個問題。她低著頭，咬著嘴唇。

內海薰認為，她昨天一回家就哭了。雖然是婚外情，但她看到所愛的男人的屍體，所受到的衝擊應該非比尋常。

「我想請教幾個昨天來不及問的問題，可以嗎？」

若山宏美用力深呼吸後說：

「我什麼都不知道……我想無論你問什麼，我都無法回答。」

「不，應該不會，並不是什麼高難度的問題，只要妳願意誠實回答，就一定可以回答。」

若山宏美瞥了草薙一眼，但眼神似乎可以說是在「瞪人」。

「我並沒有說謊。」

「那很好，那我想請教一下。妳是在昨天晚上八點左右發現真柴義孝先生的屍體，妳說之前最後一次去真柴家是星期五，他們舉行家庭聚會的時候，這件事沒錯吧？」

「沒錯。」

「真的嗎？有時候因為打擊太大，會導致記憶混亂的情況，所以請妳平靜心情後，再仔細回想一下。在星期五晚上離開之後，到昨天晚上之間，妳真的完全沒有去過真柴家嗎？」草薙注視著若山宏美的長睫毛問道，他在說「真的」這兩個字時加強了語氣。

她沉默片刻後開了口。

「你為什麼要問這個問題？我已經回答沒錯了，但你還再三追問，是有什麼原因嗎？」

草薙的嘴角露出了笑容說：

「現在是我在發問。」

「但是……」

「請妳認為這只是確認，但是，正如妳剛才所說，既然我再三追問，希望妳也能夠謹慎地回答。這麼說妳聽了可能會不高興，萬一妳之後又輕易改口，我們會很傷腦筋。」

若山宏美再度陷入了沉默。草薙覺得她在腦海中盤算，思考謊言被警方拆穿的可能性，分析目前坦白是否對自己比較有利。

但是，她內心的天秤遲遲無法停止擺動，她仍然不發一語。草薙終於忍不住說：

「昨天晚上，我們趕到現場時，流理台有一個咖啡杯和兩個杯碟，當時問妳是否知道是誰用的，妳說不知道，但是，我們在調查指紋之後，發現上面有妳的指紋。妳是什麼時候碰了那幾個餐具？」

若山宏美的肩膀隨著吐氣微微起伏。

「妳在星期六、日，曾經和真柴義孝先生見過面吧？當然是他活著的時候。」

她把手放在額頭上，手肘架在桌子上，可能在思考如何狡辯，但草薙有自信她絕對不可能成功。

她放下了托著額頭的手，垂著雙眼點了點頭說：

「你說得對，對不起。」

「所以妳和真柴先生見過面嗎？」

她遲疑了一下後回答說：「對。」

「是什麼時候？」

她對這個問題也沒有馬上回答。草薙忍不住心浮氣躁，覺得她太不乾脆了。

「這個問題非答不可嗎？」若山宏美抬起頭，看著草薙和內海薰，「因為和事件本身完全沒有關係，這不是侵犯隱私嗎？」

雖然若山宏美一臉快哭出來的表情，但她的眼神充滿怒氣，說話的語氣也咄咄逼人。

草薙想起以前曾經聽前輩刑警說，無論看起來再柔弱的女人，和男人有婚外情的女人都很不好對付。
但草薙沒時間和她磨蹭，於是亮出了下一張牌。
「目前已經查明了真柴義孝先生的死因，是中毒身亡。」
若山宏美露出了畏縮的表情。
「中毒……」
「從留在現場的咖啡中，檢驗出毒藥的成分。」
她瞪大眼睛說：「怎麼會？怎麼可能？」
草薙微微探出身體，看著她的臉說：
「妳為什麼認為不可能？」
「因為……」
「是因為妳之前喝的時候，完全沒有異狀嗎？」
她眨了眨眼睛，遲疑了一下後，點了點頭。
「若山小姐，問題就在這裡。如果真柴先生是自己加了毒，然後留下了痕跡，我們不會認為有什麼問題，因為這就是自殺或是意外。但是，根據目前的情況，發現這種可能性相當低，不得不認為是有人基於某種意圖，在真柴先生喝的咖啡中下毒，而且在用過的濾紙上也發現了毒藥成分。目前最有力的說法，就是認為在咖啡粉中加了毒藥。」
若山宏美手足無措，用力搖著頭。

「我、什麼都不知道。」

「既然這樣，至少請妳回答我們的問題。因為妳在真柴家喝咖啡這件事成為很重要的線索。凶手……不，現在還無法斷定稱之為凶手的說法是否適當，總之，妳的證詞非常重要，將有助於我們推斷出有心人在咖啡中下毒的時間點，怎麼樣？」

草薙說完之後，坐直了身體，低頭看著她。他打算在對方開口之前，自己不再說一個字。

若山宏美雙手捂著嘴唇，視線在桌子上游移。最後，她小聲地說：

「不是我。」

「啊？」

「不是我幹的。」她露出求助的眼神搖著頭，「我沒有下毒，真的，請你們相信我。」

草薙忍不住和內海薰互看了一眼。

若山宏美的確是嫌疑人之一，甚至可以說，她是頭號嫌疑人。她有機會下毒。如果她和真柴義孝外遇，完全有可能因為感情糾紛而產生殺人動機。她在殺了真柴義孝後偽裝成發現者，也可能是虛晃一招。

但是，草薙認為在現階段和她相處時，極力排除了這種先入為主的想法，也完全沒有說過任何懷疑她的話，只是問她什麼時候和真柴義孝一起喝咖啡而已。沒想到她卻這樣回答，這到底是怎麼一回事？也可以認為她是凶手，所以會過度揣摩刑警的想法，結果貿然說出了口。

「我們並沒有懷疑妳，」草薙笑著說，「我剛才也說了，我們只是想釐清犯案的時間點。如果妳曾經和真柴先生見面，而且一起喝咖啡，是否可以請妳告訴我們是什麼時候，而且是由誰、用什麼方式泡咖啡？」

若山宏美白皙的臉上露出了痛苦的表情。草薙還無法判斷她是否只是在猶豫要不要向警方坦承和真柴義孝的婚外情。

「若山小姐，」內海薰突然開了口。

若山宏美驚訝地抬起頭。

「我們對妳和真柴義孝先生的關係有某種想像，」內海薰繼續說道，「即使妳否認，我們也會確認這件事的真偽。只要警方想要查某件事，大部分的事情都可以查清楚，而且在調查的過程中，會向很多人瞭解情況，希望妳充分考慮這件事。如果妳現在實話實說，我們也可以採取應變行動。比方說，如果妳希望不要告訴其他人，我們也會儘量配合。」

內海薰好像公務員在說明公事般淡淡地說完後，看著草薙，微微低下頭。她應該在為自己自作主張道歉。

這番話似乎打動了若山宏美，同性的意見應該也是重要的原因。她深深地低下頭後，再度抬了起來，緩緩眨了眨眼睛，吐了一口氣。

「你們真的會為我保密嗎？」

「只要和案情無關，絕對不會輕易對他人透露，請妳相信我們。」草薙也明確告訴她。

若山宏美點了點頭。

「你們說得沒錯，我和真柴先生有特殊的關係，這個週末，也不是只有昨天晚上去他家而已。」

真柴綾音一回娘家，他們就馬上約會偷情。

「你們之前就約好的嗎？」

「昨晚之前是什麼時候？」

「星期六晚上，我記得是晚上九點左右。」

「你們之前就約好的嗎？」

「不是，拼布教室下課時，真柴先生打電話給我，叫我晚上去他家。」

「所以妳就去了，之後呢？」

若山宏美露出一絲猶豫後，似乎下定了決心，注視著草薙說：

「那天晚上就住在他家，隔天早上才離開。」

坐在草薙身旁的內海薰開始做筆記，草薙無法從她的臉上讀到任何感情，但她應該有什麼想法，草薙打算等一下問她的感想。

「你們什麼時候喝咖啡？」

「昨天早上，是我泡的咖啡。啊，但前天晚上也喝過。」

「星期六晚上也喝了？所以你們喝了兩次。」

「對。」
「那時候也是妳泡的嗎？」
「不是。星期六晚上，我去真柴先生家的時候，他已經泡好了咖啡，也為我泡了一杯。」若山宏美低下頭後繼續說道，「那是我第一次看到他自己泡咖啡，他也說很久沒有泡咖啡了。」
「當時沒有使用杯碟吧？」正在做筆記的內海薰抬頭問。
「對。」若山宏美回答。
「所以昨天早上是妳泡的咖啡嗎？」草薙再度確認。
「因為真柴先生泡的咖啡有點苦，所以他說下次由我來泡。昨天早上我泡咖啡時，真柴先生一直站在旁邊看著。」她將視線移向內海薰，「當時用了杯碟，就是放在流理台的那兩個。」
草薙點了點頭。到目前為止，她陳述的內容並無矛盾之處。
「為了謹慎起見，我再請教一下，星期六晚上和星期天早上泡的咖啡，都是真柴先生家平時用的咖啡粉嗎？」
「應該是，我只是直接拿冰箱裡的咖啡粉出來用而已，至於真柴先生在星期六晚上泡咖啡時用的是什麼咖啡粉，我就不太清楚了，但我想應該一樣。」
「妳以前也曾經在真柴家泡咖啡嗎？」
「偶爾會在老師的要求下泡咖啡，泡咖啡的方法也是老師教我的，昨天早上也是用相同的方法。」

「妳在泡咖啡時，有沒有發現什麼事？比方說，容器的位置和以前不一樣，或是咖啡的牌子不一樣了。」

若山宏美微微閉上眼睛，搖了搖頭。

「我沒有發現，一切應該都和平時一樣。」她說完這句話後睜開了眼睛，納悶地偏著頭問：「這應該和當時的事沒有關係吧？」

「什麼意思？」

「因為，」她收起下巴，抬眼看著草薙，「因為當時還沒有毒藥，如果有人下毒，應該是在之後嗎？」

「雖然沒錯，但凶手可能用了什麼機關。」

「機關……」她露出難以理解的表情後說，「我沒有發現任何異常。」

「喝完咖啡之後呢？」

「就馬上出門了，因為我星期天要在池袋的藝文教室教拼布課。」

「拼布課是幾點到幾點。」

「上午的課是九點到十二點，下午的課是三點到六點。」

「兩堂課之間的時間，妳去了哪裡？」

「收拾教室，去吃午餐，然後為下午的課做準備。」

「午餐是在外面吃嗎？」

「對。昨天在百貨公司美食街的一家蕎麥麵店吃午餐。」她說到這裡，皺起了眉頭，「我外出只有一個小時左右，不可能去真柴先生家，然後又回去教室。」

草薙苦笑著，做出了安撫她的手勢。

「目前並不是在調查妳的不在場證明，請妳不要多心。妳昨天說，下課之後，就打電話給真柴先生，這一點有沒有需要修正的地方？」

若山宏美露出尷尬的表情，移開了原本看著草薙的視線。

「我的確打了電話給他，但打電話的理由和昨天說的不太一樣。」

「妳昨天說，因為他太太不在家，妳擔心他在生活上有什麼不方便，所以打電話給他。」

「其實是我早上離開時，真柴先生叫我下課之後打電話給他。」

草薙看著垂下雙眼的若山宏美，點了兩、三次頭。

「你們打算去餐廳吃飯吧。」

「他好像有這個打算。」

「這樣就說得通了，否則即使是再怎麼尊敬老師的先生，也不可能這麼貼心，而且也不可能因為對方沒有接電話就去他們家。」

若山宏美聳了聳肩，露出了無力的表情。

「我也覺得警方一定會懷疑，但我想不到其他藉口……」

「因為真柴先生沒有接電話，妳感到很擔心，所以就去了他家——這個部分如何呢？有需要更正的地方嗎？」

「沒有，之後和我昨天說的一樣，對不起，我昨天說了謊。」她低著頭，垂著肩膀。

內海薰在草薙繼續做筆記，草薙瞥了一眼之後，再度觀察若山宏美的態度。

若山宏美剛才說的內容並沒有可疑之處，也消除了草薙昨天晚上所產生的疑問，但並不能因此全面相信若山宏美。

「我剛才也說了，這次的事件很可能是他殺，昨天也曾經請教妳，如果是他殺，妳有沒有什麼頭緒？妳回答說完全沒有，還說妳對於真柴先生的瞭解僅止於他是老師的先生而已，但現在妳已經承認自己和他有特殊的關係，還有沒有什麼可以告訴我們的事？」

若山宏美皺著眉頭，露出了困惑的表情。

「我不知道，我完全無法相信有人要殺害他。」

草薙發現若山宏美之前一直稱「真柴先生」，現在改口叫「他」。

「請妳仔細回想一下最近和真柴先生聊天的內容，如果這是他殺，顯然是預謀殺人，也就是說，有具體的動機。通常被害人會強烈意識到這件事，即使當事人刻意隱瞞，也會不經意透露。」

若山宏美雙手按著自己的太陽穴，搖了搖頭。

「我不知道，他的工作很順利，好像並沒有什麼太大的煩惱，而且也從來沒有說過誰的壞話。」

「可不可以請妳仔細想一想？」

若山宏美露出悲傷的眼神，好像在抗議般注視著草薙。

「我已經絞盡了腦汁，一整晚都邊哭邊想，為什麼會發生這種事？到底是自殺，還是被人殺害，東想西想，但還是想不出來。我也一次又一次回想和他之間的對話，但還是想不透。刑警先生，我比任何人更想知道他為什麼會被人殺害這件事。」

草薙發現她的雙眼漸漸充血，眼睛周圍也漸漸變成了粉紅色。

雖然是婚外情，但她應該真心愛真柴義孝。草薙這麼想道，但也同時心生警戒，如果這是她演出來的，那她實在太厲害了。

「妳是從什麼時候開始和真柴義孝先生有特殊的關係？」

若山宏美聽了他的問題，瞪大了一雙通紅的眼睛。

「我認為這件事和案情無關。」

「有沒有關係並非由妳判斷，而是由我們判斷。我剛才也已經說了，我們不會透露給別人，一旦判斷沒有關係，今後就完全不會再問相關的問題。」

若山宏美緊抿著雙唇，深呼吸了一次之後，伸手拿起茶杯，喝了一口應該已經冷掉的紅茶。

「三個月前。」

「原來是這樣。」草薙點了點頭。雖然他很想問他們發展為特殊關係的過程，但最後還是改變了主意。「有人知道你們的關係嗎？」

「沒有，應該沒有人知道。」

「但是你們應該曾經在外面用餐，不是嗎？可能曾經被人看到。」

「我們在這件事上很小心，我們不會單獨去同一家店超過兩次，而且他經常和工作上認識的女人，或是酒店的小姐一起吃飯，即使被人看到和我在一起，應該也不會有太大的問題。」

草薙認為真柴義孝似乎是個花花公子，可能除了若山宏美以外，還有其他女人。果真如此的話，眼前這個女人也可能會產生殺害真柴義孝的動機。

正在做筆記的內海薰停下了手，抬起頭問：

「你們約會的時候都會去摩鐵嗎？」

草薙聽到她用極其公事化的口吻問這個問題，忍不住注視著她。草薙原本也想問相同的問題，但完全沒想到可以這樣直截了當發問。

若山宏美露出了不悅的表情，稍微提高了音量問：

「這和辦案有關嗎？」

內海薰面不改色地說：

「當然有關。為了偵破這起案子，我們必須調查真柴義孝先生所有的生活，必須盡可能瞭解他在哪裡做了什麼事。在查訪和他有關的人之後，可能會瞭解很多事，但按照目前的情況，真柴先生的行動會出現空白的部分。我不會問他和妳做了什麼，但至少必須告訴我們，你們去了哪裡。」

乾脆也問一下他們做了什麼。草薙很想在一旁插嘴，但還是忍住了。

若山宏美不悅地撇著嘴角說：

「通常都是去普通的飯店。」

「都是去固定的飯店嗎？」

「通常都會去三家，但我相信你們查不到，因為他每次都用假名。」

「為了謹慎起見，請妳說一下那三家飯店的名字。」內海薰做好了記錄的準備。

若山宏美露出了放棄的表情，說了三家飯店的名字，都是東京都內一流飯店，而且規模很大。除非連續入住，否則飯店人員應該不太可能記住客人的長相。

「你們有固定見面的日子嗎？」內海薰繼續追問。

「沒有，我們會用電子郵件決定見面的日子。」

「見面的頻率呢？」

若山宏美偏著頭回答：

「一個星期一次左右。」

內海薰記錄完畢後，看著草薙輕輕點了點頭。

「謝謝妳，今天就先這樣。」草薙說。

「我覺得該說的都已經說了。」

若山宏美板著臉說，草薙默然不語地對她笑了笑，拿起了帳單。

走出家庭餐廳，前往停車場的途中，若山宏美突然停了下來。

「呃……」

「怎麼了？」

「我可以回家了嗎？」

草薙驚訝地看著她問：

「妳不去真柴家嗎？真柴太太不是找妳嗎？」

「但我有點累了，人也不太舒服，可不可以請你們這麼轉告老師？」

「沒問題。」

因為已經問完了該問的事，即使她回去，也對草薙和內海薰沒有任何影響。

「要不要送妳回去？」內海薰問。

「不用了，我會攔計程車，不好意思。」

若山宏美轉身離開了，這時，剛好有一輛計程車經過。她舉起手攔了下來，然後坐上了車。草薙目送計程車離去。

「她以為我們會把他們婚外情的事告訴真柴太太嗎？」

「這我就不知道了，但可能不想讓我們看到她在說了這些事之後，若無其事地面對真柴太太。」

「有道理，可能是這樣。」

「但是，對方知道嗎？」

「對方是誰？」

「真柴太太，她真的沒有發現他們有一腿嗎？」

「應該沒發現吧。」

「你怎麼知道？」

「因為看她剛才的態度就知道了，她不是抱著若山宏美放聲大哭嗎？」

「是嗎？」內海薰垂下了雙眼。

「怎麼了？妳有話就說出來啊。」

她抬起頭，注視著草薙說：

「我看到那一幕，突然想到，也許她故意肆無忌憚地在別人面前哭給無法在別人面前放聲大哭的人看。」

「妳說什麼？」

「對不起，我只是隨便說說，我去開車。」

草薙說不出話，看著內海薰跑去開車。

6

間宮他們在真柴家向綾音瞭解情況也已經告一段落，草薙對綾音說，若山宏美因為身體不舒服，所以先回家了。

「這樣啊？她應該也受到很大的打擊。」綾音雙手捧著茶杯，露出了凝望遠方的眼神，臉上仍然帶著悵然的表情，但她挺直身體坐在沙發上的樣子有一種毅然的感覺，可以感受到她內心的堅強。

這時，傳來了手機的鈴聲。是從綾音放在旁邊的皮包中發出來的聲音。她拿出手機，看著間宮，似乎在徵求他的同意。

間宮點了點頭，似乎表示同意。

綾音看了來電顯示後接起了電話。

「對……不會，沒關係……現在警察在這裡……現在還不太清楚，只知道他倒在客廳……嗯，知道之後，我會馬上通知妳……對，妳叫爸爸也不必擔心……嗯，那就先這樣。」綾音掛上電話後，看著間宮說：「是我娘家的媽媽打來的。」

「妳把詳細情況告訴妳媽媽了嗎？」草薙問。

「她只知道猝死這件事，她問我到底是怎麼回事，我不知道該怎麼回答……」

綾音摸著額頭。

「妳通知了妳先生的公司嗎？」

「今天早上離開札幌之前，通知了公司的顧問律師，就是我剛才提到的豬飼先生。」

「就是來參加家庭聚會的人嗎？」

「對。經營者突然去世，公司內應該會陷入混亂，但我也無能為力……」

綾音露出苦惱的表情注視著前方。雖然她努力表現得很堅強，但仍然散發出一種隨時會倒下的緊張，草薙有一種衝動，很想助她一臂之力。

「在若山小姐身體恢復之前，是不是要請親戚或是朋友來這裡陪妳？因為我想接下來要處理很多事，會很操勞。」

「沒問題，而且今天是不是還不能讓別人進來這裡？」綾音向間宮確認。

間宮窘迫地看著草薙說：

「鑑識人員今天下午要再來勘驗一次，剛才已經徵得真柴太太的同意。」

她似乎無暇陷入悲傷，草薙默默向綾音鞠了一躬。

間宮起身面對綾音說：

「不好意思，打擾妳這麼長時間。岸谷會留在這裡，有什麼事，儘管吩咐他，有什麼雜活瑣事也可以叫他處理。」

「謝謝。」綾音小聲回答。

一走出真柴家，間宮立刻看著草薙和內海薰問：「情況怎麼樣？」

「若山宏美承認了她和義孝之間的關係，據說是從三個月前開始。她說應該沒有人知道。」

間宮聽了草薙的回答，得意地問：

「所以流理台的咖啡杯是……？」

「他們在星期天早上喝的，當時是若山宏美泡的咖啡，她說並沒有任何異狀。」

「所以是之後有人下毒嗎？」間宮摸著冒著鬍碴的下巴。

「真柴太太有沒有說什麼？」草薙問道。

間宮皺起眉頭，搖了搖頭說：

「沒說什麼重要的事，也不清楚她有沒有發現義孝外遇的事。雖然我很直接問她，妳先生在外面有沒有女人，她也否認了，而且顯得很意外。她看起來也沒有慌亂，也不像是演出來的。如果那是她演出來的，演技就太精湛了。」

草薙偷瞄了內海薰一眼。她剛才說，綾音抱著若山宏美痛哭是演出來的，所以很好奇她聽了股長的意見後會有什麼反應，但年輕女刑警面不改色，只是拿著記事本和筆準備做筆記。

「是不是該告訴真柴太太，她先生外遇的事？」

間宮聽了草薙的問題，立刻搖了搖頭。

「我們不必主動告知，因為即使這麼做，對案情也沒有任何幫助。你們今後應該經常會見到真柴太太，在說話時要小心點。」

「所以要向她隱瞞嗎？」

「沒必要主動說，如果她自己察覺到，那我們也無可奈何。當然，這是指她目前真的不知情的情況。」間宮說完，從懷裡拿出一張便條紙，「你們等一下去這戶人家。」

便條紙上寫著豬飼達彥的名字、電話號碼和地址。

「然後問一下義孝最近的情況和星期五的事。」

「真柴太太剛才說，豬飼先生應該正忙於處理相關事宜。」

「但他太太在家啊，你們先打電話後再過去。真柴太太說，她兩個月前剛生了孩子，照顧孩子應該很辛苦，所以希望不要打擾她太長時間。」

綾音似乎也同意警方去向豬飼夫婦瞭解情況。即使在眼前的狀況下，她仍然顧慮到朋友的身體狀況，草薙不由得很感動。

內海薰開車前往豬飼的家，在路上先打了一通電話。豬飼由希子一聽到是警察，應對立刻變得很嚴肅。草薙強調她不必緊張，只要回答問題就好，她才終於同意他們造訪，但請他們一個小時後再上門。草薙和內海薰只能停車找了一家咖啡店走進去。

「關於剛才的問題，妳真的認為真柴太太發現了她先生外遇嗎？」草薙拿起可可的杯子問。剛才在向若山宏美瞭解情況時，已經喝過咖啡了。

「我只是說，我有這種感覺。」

「但是，妳心裡這麼認為吧？」

內海薰沒有回答，注視著咖啡杯。

「假設她真的發現了，為什麼沒有責怪丈夫和若山宏美？他們週末才舉辦家庭聚會，還邀請了若山宏美，通常不會這麼做吧？」

「如果是普通的女人，一旦發現，就會勃然大怒。」

「妳的意思是說，她不是普通的女人嗎？」

「雖然目前還無法下定論，但我認為她很聰明。不僅聰明，而且很有耐性。」

「因為很有耐心，所以對老公的外遇也睜一眼，閉一眼嗎？」

「因為她知道即使勃然大怒，責罵對方，她也沒有任何好處。一旦這麼做，她會失去兩件重要的事，那就是穩定安逸的婚姻生活和優秀的學生。」

「的確不可能一直把老公的外遇對象一直留在身邊，但這種同床異夢的婚姻生活有意義嗎？」

「每個人的價值觀不同。除非遭到家暴，但真柴夫婦的婚姻生活看似圓滿，所以才會舉辦家庭聚會，至少表面上是如此。在金錢方面也不虞匱乏，她可以專心投入自己喜愛的拼布藝術──我認為真柴太太並不傻，不會衝動地破壞這種生活。她可能認為不如等待丈夫和學生之間的婚外情關係自然結束，這樣就可以避免失去任何屬於她的東西。」內海薰難得長篇大論後，可能稍微反省了自己的武斷，又補充說：「這只是我的想像，可能並不符合事實。」

草薙喝了一口可可，發現比自己想像中更甜，忍不住皺起了眉頭，急忙喝了一口水。

「我覺得她看起來不像是這麼有心機的女人。」

「這不是心機，而是聰明女人特有的防衛本能。」

草薙用手背擦了擦嘴巴，看著後輩刑警問：

「妳也有這種本能嗎？」

她苦笑著搖了搖頭說：

「我沒有這種本事，如果對方外遇，我會不顧一切勃然大怒。」

「想像妳未來另一半可能的遭遇，就覺得他很可憐。總之，我無法理解綾音太太察覺丈夫外遇，還能夠若無其事地維持婚姻生活這種事。」

草薙看著手錶，距離剛才打電話給豬飼由希子已經過了三十分鐘。

豬飼夫婦住的豪宅絲毫不比真柴家遜色，貼著仿紅磚瓷磚的門柱旁，是訪客專用的車庫，內海薰總算不必去找收費停車場了。

除了豬飼由希子，她的丈夫達彥也在家。據說他接到太太的聯絡，得知刑警要上門，急忙趕回家中。

「公司那裡沒問題嗎？」草薙問。

「公司的員工都很優秀，所以不必擔心，只是今後要費一番口舌向客戶說明，從這個角度來說，也希望早日釐清真相。」豬飼觀察著兩名刑警的反應，「到底是怎麼回事？發生了什麼事？」

「真柴義孝先生死在家中。」

「這我已經知道了，但既然警視廳的刑警出動，就意味著並不是意外或是自殺吧？」

草薙輕輕嘆了一口氣。豬飼是律師，無法接受東遮西掩的說明，只要他有心，也可以從其他途徑瞭解事件的詳細情況。

草薙要求他絕對不能洩漏給他人後，告訴他真柴義孝是因為亞砷酸中毒身亡，同時在飲用的咖啡中也檢驗出亞砷酸的成分。

和豬飼一起坐在皮革沙發上的由希子用雙手摸著臉頰，捧著圓潤的臉龐，瞪大的雙眼微微充血。她的身材有點豐腴，第一次看到她的草薙並不知道是否因為剛生完孩子的關係。

豬飼撥了撥一頭燙得微鬈的頭髮。

「果然是這樣，因為我聽說接到了警方的通知，還說遺體要送去解剖，我就覺得如果是病故，這樣未免太奇怪了，但他又完全不可能自殺。」

「你的意思是說，如果是他殺，就有可能嗎？」

「因為我無法得知誰會有什麼想法，話說回來，下毒殺人……」豬飼皺著眉頭，搖了搖頭。

「真柴先生有沒有和別人結怨？」

「如果問他在工作上有沒有曾經和別人發生衝突，我不敢說完全沒有，但都是在生意上合不來，並不是對他私人有什麼怨恨。更何況發生問題時，是我成為眾矢之的，而不是他。」豬飼說完這句話，拍了拍自己的胸口。

「那他的私生活呢？真柴先生是否曾經和別人結怨？」

豬飼聽了草薙的問題，靠在沙發上，蹺起了二郎腿。

「這我就不知道了。我和真柴雖然是良好的合作夥伴，但一向不干涉彼此的私生活。」

「但他不是邀請你參加家庭聚會嗎？」

豬飼搖了搖頭，似乎認為他沒有搞清楚狀況。

「正因為不干涉彼此的私生活，才會舉辦家庭聚會，像我和他那樣工作繁忙的人，生活需要調劑。」

他的言下之意，似乎無暇在交朋友上花太多時間。

「你那天去參加家庭聚會時，有沒有發現什麼在意的事？」

「如果你是問有沒有發現什麼徵兆，我只能回答沒有。那天的聚會很開心，也很充實。」豬飼說到這裡，皺起了眉頭，「沒想到距離家庭聚會才三天而已，他就發生了這種事。」

「真柴先生有沒有向你們提起，他在星期六和星期天會和誰見面？」

「我沒有聽說。」豬飼轉頭看向妻子。

「我也沒聽說，只知道綾音要回娘家……」

草薙點了點頭，用原子筆搔了搔太陽穴。他漸漸認為應該無法從這兩個人口中問到什麼有用的線索。

「你們經常舉辦家庭聚會嗎？」內海薰問。

「差不多兩、三個月一次。」

「每次都在真柴先生家嗎？」

「他們剛結婚時，曾經邀請他們來我家，之後就一直在他們家。因為我太太懷孕了。」
「你在綾音太太和真柴先生結婚之前，就已經認識她了嗎？」
「認識啊，因為真柴認識她的時候，我當時也在場。」
「這是怎麼回事？」
「因為我和真柴一起出席了一場派對，她剛好也在，他們在那次認識之後開始交往。」
「是什麼時候的事？」
「那是……」豬飼偏著頭，「差不多一年半前，不，應該不到一年半。」
草薙聽著他們的對話，也忍不住想要插嘴。
「他們是一年前結的婚，所以是閃電結婚囉？」
「是啊。」
「因為真柴先生想趕快生孩子，」由希子在一旁插嘴說，「但遲遲遇不到理想的對象，當時有點著急了。」
「妳不要多話。」豬飼制止了妻子，然後看著草薙和內海薰，「他們夫妻認識的過程、結婚這種事，和這起事件有什麼關係嗎？」
「不，沒有關係，」草薙搖了搖手，「因為目前缺乏有用的線索，所以想瞭解一下真柴先生家庭的情況。」
「這樣啊，我能夠理解你們為了偵辦工作，盡可能多蒐集各種情況的心情，但如果過度，就會造成問題。」豬飼擺出律師的態度，露出威嚇的眼神。

「我知道。」草薙低頭表示，然後注視著眼前這位律師的眼睛說：「恕我再失禮請教一個問題，這是例行公事，請兩位不要介意。如果兩位願意提供上星期六、日的行動，我將感激不盡。」

豬飼撇著嘴角，緩緩點了點頭。

「不在場證明嗎？嗯，調查我們的不在場證明也情有可原。」他從上衣口袋拿出了記事本。

豬飼在星期六去自己的事務所處理工作後，和客人一起去用餐。星期天和另一名客戶去打高爾夫球，晚上十點多才回到家中。由希子說她一直都在家裡，她娘家的媽媽和妹妹星期天來家裡玩。

這天晚上，目黑分局召開了偵查會議。警視廳搜查一課的管理官在會議一開始就表示，本案是他殺的可能性極高，最大的根據就是在用過的咖啡粉中驗出了劇毒亞砷酸。如果是服毒自殺，不可能把毒藥混在咖啡中，而且即使要混入咖啡一起喝，也會加在泡好的咖啡中。

毒藥是如何混入咖啡？鑑識小組的負責人報告了至今為止的調查結果，試圖釐清這個問題，但目前的結果仍然無法查明這個問題。

鑑識小組在今天下午再度勘驗了真柴家，針對食材、調味料、飲料和藥物等真柴義孝可能入口的東西進行調查，確認其中是否含有毒藥，同時也檢查了餐具。在召開偵查會議時，檢查工作已經完成了將近八成。鑑識小組的負責人認為，按照目前的情況，在剩下的兩成內發現的可能性也很低。

也就是說，凶手是針對義孝喝的咖啡下毒。下毒的方法有兩種，不是在咖啡粉、濾紙和杯子等預先下毒，就是在泡咖啡時混入，但目前還無法斷定是哪一種方法。因為並沒有在其他地方發現亞砷酸，而且也無法證實義孝在泡咖啡時旁邊有人。

會議上也報告了在真柴家附近查訪的結果。根據報告，並沒有人看到有人在案發之前去真柴家，只不過那一帶是人煙稀少的寧靜住宅區，除非影響到自己的生活，否則很多住戶對鄰居家也漠不關心，並不能因為沒有目擊證人，就斷定沒有人去真柴家。

草薙也報告了向真柴綾音和豬飼夫婦瞭解的情況，但因為在會議前得到了間宮的指示，所以沒有提及若山宏美和真柴義孝之間的關係。間宮當然已經向管理官報告了這件事。高層認為事涉敏感，在證明和案情有關之前，只限少數偵查員知道這件事，可能也擔心媒體知道這件事。

會議結束後，間宮把草薙和內海薰叫了過去。

「你們明天去札幌一趟。」間宮輪流看著他們兩個人說。

草薙一聽到札幌，立刻察覺了目的。

「要確認真柴太太的不在場證明嗎？」

「沒錯。外遇的男人遭到殺害，當然就會懷疑情婦和老婆。情婦沒有不在場證明，所以就要瞭解老婆的情況。高層指示，先解決能夠查明的事情，但是我有言在先，你們要當天來回，我會安排北海道警方提供協助。」

「真柴太太說，她是在溫泉那裡接到警方的聯絡。我認為也必須去溫泉瞭解情況。」

「不是定山溪溫泉嗎？從札幌車站開車只要一個多小時，真柴太太的老家在札幌市西區，你們分頭行動，半天就可以搞定了。」

「是沒錯啦。」草薙只能抓頭。間宮似乎不可能讓下屬享受在溫泉區住一晚的好事。

「內海，怎麼了？妳好像有什麼話要說。」間宮說。

草薙看向身旁，發現內海抿緊雙唇，一臉不解的表情。

「只要這段期間的不在場證明嗎？」

「嗯？什麼意思？」間宮問。

「我的意思是，真柴太太在星期六早上離開東京，星期一早上回來，只要確認她在這段期間的不在場證明就好嗎？」

「難道妳認為還不夠嗎？」

「我不知道，只是覺得既然目前還不瞭解下毒的方法和時間點，即使這段期間有不在場證明，排除她的嫌疑似乎為時過早。」

「姑且不論方法，但現在已經掌握了下毒的時間。」草薙說，「若山宏美和真柴義孝在星期天早上曾經一起喝咖啡，當時咖啡沒有任何異狀，所以是在之後下的毒。」

「這麼快就下結論沒問題嗎？」

「有問題嗎？除此以外，妳認為是什麼時候下毒？」

「這……我也不知道。」

「難道妳認為若山宏美在說謊嗎？」間宮問，「果真如此的話，就意味著情婦和元配共謀殺人，這種可能性應該很低。」

「我也認為不可能。」

「既然這樣，妳還有什麼意見？」草薙忍不住提高了音量，「只要有星期六到星期天的不在場證明，不是就足夠了嗎？不，只要有星期天的不在場證明，就可以證明真柴太太的清白。這麼想有什麼問題嗎？」

內海薰搖了搖頭說：

「沒有問題，我認為是合理的想法，但真的沒有什麼故佈疑陣的方法嗎？像是讓義孝先生自己加毒的機關之類的……」

草薙皺起眉頭問：

「妳是說，設計他自殺嗎？」

「不是這個意思，不會告訴他那是毒藥，比方說，騙他說是讓咖啡更好喝的配料。」

「配料？」

「吃咖哩時，不是會加印度綜合香料葛拉姆瑪薩拉嗎？在吃之前稍微撒一些這種香料，就可以讓味道和香氣更出色。也許她說那是咖啡的配料，交給義孝先生。義孝先生和若山小姐一起喝咖啡時雖然沒有用，但在自己喝咖啡時想起這件事……雖然這聽起來有點牽強。」

「的確很牽強，根本不可能。」草薙斷言道。

「是嗎？」

「我從來沒有聽過加什麼配料，可以讓咖啡更好喝這種事，也不認為真柴義孝會相信這種謊言。如果他真的相信，應該會告訴若山宏美，義孝曾經和她聊過怎樣泡咖啡更好喝。而且如果是義孝自己加毒藥，應該會留下痕跡。亞砷酸是粉末，必須裝在塑膠袋或是用紙包內，但現場並沒有看到這樣的袋子或是紙，妳認為該如何解釋這一點？」

草薙一口氣反駁道，內海薰輕輕點了點頭。

「很遺憾，我完全無法解釋。你說的完全正確，只是我覺得會不會有什麼方法可以解決這個問題。」

草薙把頭轉到一旁，嘆了一口氣說：

「妳要我們相信妳女人的直覺嗎？」

「我並沒有這麼說，但女人有女人的想法——」

「啊，等一下，」間宮一臉無奈地打斷了他們，「討論當然沒有問題，但不要降低討論的水準。內海，妳認為真柴太太很可疑嗎？」
「但我並沒有把握。」
只是直覺而已，不是嗎？草薙很想這麼說，但還是忍住了。
「有什麼根據？」間宮問。
內海薰深呼吸後回答說：「是香檳杯。」
「香檳杯？香檳杯怎麼了？」
「我們趕去現場時，洗好的香檳杯放在廚房，總共有五個。」她轉頭看向草薙問，「你還記得嗎？」
「記得啊，是星期五晚上舉辦家庭聚會時的香檳杯。」
「那些香檳杯平時都放在客廳的碗盤收納櫃裡，所以我們去的時候，碗盤收納櫃那裡很空。」
「所以呢？」間宮問，「是不是我太笨了？我完全不知道這樣有什麼問題。」
草薙也有同感，注視著內海薰好強的側臉。
「真柴太太為什麼沒有收好？」
「啊？」草薙叫了一聲，間宮也跟著問了一聲：「什麼？」
「即使沒有收好也無所謂啊。」草薙說。
「但按照常理，應該會收好。你也看到那個碗盤收納櫃，裡面收得很整齊，一眼就可以發現香檳杯原本放在哪裡。我猜想真柴太太屬於那種會把心愛的餐具收在固定位置的個性，既然這樣，就難以理解為什麼沒有把香檳杯放回原位。」

「只是剛好忘記而已吧？」

內海薰聽了草薙的回答，用力搖了搖頭說：「不可能。」

「為什麼？」

「如果是平時，或許有這種可能，但真柴太太打算出門一陣子，不可能不把香檳杯收好。」

草薙和間宮互看了一眼，間宮露出了出乎意料的表情。草薙猜想自己臉上也有相同的表情，之前完全沒有想過內海薰提出的疑問。

「真柴太太沒有收香檳杯的理由只有一個，」年輕女刑警繼續說了下去，「她知道自己離家不會太久，因為馬上就會回來，所以沒必要急著收好。」

間宮抱起雙臂，靠在椅背上，然後抬頭看著草薙。

「那就來聽聽前輩刑警的反駁。」

草薙抓了抓眉毛上方，他想不到該如何反駁，但他問內海薰：

「妳為什麼不早說？妳去現場的時候，不是就產生了這個疑問嗎？」

她偏著頭，難得露出靦腆的表情笑了笑說：

「因為我覺得你會說，不要老是拘泥這種枝微末節的小事，而且我想如果真柴太太是凶手，一定會在其他地方露出破綻，不好意思。」

間宮重重地吐了一口氣，再次看向草薙說：

「看來我們必須檢討一下自己的態度，好不容易有女刑警加入，卻讓她不敢發表意見，這太不像話了。」

「不，我並不是這個……」

內海薰想要辯解，間宮舉起手制止了她。

「如果想說什麼就直說無妨，這和是男是女，是前輩或是後輩無關。我會向上面報告妳的意見，但即使著眼點很不錯，也不能自鳴得意。真柴太太沒有把香檳杯收好的確很不自然，但這並無法證明什麼，我們必須找出能夠證明的證據。我剛才下達的指示，就是去找出可以證明真柴太太不在場證明真偽的證據，妳不需要思考到時候會如何運用，瞭解了嗎？」

內海薰垂下雙眼，眨了幾下之後，注視著上司點了點頭說：「我瞭解了。」

7

宏美聽到手機的聲音睜開了眼睛。

她並沒有睡著，只是閉著眼睛躺在床上。她已經做好了心理準備，今晚也會像昨晚一樣輾轉難眠。義孝之前曾經給她安眠藥，但她不敢吃。

她忍著輕微的頭痛，拖著沉重的身體坐了起來，甚至不想伸手拿手機。這麼晚了，是誰打電話來——她看了手錶，發現快十點了。

但是，當她看到液晶螢幕上顯示的名字，就像被澆了一盆冷水般清醒過來。是綾音打來的，她慌忙按下了通話鍵。

「喂，我是宏美。」她的聲音有點沙啞。

「啊……不好意思，我是綾音，妳睡了嗎？」

「沒有，我只是躺在床上。呃……今天上午不好意思，我後來沒有再去老師那裡。」

「嗯，沒關係，妳身體沒事吧？」

「我沒事，老師，妳是不是累了？」宏美在問話時，想著其他事。她不知道兩名刑警有沒有把她和義孝偷情的事告訴了綾音。

「的確有點累，而且也完全搞不清楚狀況……還完全無法接受真的發生了這種事。」

宏美也有同感，總覺得好像在繼續作惡夢，於是簡短地回答：「我能理解。」

「宏美，妳的身體真的沒問題嗎？沒有不舒服嗎？」

「對，我沒事，明天應該就可以上班了。」

「工作的事沒關係，等一下能不能見面？」

「等一下……嗎？」不安頓時在宏美的內心擴散，「有什麼事嗎？」

「我有事想和妳當面談，應該不會佔用妳太多時間，如果妳很累，我也可以去找妳。」

宏美把電話放在耳邊搖著頭說：

「不，我去妳家，我要準備一下，可能需要一個小時左右。」

「我跟妳說，我住在飯店。」

「啊……這樣啊。」

「因為警方說，還要重新勘驗家裡，所以我把從札幌帶回來的行李箱裡的衣服稍微換一下，就跑來住飯店了。」

綾音目前住在品川車站旁的飯店。宏美對她說「我馬上過去」，然後掛上了電話。

在做出門的準備時，宏美仍然好奇綾音找自己到底有什麼事。綾音雖然關心宏美的身體狀況，但聽她說話的語氣，好像打算立刻上門來找宏美。不是很著急，就是無法拖延的要事。

宏美搭電車前往品川的途中，也無法不想像綾音可能會談的內容。刑警果然把自己和義孝的關係告訴了她嗎？綾音在剛才電話中的語氣聽起來並沒有很凶，但也許她拚命壓抑自己的感情。

如果綾音得知丈夫和學生外遇，不知道會有什麼反應？宏美無法想像，因為她至今為止，從來沒有看過綾音真的動怒，但綾音不可能沒有憤怒的感情。

綾音向來很文靜，從來不會表現出激烈的情緒，宏美完全無法預料她對搶走丈夫的女人會露出怎樣的表情，這也讓宏美感到害怕。但是，宏美已經決定，如果綾音質問，自己就不再隱瞞，只有拚命向她道歉。恐怕無法得到她的原諒，也可能被逐出師門，但這也是無可奈何的事，宏美覺得目前的自己需要解決這件事。

到了飯店後，她打電話給綾音。綾音叫她上去房間。

綾音換了米色的居家服等她。

「對不起，妳很累了，我還找妳過來。」

「沒關係，妳要找我談什麼……」

「妳先坐下。」綾音請她坐在單人沙發上。房間內有兩張沙發。

宏美坐了下來，打量室內。這是一間雙人房，打開的行李箱放在床邊。宏美發現裡面塞了不少衣物，綾音可能做好了要在這裡住好幾天的心理準備。

「要喝什麼嗎？」

「不，不用了。」

「那我還是倒杯茶給妳，妳想喝就喝。」綾音把從冰箱裡拿出的烏龍茶倒在兩個杯子裡。

「謝謝。」宏美輕輕低頭道謝，立刻伸手拿起杯子。她其實口很渴。

「刑警問了妳哪些事？」綾音用和平時相同的溫柔語氣問道。

宏美放下杯子，舔了舔嘴唇。

「問了我發現真柴先生時的狀況，還問我有沒有什麼頭緒。」

「妳怎麼回答？」

宏美在胸前搖著手說：

「我當然沒有頭緒，我也這麼告訴刑警。」

「這樣啊，除了這些問題以外，還問了妳什麼？」

「其他就沒有……就只有這些。」宏美低下了頭，她無法告訴綾音，刑警還問了她和義孝兩個人一起喝咖啡的事。

綾音點了點頭，拿起杯子，喝了一口烏龍茶後，把杯子放在臉頰上，似乎想要讓發燙的臉頰冷卻。

「宏美，」綾音叫了她一聲，「我要告訴妳一件事。」

宏美驚訝地抬起頭，她和綾音四目相對。她以為綾音在瞪她，但下一剎那，又產生了不同的感覺，綾音的眼中並沒有憎惡和憤怒，而是交織著悲傷和空虛的感情。她的嘴角露出淡淡的笑容，更讓宏美強烈感受到這件事。

「他向我提離婚。」綾音用沒有起伏的聲音告訴她。

宏美垂下了雙眼。她覺得自己也許該假裝驚訝，但她無法這麼做，她甚至不敢正視綾音。

「就是星期五的時候，豬飼夫婦來家裡之前，他在房間內對我說，和生不出孩子的女人結婚也沒有意義。」

宏美只能低頭聽綾音說話，她知道義孝向綾音提出離婚，但沒想到他會說出這種話。

「而且他說，已經有下一個女人了，但他沒有告訴我對方是誰，只說是我不認識的人。」

宏美不由得心一沉。她不認為綾音會在一無所知的情況下和自己談這些，似乎想要藉由淡淡地說話，把自己逼得走投無路。

「但我想他應該在說謊，對方一定是我認識的女人，而且是非常熟悉的人，所以他才不敢說名字。」

宏美聽綾音說話時，內心越來越痛苦，她終於忍不住抬起頭，淚水已經奪眶而出。

綾音看到她的樣子，也完全沒有驚訝，像剛才一樣，繼續露出帶著空虛的笑容。綾音帶著這樣的表情說：

「宏美，那個人是不是妳？」她問話的語氣，就像是溫柔地質問做了壞事的小孩子。

宏美不知道該說什麼，用力閉著雙唇忍住嗚咽，淚水順著臉頰滑了下來。

「是不是……妳？」

宏美已經無法否認，只能輕輕點了點頭。

綾音嘆了一口氣說：「果然是這樣。」

「老師，我……」

「嗯，我知道，妳什麼都不用說。他向我提出離婚時，我就立刻想到了。應該說，我在之前就察覺到了，只是我自己不願承認……因為是自己的枕邊人，當然會察覺。姑且不論妳，他說謊和演戲的本事沒有他自己想像的那麼出色。」

「老師，妳一定很生我的氣。」

綾音偏著頭說：

「我也不太清楚，應該有生氣吧，雖然我知道八成是他追求妳，但會氣妳為什麼沒有拒絕，只不過我並不覺得妳搶走了我的老公。這是真的，因為他並不是劈腿，而是對我沒有感情之後，才移情別戀追求妳，我也怪自己沒有留住他的心。」

「對不起，雖然我知道這麼做不對，但真柴先生一次又一次約我，結果就——」

「妳不要再說下去了，」綾音說，她的聲音帶著尖銳和冷漠，和剛才完全不一樣，「否則我聽了之後，會有點憎恨妳，妳覺得我想聽妳是怎麼被他吸引這種事嗎？」

她說得完全正確。宏美垂頭喪氣地搖了搖頭。

「我們當初結婚時，曾經約定一件事。」綾音再度恢復了溫柔的語氣，「如果結婚滿一年還沒有生孩子，就要重新考慮。我們不是都不年輕了嗎？所以兩個人都沒有考慮會很花時間的不孕治療。雖然我發現妳就是他的新對象時很受打擊，但他可能覺得只是對婚前的約定說到做到而已。」

「他曾經好幾次對我提過這件事。」宏美低著頭說。

星期六和義孝見面時，他也提到這件事，只不過他當時用了「規則」這兩個字。因為有這樣的規則，所以綾音也接受了——她記得義孝當時這麼說。雖然宏美當時覺得難以理解，但聽了綾音剛才說的話，覺得綾音的確坦然面對這件事。

「我回去札幌，是為了整理自己的情緒。因為在他提出離婚後，如果繼續住在家裡，會覺得自己很悲哀。我把鑰匙寄放在妳那裡，也是為了斬斷對他的感情。因為我知道我離開之後，你們一定會見面，既然你們會見面，還不如乾脆把鑰匙交給妳。」

宏美回想起綾音把鑰匙交給她時的情景，當時完全沒有想到，綾音的行為帶著這麼大的決心，還自鳴得意地以為綾音很信任自己。想到綾音不知道帶著怎樣的心情，看著搞不清楚狀況的自己接過鑰匙，就覺得更加抬不起頭。

「妳把和我老公的事告訴了刑警嗎？」

宏美輕輕點了點頭說：

「因為他們好像已經察覺到了，所以我只能告訴他們。」

「原來是這樣，這也難怪，因為無論怎麼想，都會覺得妳因為擔心他而自己用鑰匙開門去我家太不自然了，所以刑警知道妳和他的關係，但他們完全沒有在我面前提起。」

「是嗎？」

「他們可能假裝不知道，觀察我的反應。因為他們好像在懷疑我。」

「什麼？」宏美看著綾音，「他們……懷疑妳嗎？」

「按照一般的見解，我不是有動機嗎？遭到丈夫背叛的動機。」

的確是這樣，但宏美完全沒有懷疑綾音。一方面當然是因為義孝遭到殺害時，綾音在札幌，更因為她相信了義孝說的話，他們離婚的事談得很順利。

「但即使警方懷疑我也沒關係，這種事根本不重要。」綾音把皮包拉了過來，從裡面拿出手帕，然後用手帕擦了擦眼睛下方，「但究竟發生了什麼事？為什麼他會……？宏美，妳真的完全沒有頭緒嗎？妳最後一次見到他是什麼時候？」

雖然宏美不想回答，但事到如今，也無法說謊。

「昨天早上，我們一起喝了咖啡。刑警針對這件事問了我很多問題，但我完全沒有頭緒，真柴先生的樣子也完全沒有任何異狀。」

「這樣啊。」綾音偏著頭沉思片刻，再度注視著宏美，「妳沒有向刑警隱瞞任何事吧？妳把所有知道的事都告訴了他們，對不對？」

「我都說了。」

「那就好，如果有什麼話忘了說，最好趕快告訴他們，因為他們可能也在懷疑妳。」

「可能已經在懷疑我了，因為目前只有我在星期六、日和真柴先生見過面。」

「對喔，警察會從這方面開始懷疑。」

「請問……今天和妳見面的事，也要告訴警察比較好嗎？」宏美問。

「是啊，」綾音摸著臉頰說，「沒必要隱瞞吧？我無所謂，刻意隱瞞的話，反而會引起他們的懷疑。」

「我瞭解了。」

綾音的嘴角露出笑容說：

「說起來還真奇怪，被丈夫提出離婚的女人和丈夫在外面的女人竟然在同一個房間聊天，而且沒有吵架，雙方都對目前的狀況束手無策。也許是因為他死了，我們才沒有針鋒相對。」

宏美沒有回答。她也有同感，但是此刻她覺得，只要義孝能夠死而復活，即使被綾音罵得狗血淋頭也無所謂，而且她確信自己比綾音更加感到極大的失落，只不過她對自己這麼想的理由難以啟齒。

8

真柴綾音的娘家位在一片很有規劃的住宅區內。堅固的四方形房子，沿著階梯而上，來到了玄關。一樓的部分是車庫，但被視為地下室。也就是說，雖然外表看起來是一棟三層樓的房子，在房屋權狀上是地上兩層樓和地下一層的房子。

「這一帶有很多這樣的房子。」三田和宣掰開仙貝時說，「因為這裡一到冬天就會積雪，所以玄關不能離地面太近。」

原來是這樣。草薙點了點頭，伸手拿起茶杯。綾音的母親登紀子剛才為他端茶過來後，就坐在和宣的身旁，托盤還放在腿上。

「話說回來，這次真的太驚訝了，沒想到義孝竟然會出這種事。因為聽說既不是意外，也不是病故，我們正感到奇怪，原來是這樣，警方果然開始調查這件事。」

和宣把兩道花白的眉毛皺成了八字形。

「目前還沒有確定是他殺。」草薙還是聲明了一下。

和宣皺起整張臉。因為很瘦的關係，所以皺紋變得更深了。

「他在外面樹了不少敵，能幹的經營者十之八九都這樣，但話說回來，到底是誰做了這種傷天害理的事……」

聽說和宣五年前從本地的信用金庫退休，也許他見過許多經營者。

「請問……」登紀子抬起頭，「綾音目前怎麼樣？雖然她在電話中告訴我說沒事。」

身為母親，果然還是最擔心女兒。

「她很堅強，雖然應該受到了打擊，但很配合我們警方的偵查工作。」

「是嗎？那我就放心了。」雖然她嘴上這麼說，但臉上的不安並沒有消失。

「聽說綾音太太在星期六回來這裡，她說伯父的身體欠佳。」草薙看著和宣的臉，進入了正題。雖然和宣很瘦，氣色也不太好，但看起來並不像深受疾病折磨的樣子。

「我的胰臟有問題，三年前胰臟發炎，之後身體狀況就一直不太理想，有時候會發燒，有時候肚子和背都很痛，躺在床上無法動彈，反正就這樣過一天算一天。」

「這次需要綾音太太回來照顧嗎？」

「不，並沒有這回事。對不對？」和宣徵求登紀子的同意。

「星期五傍晚，她打電話回來說，隔天要回來。她說很擔心爸爸的身體，再加上結婚之後一直都沒有回家。」

「她並沒有說其他的理由嗎？」

「她沒有說。」

「她說會回來多久？」

「她並沒有說具體的時間……我問她什麼時候回東京，她說還沒有決定。」

聽了綾音父母的回答，草薙覺得綾音並沒有必要緊急趕回來，既然這樣，她為什麼會回來娘家？

據說結了婚的女人會突然回娘家，最有可能是和丈夫之間發生了問題。

「刑警先生，」和宣語帶遲疑地開了口，「你似乎很在意綾音回來這裡，這件事有什麼問題嗎？」

雖然和宣已經退休了，但之前曾經和各式各樣的客戶做交易和簽約，所以似乎對刑警特地從東京來這裡的目的產生了各種想像。

「因為如果這起事件是他殺，凶手很可能趁綾音太太回娘家的期間下手。」草薙慢條斯理地說明，「既然這樣，凶手為什麼會知道綾音太太的行動就成為很重要的問題，所以我知道這樣很失禮，但還是請教你們這些詳細的問題。這只是偵查過程中的例行公事，敬請諒解。」

「原來是這樣。」和宣點了點頭，但不知道他是否真的接受了草薙的說明。

「綾音太太回來這裡之後的生活如何？」草薙輪流看著他們夫婦的臉問道。

「回來的那天一直在家，晚上的時候，我們三個人去附近的壽司店，那是她從小喜歡的壽司店。」登紀子回答。

「那家店叫什麼名字？」

草薙問，登紀子露出了訝異的表情，和宣也一樣。

「不好意思，因為我無法經常來這裡拜訪，向兩位瞭解情況，也不知道什麼事在日後會成為重要的線索，所以我想確認所有的細節。」

登紀子一臉難以釋懷的表情，但還是說了壽司店的名字。原來是一家名叫「福壽司」的店。

「聽說她星期天和朋友一起去了溫泉。」

「那是綾音中學的同學，名叫佐貴子，娘家就在離這裡走路五分鐘的地方。現在結婚之後，搬去了南區，綾音好像在星期六晚上打電話給她，然後一起去了定山溪。」

草薙看著記事本點了點頭。間宮已經從綾音的口中得知，那個朋友名叫元岡佐貴子。內海薰在去定山溪溫泉後，會繞去她家找她。

「綾音太太說，這是她在結婚後第一次回娘家，她有沒有和你們聊真柴先生的事？」

登紀子微微偏著頭回答：

「她只說義孝工作還是很忙，但又整天去打高爾夫球。」

「並沒有和你們聊家裡有沒有發生什麼事嗎？」
「沒有，大部分都是她問我們，像是爸爸的身體狀況怎麼樣，還有弟弟的事。喔，她有一個弟弟，目前被公司派去美國。」
「既然綾音太太之前很少回娘家，所以你們也不常和真柴先生見面嗎？」
「對啊，在他們結婚前不久，我們去了義孝的家裡，那是最後一次和他好好聊天。雖然他說隨時歡迎我們去，但我老公身體不好，所以之後就沒再去過。」
「我們只見過他四次。」和宣偏著頭說。
「聽說他們是閃婚。」
「是啊，因為綾音也三十歲了，我們正在著急，覺得她該嫁人了，突然接到她的電話，說她打算結婚了。」登紀子微微嘛著嘴說。
聽他們說，綾音在八年前去了東京，但之前並沒有住在札幌，在短大畢業之後，她去英國留學。她在讀高中時就對拼布很有興趣，從那個時候開始，在多次比賽中獲得了高度肯定。她從英國回到日本之後出版的書，受到拼布愛好者的喜愛，她也因此一舉成名。
「她太投入工作了，每次問她什麼時候要結婚，她總是說沒時間當別人的太太，還說她甚至想要一個太太。」
「原來是這樣。」草薙聽了登紀子的話，感到有點意外，「她看起來很會做家事。」

沒想到和宣嘴著下唇，搖了搖手說：

「她擅長手工藝，並不代表在其他家事方面也很能幹。以前住在家裡的時候，幾乎都不做任何家事，一個人住在東京的時候，聽說也很少下廚。」

「啊？真的嗎？」

「對啊。」登紀子說，「我曾經去過她的租屋處幾次，一看就知道沒有下廚，都是吃外食，或是吃便利商店的便當。」

「但是聽真柴先生的朋友說，他們經常舉行家庭聚會，綾音太太下廚做菜……」

「好像是這樣，我也聽綾音這麼說。她在結婚前去上過廚藝教室，廚藝大有進步。我們當時還在討論，她一定是想要讓喜歡的人吃到自己煮的菜，所以才會那麼努力。」

「沒想到她的老公遇到這種事，她應該很難過。」和宣可能想到女兒此刻的心情，難過地垂下了雙眼。

「請問我們可以去找女兒嗎？因為想幫忙她處理喪禮之類的事。」

「當然沒有任何問題，只不過現在還無法知道什麼時候才能夠領回遺體。」

「這樣啊。」

「妳晚一點和綾音聯絡看看。」和宣對妻子說。

因為已經完成了此行的目的，草薙準備告辭。在玄關穿鞋子時，看到衣帽架上掛了一件用拼布做的上衣。那件上衣很長，差不多可以遮住膝蓋。

「這是她幾年前做的，」登紀子說，「說爸爸可以在冬天出去拿報紙和信件時穿。」

「雖然我覺得不需要做得這麼花。」和宣嘴上這麼說，但看起來很高興。

「因為我婆婆之前在冬天外出時滑了一下，結果跌倒了，摔斷了腰骨。綾音似乎記得這件事，所以特別在腰部加了保護墊。」登紀子出示了上衣的內側說。

草薙覺得這種貼心很像是綾音會做的事。

離開三田家後，他去了「福壽司」。雖然店門口掛著「準備中」的牌子，但廚師正在裡面做準備。理著平頭，不到五十歲的廚師記得綾音一家人。

「因為好久沒有看到小綾了，所以那天我也特別賣力。我記得他們在十點左右回家，有什麼問題嗎？是不是發生了什麼事？」

草薙當然不可能告訴他詳情，敷衍了幾句就離開了。

他和內海薰約在札幌車站旁那家飯店的咖啡廳見面。草薙到那裡時，發現她正在寫什麼。

「有收穫嗎？」草薙在她對面的座位坐下的同時問。

「綾音太太那天的確住在定山溪的旅館，我也問了飯店的人，飯店的人記得她和朋友聊得很愉快。」

「有沒有見到她的朋友元岡佐貴子……」

「見到了。」

「有和綾音太太說的內容不相符合的地方嗎？」

「沒有，幾乎和她說的一樣。」

「我想也是，我這裡的情況也一樣，她沒有時間從東京往返。」

「元岡小姐說，她在星期天中午之前，都一直和真柴太太在一起，而且真柴太太直到深夜才聽到語音信箱的留言也是事實。」

「那就無懈可擊了，」草薙靠在椅子上，看著後輩女刑警的臉說，「真柴綾音並不是凶手，她不可能是凶手。雖然妳可能有很多不滿，但要看清楚客觀事實。」

內海薰停頓了一下，將視線移向他處，一雙大眼睛再次看著草薙說：

「元岡小姐的話中，有幾點引起了我的注意。」

「哪些部分？」

「元岡小姐和真柴太太很久沒有見面了，至少在結婚之後，她們就不曾見過。」

「她的父母也這麼說。」

「元岡小姐還說，她整個人的感覺和以前不一樣了，以前更活潑，但現在變得很文靜，看起來好像沒什麼精神。」

「所以呢？」草薙說，「真柴太太的確很可能察覺到她先生外遇，這次回娘家也可能是傷心旅行，但那又怎麼樣呢？股長不是也說了嗎？我們來這裡，只是來確認她不在場證明的真偽，她的不在場證明無懈可擊，這樣不就好了嗎？」

「還有另一件事，」內海薰面不改色地說，「元岡小姐說，她看到真柴太太好幾次都打開手機電源，打開電源後，確認了電子郵件和語音信箱。確認之後，又立刻關機了。」

「可能為了節省手機的電量吧，這很常見啊。」

「是這樣嗎？」

「不然是什麼？」

「會不會知道會有人聯絡她？但她不想直接接起電話，藉由語音信箱的留言掌握狀況後，再由自己打電話給對方——因為她想這麼做，所以就關機了。」

草薙搖了搖頭，他覺得這名年輕刑警雖然很聰明，卻很固執己見。

他看了一眼手錶後站了起來。

「走吧，否則趕不上飛機了。」

9

走進這棟大樓，就覺得腳底一陣涼意。她穿著球鞋，但腳步聲聽起來格外大聲，簡直就像每一間研究室都空無一人。

沿著樓梯上樓時，才終於和一個人擦身而過。是一個戴了眼鏡的年輕人，他看到內海薰，露出了有點意外的表情。可能很少有陌生的女人走進這棟大樓。

距離上次來這裡至今已經幾個月了，那時候她剛被分配到偵查一課。在偵辦某起事件時，需要解決一個物理難題，於是就來這裡求助。她回想著當時的記憶前往目的地。

第十三研究室所在的位置和薰的記憶相同。和上次來的時候一樣，門上有顯示人員目前去向的磁性板，顯示這間研究室內的人員目前的去向。她看到湯川名字旁的紅色磁鐵貼在「在室內」的位置上，暗自鬆了一口氣。湯川似乎並沒有爽約，他的助理和學生似乎都去上課了。這件事也讓她感到安心，因為她不希望其他人聽到他們要談的內容。

她敲了敲門，聽到室內傳來「請進」的聲音。她等了一下，也不見有人來開門。

「抱歉啊，這不是自動門。」裡面傳來說話聲。

薰自己打開了門，看到穿著黑色短袖襯衫的背影。背影後方是一個很大的電腦螢幕，螢幕上顯示了由大小球體組成的圖案。

「不好意思，可以麻煩妳開一下流理台旁咖啡機的開關嗎？水和咖啡已經裝好了。」背影的主人說道。

流理台在進門後的右側。那裡的確有一台咖啡機，看起來還很新。薰打開了開關，很快就聽到了咖啡機冒出蒸氣的聲音。

「之前聽說你喜歡喝即溶咖啡。」薰說。

「我在羽毛球賽中獲得冠軍，領到了咖啡機的獎品。既然有咖啡機，不用也很浪費，結果就試了一下，發現真的很方便，而且每一杯的單價也很便宜。」
「所以你覺得相見恨晚嗎？」
「不，這倒是沒有，因為咖啡機有一個很大的缺點。」
「什麼缺點？」
「就是做不出即溶咖啡的味道。」研究室的主人湯川在說話的同時敲打著鍵盤後旋轉了椅子，看向薰的方向問：「妳已經適應搜查一課的工作了嗎？」
「稍微適應了。」
「是嗎？那就好。雖然我向來認為，一旦適應了刑警的工作，就代表逐漸失去了人性。」
「你也對草薙先生說過同樣的話嗎？」
「我說過好幾次了，但他每次都無動於衷。」湯川將視線移回電腦螢幕，握著滑鼠。
「這是什麼？」
「這個嗎？是鐵氧體結晶構造的模型。」
「鐵氧體……是磁鐵嗎？」
這位戴著眼鏡的物理學家聽了薰的回答後，瞪大了眼睛。
「妳很內行嘛，雖然正確的名稱是磁性體，但妳已經很厲害了。」
「我記得曾經在哪本書上看過，好像是用在磁頭上之類的。」

「真希望讓草薙聽一聽。」湯川關掉了電腦螢幕的開關，再度看著薰，「好了，先請妳回答我的問題，妳來這裡找我，為什麼要瞞著草薙？」

「首先必須向你說明目前這起事件的內容，才能說明這件事。」

湯川聽了薰的回答，緩緩搖著頭說：

「這次接到妳的電話時，我最先拒絕了。因為我不想再和警方辦案有任何牽扯，但後來聽到妳說要瞞著草薙，所以我才決定見妳。因為我很想知道為什麼要瞞著他，所以安排了見面的時間，我想先聽這個問題的回答。我有言在先，我要聽了之後，再決定要不要聽妳談論事件的內容。」

薰看著湯川用淡然的語氣說話的樣子，很納悶當初到底發生了什麼事。聽草薙說，湯川以前很積極協助警方辦案，但在某起事件之後，和草薙之間的關係變得疏遠，薰不知道是怎樣的事件。

「如果不說事件的情況，很難向你說明。」

「這不可能。你們在查訪時，會把詳細的案情告訴民眾嗎？你們不是很擅長隱瞞重點，只從對方口中套出自己想要知道的事嗎？妳只要運用這個技巧就好。妳趕快說吧，磨磨蹭蹭的話，學生很快就會回來這裡。」

薰聽到他語帶挖苦的說話方式，差一點想翻臉，然後她想要讓這位看起來很冷靜的學者體會一下慌張的感覺。

「怎麼了？」湯川皺起眉頭問：「妳不想說嗎？」

「不是。」

「那就有話快說，我真的沒有很多時間。」

「好。」薰回答說，然後調整了心情。

「草薙先生，」她注視著湯川的眼睛繼續說了下去，「他戀愛了。」

「什麼？」

湯川眼中冷酷的眼神消失了，他就像迷路的少年，眼神渙散，看著薰的臉。

「妳說什麼？」

「戀愛，」她又重複了一次，「草薙先生戀愛了。」

湯川收起了下巴，重新戴好眼鏡。當他再度看向薰時，眼中露出強烈的警戒感。

「愛上誰了？」

「嫌犯。」薰回答，「他愛上了這起事件的嫌犯，所以看整起事件的角度完全不同。我就是因為這個原因，不希望草薙先生知道我來找你。」

「也就是說，他應該不希望我給妳任何建議嗎？」

「沒錯。」薰點了點頭。

湯川抱著手臂，閉上了眼睛，身體靠在椅背上，用力吐了一口氣。

「我太小看妳了，我原本打算無論妳說什麼，我都會把妳趕走，沒想到竟然有這種事。談戀愛，而且竟然是草薙。」

「我可以向你說明事件的情況嗎？」薰在體會勝利的同時問。

「等一下，先喝咖啡再說。如果無法讓心情平靜下來，就不能專心聽妳說。」

湯川站了起來，把咖啡倒進兩個杯子。

「真是太巧了。」薰接過其中一個杯子說。

「什麼太巧了？」

「這起事件很適合邊喝咖啡邊聊，因為事件的起源就是咖啡。」

「一杯咖啡讓夢想的花朵綻放……以前好像有一首這樣的歌。好，妳說來聽聽。」湯川在椅子上坐了下來，喝了一口咖啡。

薰按照先後順序，向湯川說明了真柴義孝命案到目前為止所掌握的情況，雖然向外人公開偵查內容違反了規定，但薰之前曾經聽草薙說，如果不這麼做，湯川就不願提供協助。最重要的是，薰很信任湯川。

湯川聽完之後，喝完了咖啡，注視著空杯子。

「所以，目前的情況是，妳懷疑被害人的妻子，但草薙愛上了她，所以無法做出公正的判斷。」

「草薙先生愛上她的說法言過其實了，我為了吸引你的注意，故意誇大其詞，但是，我認為草薙先生的確對她有特殊的感情，至少他和平時不一樣。」

「我就不問妳為什麼這麼斷言了，因為我向來相信女人在這方面的直覺。」

「謝謝。」

湯川皺起眉頭，把咖啡杯放在桌上。

「但是，聽妳剛才說明的情況，我並不認為草薙的想法太偏頗。真柴綾音……是不是叫這個名字？她的不在場證明幾乎可說是完美無缺。」

「但是，如果是用刀槍等直接行凶的凶器犯案，或許可以這麼認為，但這次的案子是毒殺，完全有可能在事先動手腳。」

「妳應該不是希望我幫妳想出動手腳的方法吧？」

湯川說中了，薰沉默不語。

「我就知道。」物理學家撇了撇嘴角，「妳似乎誤解了一件事，物理並不是變魔術。」

「但是，你之前不是好幾次都破解了像魔術般的詭計嗎？」

「犯罪的詭計和魔術不同，妳知道有什麼不同嗎？」湯川看到薰搖了搖頭，繼續說了下去，「這兩者當然都有機關，但是，處理的方法完全不一樣。魔術在表演完之後，觀眾就沒有機會再識破魔術的機關，但犯罪的詭計不一樣，警方辦案時可以徹底調查犯案現場，一旦設計了什麼機關，必定會留下痕跡，必須完美地消除痕跡，是犯罪詭計中最困難的部分。」

「這次的案子中，有沒有可能巧妙地消除了痕跡呢？」

「聽了妳剛才的說明，我不得不說，這種可能性很低。那個情婦叫什麼名字？」

「若山宏美？」

「她不是證實曾經和被害人一起喝咖啡嗎？而且還是她泡的咖啡。如果是事先下毒，為什麼他們喝咖啡時完全沒有發生任何狀況？這是最大的謎團。妳剛才說了很有趣的推理，就是騙被害人說，那是可以讓咖啡變好喝的粉末，然後把粉末交給被害人。如果是推理劇，這個點子很不錯，但現實生活中的凶手不會選擇這種方法。」

「是嗎？」

「妳可以站在凶手的立場想一下。如果這麼說了之後，把毒藥交給被害人，如果他在家中以外的地方使用之後，會有什麼結果？假設和別人在一起，告訴對方說，那是他太太給他的，然後放進咖啡，會有什麼結果？」

薰咬著嘴唇。聽湯川說了之後，覺得的確有道理。其實她一直無法放棄這個推理。

「如果他太太是凶手，設下的詭計至少必須克服三大障礙。」湯川豎起三根手指，「首先，不會被人發現事先下了毒，否則，她製造的不在場證明就失去了意義。其次，必須由真柴先生服毒。即使他的情婦被捲入，如果無法殺了真柴先生，就失去了意義。第三，這個機關必須能夠在短時間內完成。在去北海道的前一天晚上，她不是在家舉辦了家庭聚會嗎？如果那時候已經下了毒，可能會有誤殺他人的危險，所以我認為應該是在聚會結束之後下毒。」

湯川口若懸河地說完後，攤開了雙手。

「我投降了，這樣的詭計太難了，至少我沒辦法。」

「這些障礙這麼難克服嗎？」

「我認為很難，尤其要克服第一個障礙很不簡單，所以認為真柴太太不是凶手比較合理。」

薰嘆了一口氣。既然湯川如此斷言，她漸漸覺得可能真的不可能。

就在這時，手機響了。她瞄到湯川走去倒咖啡的同時，接起了電話。

「妳在哪裡？」電話中傳來草薙的聲音，而且語氣有點粗魯。

「我在查訪藥局。因為我接到指示，要調查亞砷酸的來源。有什麼狀況嗎？」

「鑑識小組有斬獲了，他們在咖啡以外的地方也驗出了毒藥。」

薰握緊了電話問：「在哪裡發現的？」

「水壺，燒開水的燒水壺。」

「在燒水壺中驗出了毒藥成分？」

「雖然只有極少量，但千真萬確，現在要去請若山宏美主動到案說明。」

「她？」

「因為燒水壺上有她的指紋。」

「這是理所當然啊，因為她也承認在星期天早上泡了咖啡。」

「我知道，所以她有機會下毒。」

「只有發現她一個人的指紋嗎？」

「當然也有被害人的指紋。」

「真柴太太呢？上面沒有她的指紋嗎？」

電話中傳來草薙用力嘆氣的聲音。

「她是那個家的主婦，當然會有她的指紋，但從指紋重疊的情況發現，最後碰那個燒水壺的並不是真柴太太，而且也沒有戴了手套的手碰過的痕跡。」

「我之前曾經學到，戴手套時，未必一定會留下痕跡。」

「我當然知道，總之，從目前的狀況判斷，除了若山宏美以外，沒有其他人有機會下毒。等一下要在警視廳偵訊，妳也趕快回來。」

「我知道了。」薰的話還沒有說完，電話就掛斷了。

「似乎有進展。」湯川說著，站在那裡喝著咖啡。

薰把電話的內容告訴了湯川，他喝著咖啡聽著說明，甚至沒有點頭。

「從燒水壺中檢驗出來嗎？還真讓人意外。」

「可能真的是我想多了。星期天早晨，若山宏美用了這個燒水壺泡咖啡，然後和被害人一起喝了咖啡，也就是說，在那個時間點，燒水壺還沒有被下毒，所以真柴綾音不可能犯案。」

「進一步而言，在燒水壺內下毒，對真柴太太沒有任何好處，也稱不上是機關。」

薰聽不懂這句話的意思，偏著頭納悶。

「雖然妳剛才斷言真柴太太不可能犯案，這是因為有人在案發之前使用了燒水壺。如果沒有人用那個燒水壺呢？警方不是會認為她有機會在燒水壺中下毒嗎？也就是說，她刻意製造的不在場證明就失去了意義。」

「啊……的確是這樣。」薰抱著雙臂，低下了頭，「總之，應該可以排除真柴綾音的嫌疑。」

但是，湯川沒有回答這個問題，目不轉睛地盯著薰。

「所以，妳接下來要如何改變方向？既然真柴太太不是凶手，所以妳和草薙一樣，懷疑是那個情婦下手嗎？」

薰搖了搖頭說：

「我認為不可能。」

「妳倒是很有自信，要不要說一下妳的根據？該不會說什麼不可能殺害自己所愛的男人這種理由吧？」湯川坐在椅子上，蹺起了二郎腿。

薰內心著急起來，因為她正想說這個理由。除此以外，並沒有明確的根據。

但是，當她觀察湯川的態度後，發現他也認為若山宏美並不是凶手，而且可能有明確的根據。湯川對事件的瞭解僅止於薰剛才告訴他的情況，哪裡有讓他確信若山宏美不可能在燒水壺中下毒的線索嗎？

「啊！」她猛然抬起了頭。

「怎麼了？」

「洗燒水壺。」

「妳說什麼？」

「如果是她在燒水壺中下毒，在警方趕到之前，應該會把燒水壺洗乾淨。因為是她發現了屍體，所以她有充裕的時間。」

湯川滿意地點了點頭。

「沒錯，而且，如果那個女人是凶手，不僅會清洗燒水壺，而且也會處理掉用過的咖啡粉和濾紙，然後把裝過毒藥的袋子或是紙放在屍體旁，就可以偽裝成自殺。」

「謝謝你，」薰向湯川鞠了一躬，「我來這裡來對了，打擾你了。」

「等一下。」薰走向門口時，湯川叫住了她，「我應該沒辦法去看現場，所以最好有照片。」

「什麼照片？」

「就是泡毒咖啡的廚房，還有扣押的餐具和燒水壺的照片。」

薰瞪大了眼睛問：「你願意協助我們嗎？」

湯川皺起眉頭，抓了抓頭說：

「我有空的時候可以想一下，人在北海道時，有沒有可能遠距離下毒殺害在東京的人。」

薰忍不住眉開眼笑，她打開肩背包，從裡面拿出了資料夾。

「請過目。」

「這是什麼？」

「你要的東西，這是我在今天早上拍的。」

湯川打開資料夾前，身體微微向後仰。

「如果我解開了這個謎底，就要叫他好好向妳學一學。」他露出調皮的表情說，「我當然是說草薙。」

10

草薙打電話給若山宏美，得知她在代官山。真柴綾音在那裡開了一間拼布教室。

草薙坐著岸谷開的車前往代官山，在一片漂亮的房子中，有一棟貼著白色瓷磚的公寓，而且竟然沒有自動門禁系統。他們搭電梯來到三樓，三〇五室的門上掛著「杏屋」的牌子。

按了對講機的鈴聲，門打開了，若山宏美一臉不安地探出頭。

「不好意思，在妳工作時來打擾。」草薙走了進去，但在準備開口說明此行的目的時住了嘴。因為他看到真柴綾音也在裡面。

「是不是查到了什麼？」綾音走了過來。

「原來妳也在。」

「因為我們正在討論之後的事。先不說這些，你找宏美有什麼事？該說的她應該都已經說了。」

雖然綾音的聲音低沉而平靜，但明顯對草薙感到不滿。看到她充滿憂鬱的雙眼瞪著自己，草薙差一點感到畏縮。

「狀況稍有進展，」草薙對著若山宏美說，「可以請妳跟我們去警視廳一趟嗎？」

若山宏美瞪大了眼睛，然後拚命眨著眼。

「這是怎麼回事？」綾音問道，「她為什麼要去警局？」

「恕我無法奉告——若山小姐，妳願意和我們走一趟，對嗎？別擔心，我們並不是開警車過來。」

若山宏美露出無助的眼神看了綾音一眼後，轉頭對草薙點了點頭說：

「好，但應該馬上就可以回來吧？」

「事情處理完的話。」

「那我準備一下。」

若山宏美走去後方，很快拿著上衣和皮包走了回來。草薙始終不敢看向綾音。因為他覺得綾音一直瞪著他。

若山宏美在岸谷的催促下走了出去，草薙正打算跟上去，綾音抓住了他的手臂說：「等一下。」沒想到她的手很有力。

「你們在懷疑宏美嗎？應該不會有這種事吧？」

草薙感到不知所措，岸谷和若山宏美等在門外。
「你們先下去。」草薙說完，關上了門，轉身面對綾音。
「啊……對不起。」她鬆開了抓著草薙的手，「但她絕對不可能是凶手，如果你們在懷疑她，就大錯特錯了。」
「我們必須研究所有的可能性。」
綾音用力搖了搖頭說：
「這種可能性是零，她不可能殺我的先生，警察應該也很清楚這件事。」
「為什麼？」
「因為你們不是已經知道了她和我先生的關係了嗎？」
草薙猝不及防，有點手足無措。
「妳果然知道這件事。」
「我之前和宏美談了這件事，我問她和我先生之間的關係，她也老實承認了。」
綾音詳細說明了當時的對話。草薙聽了，忍不住感到驚訝，但最令他驚訝的是即使發生了這種事，她們今天仍然能夠在這裡討論工作的事。雖然可能是因為她的丈夫已經死了，但草薙還是無法理解她們的想法。
「我是因為他向我提出離婚，我繼續留在家裡感到很痛苦，所以才會回去札幌。對不起，之前對你們說了謊。」綾音鞠了一躬，「情況就是這樣，她沒有任何理由會殺我先生，請你們不要再懷疑她。」

草薙看著拚命懇求的她，感到不知所措。她怎麼會這麼努力袒護搶走自己丈夫的女人？

「我非常瞭解妳想要表達的意思，但我們不能用心情來辦案，必須以證據為基礎客觀辦案。」

「證據？有什麼顯示宏美是凶手的證據嗎？」綾音露出了嚴厲的眼神。

草薙嘆了一口氣，沉默地思考了片刻，然後判斷即使把懷疑若山宏美的原因告訴她，也不會對日後的偵查工作造成負面影響。

「因為已經查到了下毒的方法。」草薙告訴綾音，從她家的燒水壺中檢驗出毒藥成分，以及案發當天，除了若山宏美以外，尚未發現還有其他人造訪她家。

「從那個燒水壺……原來是這樣。」

「雖然不是決定性的證據，但既然只有若山小姐有辦法下毒，所以就不得不懷疑她。」

「但是——」綾音只說了這兩個字，似乎無法再繼續說下去。

「我在趕時間，那就先失陪了。」草薙鞠了一躬，走了出去。

他們帶著若山宏美回到警視廳，間宮立刻去偵訊室開始偵訊。通常會在設置搜查總部的目黑分局偵訊，但間宮提出要在警視廳進行。他似乎認為若山宏美很可能會招供，一旦招供，可以立刻申請逮捕令，然後再帶往目黑分局，就可以讓媒體拍到逮捕凶手歸案，押送到警局的畫面。

草薙在自己的座位上等待偵訊結果時，內海薰回來了。她一開口就說若山宏美不是凶手。

草薙聽她說了理由後，忍不住感到沮喪。因為她說的內容並非不值得一聽，而是剛好相反。如果是若山宏美下毒，她不可能在發現屍體之後把燒水壺仍然留在那裡。這個理由很有說服力。

「除了她以外，還有誰會在燒水壺裡下毒？我有言在先，不可能是真柴綾音。」

「我不知道是誰，只知道是星期天早上，若山宏美離開之後，進入真柴家的人。」

草薙搖了搖頭說：

「根本沒有這個人存在，真柴義孝一整天都是一個人。」

「可能只是我們沒有發現而已，總之，偵訊若山宏美根本沒有意義，不僅沒有意義，搞不好還有侵犯人權的疑慮。」

內海薰說話的語氣比平時更加強烈，草薙忍不住愣了一下。這時，他放在懷裡的手機響了。

他有一種得救的心情拿出電話，但一看電話，忍不住吃了一驚。因為是真柴綾音打來的。

「不好意思，打擾你工作。因為有一件事無論如何都必須告訴你……」

「什麼事？」草薙握緊了電話。

「關於在燒水壺中驗出了毒藥成分這件事，我認為並不一定是有人在燒水壺裡下毒。」

草薙原本以為她打電話來，是要求趕快釋放若山宏美，所以有點不知所措。

「為什麼？」

「也許應該更早告訴你們這件事，因為我先生很注重養生，很少喝自來水，做菜的時候也都用淨水器過濾的水，平時只喝寶特瓶裝的水。在泡咖啡時，也叫我要用寶特瓶的水，所以他自己泡咖啡的時候，絕對也是這麼做。」

草薙瞭解了她想表達的意思。

「妳是說，寶特瓶裡的水可能被下了毒嗎？」

一旁的內海薰似乎聽到了草薙的聲音，挑起了單側眉毛。

「我只是認為有這種可能，只懷疑宏美未免太奇怪了。如果是瓶裝水被下了毒，其他人也有可能。」

「雖然是這樣……」

「比方說，」真柴綾音繼續說道，「也有可能是我。」

11

內海薰在晚上八點多開車離開了警視廳，準備送若山宏美回家。宏美在偵訊室內接受了將近兩個小時的偵訊，負責偵訊的間宮應該沒想到這麼快就結束了。

真柴綾音的那通電話，的確是提早結束偵訊的重要因素。她說，她的丈夫真柴義孝要求她泡咖啡時都要用瓶裝水。如果這件事屬實，就意味著並非只有若山宏美能夠下毒，因為只要事先在瓶裝水中下毒就好。

間宮也想不出有效的偵訊方式，讓哭著主張自己並沒有下毒的宏美招供，所以當薰建議今天先放她回去時，很不甘願地同意了。

坐在副駕駛座上的宏美始終不發一語。薰可以輕易想到她的精神已經疲憊不堪。即使是男人遭到氣勢洶洶的刑警訊問，也會因為恐懼和焦躁陷入混亂，也許她需要一點時間，才能平靜剛才忍不住哭出來的激動情緒。薰猜想她應該不會主動說話，在得知警方懷疑她之後，對送她回家的女刑警也不會產生好感。

宏美突然拿出了手機，似乎有人打電話給她。

「喂？」她小聲回答，「……剛才結束了，現在搭車準備回家……不，是一位女刑警送我回家……不，不是目黑警局，是從警視廳回去，所以可能還需要一點時間……對，謝謝妳。」宏美小聲說完後，掛上了電話。

薰調整呼吸後開了口。

「是真柴綾音太太打來的嗎？」

她可以察覺到宏美聽到她問話後，渾身緊張起來。

「是啊，有什麼問題嗎？」

「她剛才打電話給草薙先生，很擔心妳的狀況。」

「是嗎？」

「聽說妳們談了真柴義孝先生的事。」

「妳怎麼知道？」

「綾音太太告訴了草薙先生，就是在把妳帶去警視廳的時候。」

宏美什麼話都沒說，薰立刻瞥了她一眼，發現她悵然地垂著雙眼。這並不是被別人知道會感到開心的事。

「雖然這麼說可能有點失禮，但我感到很不可思議。照理說，妳們應該會反目成仇，但妳們竟然還能夠像以前一樣相處。」

「我想……是因為真柴先生已經去世的關係。」

「即使這樣，也很難想像。這就是我真實的感想。」

「是啊。」宏美停頓片刻後說，她似乎也無法說明目前的微妙關係。

「我想請教妳兩、三個問題，可以嗎？」

薰聽到了宏美嘆氣的聲音。

「還有什麼好問的？」宏美很無奈地問。

「不好意思，我知道妳很疲累，但只是簡單的問題，我相信應該不會對妳造成傷害。」

「什麼事？」

「星期天早晨，妳不是和真柴先生一起喝咖啡嗎？妳說是妳泡的咖啡。」

「又是這件事嗎？」宏美的聲音似乎快哭出來了。「我什麼都沒做，也不知道下毒的事。」

「我不是說這個，我想問妳的是泡咖啡的方法。妳當時是用哪裡的水？」

「水？」

「妳是用寶特瓶裡的水，還是自來水？」

「喔，」她發出鬆了一口氣的聲音，「那時候是用自來水。」

「妳確定嗎？」

「對，有什麼問題嗎？」

「妳為什麼用自來水？」

「為什麼？沒什麼特殊的理由，因為用溫水煮沸比較快。」

「當時真柴先生在旁邊嗎？」

「在啊，我不是說了很多次嗎？我教了他怎麼泡咖啡。」她帶著哭腔的聲音帶著煩躁。

「請妳仔細回想一下，我不是問妳泡咖啡的時候，而是妳把自來水裝進燒水壺燒開水的時候，真柴先生真的在妳旁邊嗎？」

宏美陷入了沉默。間宮應該問了她很多問題，但應該沒問到這件事。

「對……」她小聲嘀咕道，「妳說得對，我在裝水的時候，他還沒有走過來，我把燒水壺放在瓦斯爐上時，他才走來廚房，要我教他泡咖啡。」

「妳沒記錯吧?」

「對,我現在想起來了。」

薰把車子停在路旁,打開了警示燈後,轉身面對副駕駛座,直視著宏美的臉。

「怎麼了?」宏美害怕地將身體往後退。

「妳之前不是說,是綾音太太教妳泡咖啡的方法嗎?」

「對啊。」宏美點了點頭。

「真柴綾音太太對草薙說,真柴義孝注重養生,不喝自來水,下廚的時候也都用淨水器過濾後的水,泡咖啡時都要用瓶裝水——妳知道這件事嗎?」

宏美瞪大了眼睛,然後眨了幾下。

「妳這麼一說,我想起老師以前好像提過這件事,但她叫我不必放在心上。」

「是嗎?」

「她說因為用瓶裝水很不實惠,而且也要花很長時間才能燒開,但如果真柴先生問起,就回答說用了瓶裝水。」宏美摸著自己的臉頰,「我完全忘了這件事……」

「所以綾音太太也是用自來水嗎?」

「對,所以那天早上我為真柴先生泡咖啡時,也完全沒有多想。」宏美注視著薰的眼睛說。

薰點了點頭,嘴角露出了笑容。

「我瞭解了,謝謝妳。」她熄掉了警示燈,鬆開手煞車。

「請問……這件事有什麼問題嗎？我用自來水有什麼問題嗎？」

「並不是有什麼問題。妳也知道，目前懷疑真柴義孝先生是遭人下毒殺害，所以必須詳細調查真柴先生吃喝的所有東西。」

「這樣啊……內海小姐，請妳相信我，我真的什麼都沒做。」

薰看著前方，吞著口水。因為她差一點想回答說：「我相信妳。」但身為刑警，她不可以說這句話。

「警方並不是只有懷疑妳一個人，可以說，是懷疑全世界的所有人，真的是很討人厭的職業。」

不知道是否因為薰的回答完全不符合她的期待，她再度陷入了沉默。

薰把車子停在學藝大學車站附近的公寓前，目送宏美下了車，走向大門。當她看向前方後，慌忙關掉了引擎。因為她看到真柴綾音站在玻璃門內。

宏美看到綾音似乎也有點驚訝，綾音露出體貼的眼神看著她，但發現薰跑過去時，立刻露出了嚴厲的眼神。宏美也回過頭，露出了困惑的表情。

「還有什麼事嗎？」宏美問。

「因為我看到真柴太太在這裡，所以想打一聲招呼。」薰鞠了一躬說：「很抱歉，讓若山小姐這麼晚才回家。」

「宏美的嫌疑都已經澄清了吧？」

「剛才向她瞭解了很多情況，也謝謝妳向草薙提供了寶貴的消息。」

「能夠幫上忙真是太好了，但希望以後不會再有這種事了，宏美是無辜的，即使訊問她也沒有任何意義。」

「有沒有意義要由我們來判斷，日後也請妳們多加協助。」

「我會協助妳們，但不要再把宏美帶去警局了。」

綾音的語氣很激烈，和之前對她的印象完全不同，薰驚訝地看著她。

綾音轉頭看著宏美說：

「宏美，妳也必須實話實說，如果不說出來，沒有人會保護妳。妳應該知道我在說什麼吧？妳去警局好幾個小時，不是會影響妳的身體嗎？」

宏美聽到這句話，頓時露出了緊張的表情，似乎被人說中了隱瞞的事。薰看到這一幕，立刻想到了一件事。

「妳該不會……？」薰注視著宏美。

「妳要不要趁現在說清楚？幸好是女刑警，而且我也已經知道了。」綾音說。

「老師……妳是聽真柴先生說的嗎？」

「他沒有說，但我知道，因為我也是女人。」

薰已經知道她們在說什麼，但仍然必須向當事人確認。

「若山小姐，妳懷孕了嗎？」薰單刀直入地問。

宏美猶豫了一下，但隨即輕輕點了點頭說：「已經兩個月了。」

薰的眼角掃到綾音的身體抖了一下，於是確信真柴義孝並沒有告訴她這件事。

雖然她憑直覺猜中了這件事，也做好了心理準備，但聽到宏美親口承認，還是承受了不小的打擊。

然而，下一剎那，綾音露出堅毅的表情看向薰說：

「現在妳明白了吧？宏美現在需要好好照顧身體，妳也是女人，所以應該瞭解，警方偵訊她好幾個小時這種事簡直太離譜了。」

薰只能點頭。警方在偵訊懷孕的女性時，的確必須遵守很多注意事項。

「我會向上司報告，今後會多加注意。」

「務必拜託妳了。」綾音看著宏美說：「說清楚比較好，如果妳繼續隱瞞，會連醫院也去不了。」

宏美一臉快哭出來的表情看著綾音，動了動嘴唇。薰沒有聽到她說什麼，但看起來好像在說「對不起」。

「還有另一件事要聲明，」綾音說：「她肚子裡孩子的爸爸是真柴義孝，我想他就是因為這個原因才決定和我離婚，選擇和她在一起。宏美怎麼可能殺了他，殺了自己孩子的父親？」

薰也有同感，但並沒有吭氣。綾音不知道如何解釋她的反應，搖了搖頭繼續說了下去。

「我完全不瞭解警方在想什麼，她根本沒有動機，反而是我比她更有動機。」

薰回到警視廳後，發現草薙和間宮還沒有離開，正在喝自動販賣機的咖啡，兩個人的表情都很凝重。

「若山宏美怎麼回答水的事？」草薙一看到薰，就馬上問道，「就是為真柴義孝泡咖啡時的狀況，妳應該有問她吧？」

「我問了，她說用的是自來水。」

薰把宏美的回答告訴了他們。

間宮發出了低吟。

「難怪當時喝了咖啡也沒有異狀，即使在瓶裝水中下毒，兩者之間也沒有矛盾。」

「但若山宏美未必說的是實話。」草薙說。

「的確如此，但既然沒有矛盾，就無法成為繼續追究的理由，只能等鑑識小組進一步的結果出爐。」

「已經問了鑑識小組關於瓶裝水的事嗎？」薰問。

草薙拿起桌上的資料說：

「鑑識小組說，真柴家的冰箱內只有一瓶寶特瓶裝的水，已經打開了蓋子，他們當然已經檢查了其中的水，並沒有檢驗出亞砷酸的成分。」

「這樣啊，但股長剛才說，鑑識小組還沒有明確的結論。」

「事情沒這麼簡單。」間宮用力抿著嘴。

「什麼意思？」

「冰箱裡放的是一公升的寶特瓶裝水，」草薙看著資料說，「瓶子裡還剩下將近九百毫升的水，妳應該知道，這意味著這瓶水才剛打開，只減少了一百毫升，即使泡一杯咖啡也不夠，而且濾紙中剩下的咖啡粉無論怎麼看，都是兩杯的分量。」

薰瞭解了草薙想要表達的意思。

「這代表還有另一瓶瓶裝水，因為用完了，所以又開了這一瓶水，就是留在冰箱裡的那瓶。」

「就是這樣。」草薙點了點頭。

「所以可能是另一瓶水被下了毒。」

「凶手當然必須這麼做。」間宮說，「為了下毒打開冰箱時，看到冰箱內有兩瓶水，其中一瓶是全新的，如果要在全新的瓶裝水中下毒，就必須開封，如此一來，被害人就可能會發現，所以就只能在已經開封的瓶裝水中下毒。」

「那不是只要調查空寶特瓶不就好了嗎？」

「當然是這樣，」草薙甩著手上的資料，「鑑識小組也算是已經查過了，算是查過了。」

「有什麼問題嗎？」

「鑑識小組的回答如下，調查了真柴家發現的所有空瓶，均未檢驗出亞砷酸，但無法保證並未用於犯案。」

「什麼意思？」

「就是還無法得出明確的結論。」間宮在一旁插嘴說：「因為寶特瓶中可採集的殘留物太少，這也是理所當然的事，因為原本就是空瓶子。送去科搜研的話，應該可以得出稍微精密的分析，目前正在等這個結果。」

薰也終於瞭解了狀況，也知道他們的面色為什麼如此凝重。

「即使從寶特瓶中檢驗出毒藥的成分，對目前的狀況也沒有太大的影響。」草薙把資料放回桌上時說。

「是嗎？我認為有助於擴大嫌犯的範圍。」

薰反駁道，草薙露出輕視的眼神看著她問：

「妳沒有聽到股長剛才說的話嗎？如果凶手要下毒，會在已經開封的那瓶水中下毒。被害人在泡咖啡之前並沒有喝那瓶水，也就是說，從下毒到被害人死亡並沒有經過太長時間。」

「即使被害人沒有喝水，也不見得並沒有經過太長時間。即使口渴，也可以喝其他飲料。」

草薙一臉得意的表情，微微張開鼻孔說：

「妳可能忘記了，若山宏美不是說，真柴並不是只有在星期天晚上泡咖啡而已，星期六晚上也泡了咖啡嗎？當時泡的咖啡太苦，所以隔天早上，她在真柴面前示範泡咖啡。也就是說，在星期六晚上的時間點，寶特瓶裡的水還沒有被下毒。」

「真柴在星期六晚上泡咖啡時，未必使用了寶特瓶的水。」

草薙聽了薰的回答，身體用力向後仰，攤開了雙手。

「妳想要推翻大前提嗎？因為真柴太太說，真柴自己泡咖啡時必定會使用瓶裝水，所以我們才在討論這個問題啊。」

「我認為受限於『必定』這兩個字很危險，」薰努力保持平淡的語氣說，「因為我們無法瞭解真柴本人在這件事上執行得多徹底，也許只是有這種習慣而已，況且真柴太太也沒有忠實遵守真柴的指示。更何況真柴已經很久沒有自己泡咖啡了，也可能不小心用了自來水。他們家的自來水裝了淨水器，也許他用了過濾水。」

草薙用力咂著嘴。

「妳不要為了強勢主張自己的想法而強詞奪理。」

「我只是說，必須根據客觀的事實進行判斷。」她的視線從前輩刑警身上移向上司，「我認為在查明誰在最後喝了真柴家的瓶裝水之前，無法確定下毒的時間。」

間宮笑著摸了摸下巴。

「充分討論很重要，我起初也和草薙的意見相同，但聽了你們的討論之後，我想要支持一課新希望的意見。」

「股長。」草薙露出有點受傷的表情。

「但是，」間宮露出嚴肅的表情看著薰，「可以在某種程度上確定下毒的時間點，妳應該知道真柴家在星期五晚上的活動吧？」

「我知道，舉辦了家庭聚會。」薰回答說，「當時應該有幾個人喝了寶特瓶裝的水。」

「也就是說，如果是在瓶裝水中下毒，就是在家庭聚會之後。」間宮豎起了食指。

「我也有同感，但豬飼夫婦應該沒有機會下毒。因為他們不可能在別人沒有察覺的情況下走進廚房。」

「所以只剩下兩個可疑的人物。」

「請等一下，」草薙慌忙插了嘴，「姑且不論若山宏美，懷疑真柴太太未免太奇怪了。是她告訴我們，被害人泡咖啡時都要使用瓶裝水這件事，如果是凶手，為什麼要特地做這種把懷疑導向自己的事？」

「也許是因為這件事遲早會曝光，」薰說道，「如果她預料到早晚會從空的寶特瓶中檢驗出毒藥的成分，自己主動告知這件事，更容易避免遭到懷疑——她很可能有這種算計。」

草薙無奈地撇著嘴角。

「和妳說話都快被妳氣瘋了，反正妳無論如何都要把真柴太太說成是凶手。」

「不，她說得很有邏輯。」間宮說，「我認為是冷靜的意見。從沒有銷毀有毒藥殘留的燒水壺這件事來看，認為若山宏美是凶手似乎有許多矛盾的地方，從動機的方面來看，最可疑的也是真柴綾音。」

「但是……」草薙正想要反駁，薰搶先開了口。

「說到動機，我剛才聽說了可以讓真柴太太更有動機的事。」

「聽誰說的？」間宮問。

「若山宏美。」

薰向眼前這兩個完全沒有想到宏美懷孕這件事的男人，說明了宏美身體的變化。

12

豬飼達彥站在那裡，左手握著通話中的手機，另一隻手拿著市內電話的話筒，正在和對方通話。

「所以我希望由你們處理這件事。合約的第二條寫得很清楚……對，關於這件事，我們會設法解決……我瞭解了，那就拜託了。」他掛上電話後，把左手握著的手機放在耳邊，「不好意思，你剛才問的事，我已經和對方談妥了……嗯，那就按照我們日前決定的方式處理……嗯，瞭解了。」

豬飼掛上電話後，沒有坐下來，在桌子上記錄著什麼。那是董事長的辦公桌——不久之前，真柴義孝使用的辦公桌。

豬飼寫完之後，放進了口袋，然後才抬頭看著草薙。

「不好意思，讓你久等了。」

「你似乎很忙。」

「都是一些瑣事。因為董事長突然去世，各方面的主管都無所適從，我之前就對真柴的獨斷獨行體制感到不安，早知道應該更早提醒他改善。」豬飼在發牢騷的同時，在草薙對面坐了下來。

「目前由你暫時代理董事長的職務嗎？」草薙問。

「沒這回事，」豬飼在臉前搖著手，「我不是當經營者的料，每個人都各有所適，各有所取，我擅長當幕僚，會找其他人來接替。所以——」豬飼看著草薙繼續說了下去，「認為我想霸佔公司而殺了真柴的推測並不成立。」

他看到草薙瞪大了眼睛，露出苦笑說：

「抱歉，我在開玩笑，但玩笑開過頭了。朋友去世，我卻忙著處理工作，還來不及對這件事產生真實感，我也知道自己最近情緒很煩躁。」

「很抱歉，在你百忙之中打擾。」

「不，我也很關心偵查進度，之後有進展嗎？」

「有些事漸漸有了眉目，比方說，像是下毒的方法之類的。」

「真令人好奇。」

「請問你知道真柴先生注重養生，向來不喝自來水嗎？」

豬飼聽了草薙的問題，微微偏著頭說：

「這算是注重養生嗎？我也一樣啊，已經有好幾年沒有直接喝過自來水了。」

草薙聽到豬飼很自然的回答，不禁有點窘迫。對有錢人來說，這似乎是稀鬆平常的事。

「這樣啊。」

「連我自己都有點納悶，為什麼在不知不覺中變成這樣，我並不覺得自來水很難喝，可能只是受到廠商的影響，說起來，就是習慣而已。」豬飼說到這裡抬起了頭，似乎想到了什麼，「該不會在水裡下毒？」

「目前還無法確認，但不排除有這種可能。你們去參加家庭聚會時，有沒有喝礦泉水？」

「當然喝了啊，而且喝了不少。這樣啊，原來是水。」

「據說真柴先生泡咖啡時也都用瓶裝水，請問你知道這件事嗎？」

「以前曾經聽他提過，」豬飼點著頭說，「原來是這樣，所以在咖啡中檢驗出毒藥。」

「問題在於兇手什麼時候下的毒。所以想要請教一下，你知不知道有誰會在假日偷偷造訪真柴家。」

豬飼打量了草薙一眼，似乎想要瞭解這句話中的意思。

「偷偷嗎？」

「對。到目前為止，並沒有發現有人造訪，但只要有真柴先生的協助，就有可能神不知，鬼不覺。」

「你的意思是，他趁太太出門，把其他女人帶回家嗎？」

「也包括這種可能性。」

豬飼放下了蹺起的二郎腿，身體微微前傾。

「我們要不要打開天窗說亮話。雖然警方必須遵守偵查不公開的原則，但我也不是外行，不會隨便說出去，然後我也會如實說出我所知道的情況。」

草薙不瞭解他的意思，沉默不語，豬飼再度靠在沙發上說：

「警方應該已經查到真柴在外面有女人這件事了。」

草薙有點不知所措，他沒有料到豬飼會提這件事。

「你對這件事知道多少？」草薙小心謹慎地試探。

「一個月前，真柴曾經對我說，他在考慮換人了。我猜想他應該有了其他女人，」豬飼翻著白眼說，「警方不可能沒有查到這種程度的事。而且是知道這件事才來找我，我猜錯了嗎？」

草薙抓了抓眉毛上方，苦笑著說：

「你說得沒錯，的確有一名和真柴先生關係匪淺的女子。」

「我就不問那個女人是誰了，反正心照不宣。」

「你已經猜到了嗎？」

「我是用刪除法。真柴不會找酒店小姐，也不會找公司或是工作上來往的女人，如此一來，他身邊就只剩下一個人。」豬飼說到這裡，嘆了一口氣，「但果然被我猜中了，這件事不能讓老婆知道。」

「那名女子已經承認，她在那個週六和週日去了真柴先生家。我們想要知道的是，除了那名女子以外，是否還有其他有和真柴先生有相同關係的對象。」

「他趁太太出門，帶兩個情婦回家？那玩得也太凶了。」豬飼笑著搖晃著身體，「但不可能有這種事，真柴雖然會連續抽菸，但不會同時抽兩支菸。」

「什麼意思？」

「他身邊的女人雖然會一個接著一個換，但不會劈腿的意思。他有了情婦之後，應該就不再和老婆做那種事，我是說上床。因為他曾經說，現在還沒到為了慾望上床的年紀。」

「所以目的是為了生孩子嗎？」

「從某種意義上來說，他算是很規矩。」

草薙想起了若山宏美懷孕這件事。

「聽你這麼說，他和他太太結婚的首要目的，似乎也是為了生兒育女。」

豬飼聽了草薙的話，身體用力向後仰，然後靠在沙發上說：

「不是首要目的，而是唯一的目的。他以前單身時，就整天說希望趕快生孩子，也很積極尋找可以為他生孩子的女人。他和很多女人交往，雖然別人可能覺得他像花花公子，但其實他很認真尋找適合的女人，適合成為他孩子母親的女人。」

「你的意思是說，他並不在意對方是不是適合成為他的妻子嗎？」

豬飼聳了聳肩說：

「真柴並不想要太太，我剛才說了，他告訴我，差不多想換人了，當時他還對我說，他需要可以為他生孩子的女人，並不需要傭人或是昂貴的擺設。」

草薙忍不住瞪大了眼睛。

「如果被世上的女人聽到，他應該會受到全世界女人的抨擊，說傭人就已經很過分了，竟然說是擺設……」

「我在稱讚綾音把他照顧得無微不至時，他這麼回答我。綾音是完美的家庭主婦，辭去了外面所有的工作，專心做家事。真柴在家的時候，她都坐在客廳的沙發上做拼布，隨時準備侍候丈夫，沒想到真柴並不肯定綾音在這方面的努力，認為不會生孩子的女人坐在沙發上，就像擺設一樣礙事。」

「……這種說法太過分了，他為什麼這麼想要小孩？」

「這我就不清楚了，我也並不是不喜歡小孩，但沒像他那麼執著，只是孩子出生之後，就覺得實在太可愛了。」最近剛為人父的豬飼露出了溺愛孩子的父親特有的笑容後，又一臉嚴肅的表情繼續說道，「但可能和他的身世有關。」

「你的意思是？」

「警方應該已經查到他沒有親戚和家人這件事了吧？」

「我聽說了。」

豬飼點了點頭說：

「他父母在他年幼時離了婚，而且照顧他的爸爸是個工作狂，幾乎不回家，都是祖父母把他帶大的，但他的祖父母後來相繼去世，父親也在他二十多歲時因為蜘蛛膜下腔出血突然死亡，所以他很早就舉目無親。雖然靠著祖父母和父親留下的財產生活無虞，也自己創業，但他無緣體會家庭的溫暖。」

「所以想要孩子……」

「我認為他想要和他有血緣關係的人，和女友或是老婆再怎麼相愛，終究是外人。」豬飼說話的語氣很冷漠，也許他自己也有同樣的想法。正因為這個原因，草薙覺得很有說服力。

「你上次說，真柴先生和綾音太太結識時，你剛好也在場。那是什麼聯誼之類的嗎？」

「你說對了。雖然表面上是不同行業的人參加的社交派對，但實際上就是有一定身分地位的人找對象的聯誼派對。雖然我當時已經結婚了，但真柴邀我，我就陪他一起去參加了。我記得他當時說，他也是捧客戶的場，不得不去參加，沒想到最後和在那裡遇到的女人結了婚，人生的際遇真是太奇妙了。話說回來，當時的時機也剛好。」

「什麼時機？」

草薙問，豬飼露出有點尷尬的表情，似乎覺得自己太多話了。

「他認識綾音之前有一個女朋友，在和那個女朋友分手後不久，就去參加了剛才提到的派對。因為和前女友的關係不順利，所以我猜想真柴也有點急了。」豬飼用食指放在自己的嘴唇上，「這件事不能讓綾音知道，真柴也特地交代過。」

「他和前女友因為什麼原因分手？」

「這就不知道了，」豬飼偏著頭，「我們不會探聽彼此的私事，這也是我們之間的默契，但我猜想應該是對方沒有懷孕的關係。」

「他們還沒結婚，不是嗎？」

「我不是說了好幾次嗎？對他來說，這才是最重要的事。也許對他來說，時下流行的先有後婚最理想。」

所以他選擇了若山宏美——

草薙自認為很清楚一種米養百樣男人的道理，但他還是無法理解真柴義孝的想法。即使沒有孩子，能夠和像綾音這樣的女人生活一輩子，不就是幸福的人生嗎？

「真柴先生的前女友是怎樣的人？」

豬飼偏著頭回答：

「我不太清楚，只是曾經聽真柴說，他當時有女朋友，但並沒有介紹給我認識。他這個人在某些方面很神秘，也許在決定結婚之前，並不會公開他的女友。」

「他和前女友是和平分手嗎？」

「應該是這樣，但我並沒有和他仔細聊過這件事。」豬飼說到這裡，似乎想到了什麼，注視著草薙，「你該不會認為這起事件和那個女人有關？」

「雖然並不是這樣，但我們想盡可能仔細調查被害人的情況。」

豬飼苦笑著搖了搖手。

「如果你們認為真柴約那個女人去家裡，就完全猜錯了。他不會做這種事，我可以斷言，絕對不可能。」

「是因為……真柴先生不會劈腿嗎？」

「就是這樣。」豬飼點了點頭。

「我瞭解了，我會參考你的意見。」草薙看了時鐘後站了起來，「謝謝你在百忙中抽出時間。」

草薙走向門口，豬飼快步追了上來，為他打開了門。

「這……不好意思。」

「草薙先生，」豬飼露出嚴肅的眼神看著他，「雖然我無意干涉你們的偵查工作，但我有一事相求。」

「什麼事？」

「真柴的人生一路走來並不見得是正人君子，你們在調查之後，應該會發現很多事，但是我不認為這次的事件和他的過去有關，所以希望你們不要太深入挖掘不必要的事，因為目前對公司來說，這也是非常重要的時期。」

他似乎擔心會破壞公司的形象。

「無論我們掌握了什麼情況，都不會透露給媒體，敬請放心。」草薙說完這句話，走出了辦公室。

草薙內心感到不悅，這當然是對真柴義孝這個人有不愉快的感受，對於真柴把女人視為生孩子的工具這件事感到憤怒，想必他在其他方面也有扭曲的價值觀。比方說，會把員工視為公司運作的零件，也認為消費者只是賺錢的對象。

不難想像，真柴的這種想法至今為止曾經傷害過很多人，所以會有一、兩個對他恨之入骨，恨不得殺了他的人也不足為奇。

目前也無法排除若山宏美的嫌疑。雖然內海薰認為她不可能殺害自己孩子的父親，但剛才聽了豬飼的話，就覺得目前下定論還為時太早。雖然真柴義孝打算和綾音離婚後和若山宏美結婚，但這是因為她懷孕了，並不是因為愛她，所以他很可能提出了什麼利己的要求，因而讓若山宏美心生憎恨。

只不過草薙無法反駁內海薰認為若山宏美是最先發現屍體的人，卻沒有銷毀下毒的痕跡這件事很不自然的意見。如果認為若山宏美只是疏忽忘記，未免太牽強了。

無論如何，要先查明真柴義孝在遇到綾音之前交往的女人。草薙思考著調查的步驟，走出了真柴的公司。

真柴綾音一臉錯愕的表情瞪大了眼睛，草薙發現她的眼神有點飄忽。她果然有點不知所措。

「我先生的……前女友嗎？」

「很抱歉，問妳這種不愉快的問題。」草薙坐著低頭道歉。

他們坐在綾音入住的飯店咖啡廳內。草薙打電話給她，說有事想請教她，希望可以見一面。

「這和事件有什麼關係嗎？」

她問，草薙搖了搖頭說：

「目前還不知道，但既然妳先生可能遭人殺害，就必須找出有殺人動機的人，所以目前在調查他的過去。」

綾音微微放鬆了嘴角，注視著他。她的笑容很寂寞。

「你們一定認為他和前女友分手很不愉快，就像對待我一樣。」

「不……」我並沒有這個意思。草薙原本想這麼說，但又住了嘴，看著她說：

「因為我們得到消息，妳先生希望找一個可以為他生孩子的女人。有這種想法的男人如果不懂得分寸，就可能會傷害對方，遭到傷害的對方就有可能反過來憎恨他。」

「就像我一樣嗎？」

「不，妳不……」

「沒關係。」她點了點頭，「那位女刑警是不是叫內海小姐？你應該已經聽她說了，宏美成功地如了真柴的願，所以真柴選擇了她，拋棄了我。如果說我完全沒有因此恨他，當然是騙人的。」

「但妳不可能犯案。」

「真的嗎？」

「目前並沒有從寶特瓶中檢驗出任何毒藥成分，所以最大的可能，還是在燒水壺內下毒，妳不可能做到。」草薙一口氣說完後，停頓了一下，再度開了口，「一定是有人在星期天去了妳家，然後下了毒，這是唯一的可能。那個人不可能闖進妳家，所以應該是妳先生讓對方進了屋。只不過在妳先生工作關係方面，並沒有查到任何可能的對象，研判是極私人的關係，再加上趁妳不在家時偷偷讓對方上門，這樣的對象就很有限了。」

「所以你們認為是情婦或是前女友嗎？」她撥了撥瀏海，「這就傷腦筋了，因為我從來沒有聽真柴提過這方面的事。」

「任何枝微末節都沒有關係，有沒有什麼和妳聊天時，不慎說溜嘴的事？」

「沒有欸，」她偏著頭說，「我先生幾乎不談以前的事，從這個角度來說，他可能算是很嚴謹。即使是餐廳或是酒吧，只要曾經和前女友去過，就不會再去第二次。」

「這樣啊。」草薙感到失望。因為他原本還打算從他們約會去過的餐廳調查。

真柴義孝可能的確是一個謹慎的人，無論從他家中或是辦公室的物品中，都無法嗅到他有若山宏美以外的女人。他登錄在手機上的電話號碼除了工作上的關係以外，全都是男人，甚至沒有若山宏美的電話。

「對不起，幫不上你的忙。」

「不，妳不必向我道歉。」

「但是……」綾音說到一半時，放在一旁的皮包內傳來了手機鈴聲。她慌忙拿出手機問：「我可以接一下電話嗎？」草薙回答說：「當然沒問題。」

「喂？我是真柴。」

綾音一臉鎮定的表情接起了電話，但下一剎那，睫毛抖動了一下，露出略微緊張的表情看著草薙。

「好，當然沒有問題，又有什麼……？喔，原來是這樣。好，我瞭解了，那就偏勞你們了。」

她掛上電話後，立刻捂住了嘴，似乎覺得自己做錯了事，「我剛才是不是應該告訴她，你目前在這裡？」

「誰打來的電話？」

「內海小姐。」

「她打電話給妳？她說什麼？」

「她說要重新勘驗廚房，問我可不可以去家裡，還說不是什麼重要的事。」

「重新勘驗……？她到底想幹什麼？」草薙摸著下巴，看著斜下方。

「應該想要查清楚用什麼方式下毒吧？」

「應該是這樣，」草薙看了一眼手錶，拿起桌上的帳單說，「我也去看看，可以嗎？」

「當然沒問題。」綾音點了點頭，露出了好像想起了什麼的表情，「呃……我想拜託你一件事。」

「什麼事？」

「我知道拜託你這種事很失禮。」

「到底是什麼事？請妳不必客氣，有話就直說吧。」

「因為……」她抬起頭，「家裡種的花要澆水，原本我以為只要在飯店住一、兩天而已……」

「喔，」草薙終於瞭解了狀況，「對不起，造成了妳的不便，但鑑識作業已經完成，妳應該可以回家了。等再次勘驗結束之後，我馬上通知妳。」

「不，那倒是沒關係，我決定在這裡多住幾天，因為光是想像一個人住在那棟大房子內就很痛苦。」

「也許吧。」

「雖然我知道不可能一直逃避，但目前決定在我先生喪禮的日子決定之前，還是先住在這裡。」

「遺體應該很快就可以歸還了。」

「是嗎？那我也得開始做準備了……」綾音說到這裡，眨了眨眼睛，「關於澆花的事，原本打算明天回去拿東西時順便澆花，但其實很希望可以更早澆花，我一直惦記著這件事。」

草薙瞭解了她想表達的意思，拍了拍自己的胸口說：

「我瞭解了。我會幫忙處理這件事，就是庭院和陽台上的花，對嗎？」

「可以嗎？我知道這個要求很過分。」

「妳大力協助我們辦案，幫這點小忙沒問題，反正現場一定有人沒事做，交給我吧。」

草薙站了起來，綾音也跟著他站了起來，直視著他。

「我不想讓那些花枯掉。」她的語氣充滿真切。

「妳似乎很喜歡那些花。」草薙想起她從札幌回來的那天也急著澆花。

「陽台上那些花是我從單身的時候開始種的，每一盆花都充滿了回憶，所以我不希望這次發生事件之後，連那些花也保不住了。」

綾音原本凝望遠方的視線移到草薙身上。草薙覺得她的雙眼發出了誘人的魅力，不敢正視。

「我一定會認真澆水，請妳不必擔心。」草薙說完，走向收銀台。

他在飯店前攔了計程車前往真柴家。綾音最後的表情深深烙印在他的腦海中。

他怔怔地看向窗外，看到了建築物上的招牌。那是居家修繕工具賣場的招牌。他突然想到一個主意。

「不好意思，我要在這裡下車。」他慌忙對司機說。

他急忙去居家修繕工具買了東西，再度搭上了計程車。他找到了想要買的東西，心情很不錯。

來到真柴家附近，發現一輛警車停在屋前。草薙覺得太小題大作了。按照目前的情況，綾音會一直承受左鄰右舍好奇的眼光。

一名制服員警站在大門旁，就是案發之後在那裡站崗的那名員警。他似乎也記得草薙，看到他後，默默點頭打招呼。

走進屋內，看到脫鞋處排放了三雙鞋子。他一眼就認出了內海薰的球鞋，另外兩雙是男人的鞋子，其中一雙是很舊的便宜鞋子，另一雙很新，而且還有「ARMANI」的文字。

草薙沿著走廊走向客廳，打開門後走了進去，卻不見人影。不一會兒，聽到廚房傳來男人說話的聲音。

「的確沒有發現任何碰過的痕跡。」

「對不對？鑑識小組也認為至少有一年多沒碰了。」內海薰的聲音回答。

草薙探頭向廚房內張望，看到內海薰和一個男人蹲在流理台前，流理台下方的門打開了，所以看不到男人的臉。岸谷站在兩個人身旁。

岸谷發現了他，叫了一聲：「啊，草薙先生。」

內海薰轉過頭，臉上露出了慌亂的表情。

「妳在幹嘛？」草薙問。

她眨了眨眼睛問：「你怎麼會來這裡……？」

「妳先回答我的問題，我問妳在這裡幹嘛？」

「不需要用這種態度對工作熱心的後輩說話吧。」一個聲音說道，原本探頭看著流理台下方的男人從門的上方探出頭。

草薙大吃一驚，愣了一下。對方是他很熟悉的人。

「湯川，你怎麼……」他問到這裡，將視線移到內海薰身上，「妳瞞著我去找他嗎？」

內海薰咬著嘴唇，不發一語。

「你說這句話就太奇怪了，內海和誰見面，都需要得到你的同意嗎？」湯川站了起來，對著草薙笑了笑，「好久不見，你看起來很不錯嘛。」

「你不是不願意再協助警方辦案了嗎？」

「這種想法基本上並沒有改變，但偶有例外，像是出現會讓研究科學的人感到好奇的謎團時。不過，這次還有其他原因，只是沒必要告訴你。」湯川露出意味深長的眼神看向內海薰。

草薙也看著內海薰問：

「妳說要再次勘驗，原來就是這麼回事？」

內海薰倒吸了一口氣，微微張著嘴巴，「是真柴太太告訴你的嗎？」

「我正在和她談話時，她接到了妳的電話。對了，我差點忘了重要的事——岸谷，你好像很閒。」

後輩刑警聽到草薙叫自己的名字，立刻挺直了身體。

「股長要我一起陪同湯川老師勘驗，因為如果只有內海一個人，可能會漏聽什麼內容。」

「我會在這裡代替你，你去幫庭院的花澆水。」

岸谷眨了幾下眼睛問：「澆水嗎？」

「真柴太太特地住在外面，方便我們展開偵查工作，幫她這點小忙也是理所當然。你只要澆庭院的花就行了，二樓陽台交給我吧。」

岸谷不滿地微微皺起眉頭，說了聲「好吧」，走出了廚房。

「不好意思，那就請你們從頭說明一下再次勘驗的內容。」草薙把手上的紙袋放在地上。

「這是什麼？」內海薰問。

「和這起事件無關，所以不必在意。先別管這些，趕快說明一下。」草薙注視著湯川，抱起了雙臂。

湯川把大拇指插進看起來像是ARMANI長褲兩側的口袋，靠在流理台上，他手上戴著手套。

「這位年輕的女刑警問了我這樣一個問題，有沒有辦法身在遠方，在某個特定人物喝的飲料中下毒，而且事先動的手腳沒有留下任何痕跡。即使在物理學的世界，也很少遇到這麼大的難題。」他聳了聳肩。

「身在遠方……嗎？」草薙瞪著內海薰，「妳還在懷疑真柴太太嗎？妳認定她是凶手，所以才去問湯川，使用什麼魔法，才有辦法做到。」
「我並不是只有懷疑真柴太太而已，只是在確認星期六和星期天有不在場證明的人，是否真的不可能犯案。」
「那不是一樣嗎？妳的目標就是真柴太太。」草薙將視線移回到湯川身上，「為什麼要檢查流理台下方？」
「內海說，在三個地方發現了毒藥。」湯川戴著手套的手豎起了三根手指，「首先是被害人喝的咖啡，其次是泡咖啡時使用的咖啡粉和濾紙，最後是燒開水的燒水壺，但之後就沒有頭緒了。目前有兩種可能，不是直接在燒水壺裡下毒，就是加在水裡。如果是加在水裡，又是哪裡的水？於是又出現了兩種可能，到底是瓶裝水，還是自來水。」
「自來水？難道會在自來水管動手腳嗎？」草薙用鼻子哼了一聲。
湯川面不改色地繼續說道：
「當存在多種可能性時，使用刪去法最合理。聽說鑑識小組已經確認，自來水管和淨水器沒有異狀，但我向來喜歡親眼看才相信，於是剛才就檢查了流理台下方，因為如果要在自來水管動手腳，就只有這裡。」
「結果怎麼樣呢？」
湯川緩緩搖了搖頭說：
「自來水管、淨水器的併聯水管、濾心都沒有發現動過手腳的痕跡。雖然可以拆下來檢查，但我相信不會有任何異狀。如果是在水裡下毒，我可以斷定，是在寶特瓶裝水裡下毒。」

「寶特瓶內並沒有檢驗出毒藥成分。」

「科搜研的報告還沒有出爐。」內海薰說。

「應該也驗不出來，警視廳的鑑識小組並沒有那麼不中用。」草薙鬆開了抱著的手臂，扠在腰上，看著湯川問：「這就是你的結論嗎？你特地跑這一趟，沒想到見解這麼普通。」

「關於水的問題就是以上的結論，接下來要檢查燒水壺。我剛才不是說了嗎？也可能直接在燒水壺下毒。」

「這是我的主張，但我有言在先，如果相信若山宏美的證詞，那星期天早上還沒有下毒。」

湯川沒有回答，拿起了放在流理台旁的燒水壺。

「這是什麼？」草薙問。

「這個燒水壺和這起事件中所使用的燒水壺相同，是內海準備的。」湯川打開了水龍頭裝了溫水，接著又倒在流理台，「沒有任何機關，也沒動任何手腳，就是普通的燒水壺。」

說完，他又重新用燒水壺裝了水，放在旁邊的瓦斯爐上燒開水。

「你要做什麼？」

「你看了就知道了。」湯川再度靠在流理台上，「你認為凶手在星期天來這裡，然後在燒水壺裡下毒嗎？」

「只有這種可能啊。」

「如果是這樣，意味著凶手選擇了風險很高的方法。難道凶手沒有想到，真柴可能告訴別人，凶手會來家裡嗎？還是凶手趁真柴短時間外出時溜進來？」

「應該不可能闖進來，我認為凶手是真柴不可能告訴別人的對象。」

「原來是這樣，是不想被別人知道的對象嗎？」湯川點了點頭，然後看著內海薰說：「你的前輩還沒有失去理智，這樣我就放心了。」

「什麼意思？」草薙輪流看著湯川和內海薰的臉。

「沒什麼深奧的意思，我只是想要表達，如果雙方都保持理性，即使意見對立，也不是壞事。」

湯川一如往常，用目中無人語氣說話，草薙瞪著他，但湯川臉上帶著笑容，似乎完全不在意他的視線。

不一會兒，燒水壺裡的水燒開了。湯川關掉瓦斯，打開蓋子，向裡面張望。

「結果似乎很不錯。」他把燒水壺裡的水倒在流理台內。

草薙看到燒水壺裡倒出來的液體，忍不住大吃一驚。因為明明是普通的水，竟然變成了紅色。

「這是怎麼回事？」

湯川把燒水壺放在流理台上，笑著看向草薙說：

「我剛才說，沒有動手腳，也沒有機會，這句話是騙你的。其實用明膠包住了紅色的粉末，貼在燒水壺的內側。當水燒開後，明膠就會慢慢溶化，最後，包在明膠中的粉末就會溶化在水中。」湯川露出嚴肅的表情，向內海薰點了點頭，「妳說這次在案子中，在被害人死亡之前，至少用了兩次燒水壺。」

「對，星期六晚上和星期天早上都用過。」內海薰回答。

「明膠的品質和數量不同時，或許可能會發生前兩次毒藥沒有溶化，等到第三次才溶化的情況，要不要請鑑識小組的人確認一下？同時也要考慮貼在燒水壺中的位置，或者可以考慮明膠以外的材料。」

「我瞭解了。」她回答後，將湯川的指示寫在記事本上。

「草薙，你怎麼了？為什麼這麼失望？」湯川用揶揄的語氣問。

「我並沒有失望，只是覺得普通人會想到這麼特殊的下毒方法嗎？」

「特殊的方法？完全沒有這回事，對經常使用明膠的人來說，並不是太困難的事。比方說，像是很會下廚的太太。」

草薙聽了湯川的話，忍不住咬緊了牙關。這位物理學家顯然把真柴綾音想像成凶手，八成是內海薰對他說了什麼。

內海薰的手機響了。她接起電話，說了兩、三句話後，看著草薙說：

「科搜研的報告出爐了，從寶特瓶中沒有檢驗出任何毒藥成分。」

13

「默哀。」

若山宏美聽從主持人的指示，閉上了眼睛。會場內響起了音樂。宏美聽到音樂後大吃一驚。這是披頭四的〈The Long and Winding Road〉，翻譯後的意思就是「漫漫曲折路」。真柴義孝很喜歡披頭四，在車上也經常放披頭四的CD，尤其喜愛這首歌曲。悠揚的節奏帶有一絲哀傷。應該是綾音挑選了這首曲子，但宏美忍不住恨她。因為樂曲的氛圍太適合眼前這個場合了，她無法不回想起和義孝之間的點點滴滴。她感到胸口發熱，原本以為已經乾掉的淚水差一點從閉上的眼瞼中滲出來。

宏美知道自己無法在這裡哭泣。她和故人沒有直接關係，如果她在這裡放聲大哭，周圍人一定會感到很奇怪。不，她更不希望綾音看到她的眼淚。

默哀之後是獻花儀式。前來弔唁的人依次向祭壇獻花。義孝沒有宗教信仰，所以綾音選擇了這種形式。她站在祭壇左側，向獻完花的人鞠躬。

義孝的遺體昨天從警局送到了殯儀館，豬飼達彥立刻安排了今天的獻花儀式。這個儀式相當於守靈夜，據說明天將由公司舉行稍微隆重的告別式。

輪到宏美了。她從女性工作人員手上接過鮮花，放在祭壇上，抬頭看著遺照，合起了雙手。照片中的義孝曬得黝黑，滿臉笑容。

正當她告訴自己必須忍住眼淚時，感到一陣反胃。是孕吐。她立刻用合起的雙手捂住了嘴巴。

她忍著不舒服的感覺轉身離開，當她抬起頭時，忍不住一驚。因為綾音就等在她面前。綾音面無表情，目不轉睛地看著宏美。

宏美向她點頭示意，準備從她身旁走過去。

「宏美，」綾音叫住了她，「妳沒事吧？」

「嗯，我沒事。」

「這樣啊。」綾音點了點頭，轉頭看向祭壇。

宏美走出會場。她很想趕快離開這裡。

正當她走向出口時，有人從背後拍她的肩膀。回頭一看，豬飼由希子站在她身後。

「啊……妳好。」宏美慌忙向她打招呼。

「妳也很辛苦，警察問了妳很多事吧？」雖然她露出同情的表情，但難掩好奇的眼神。

「嗯，是啊。」

「不知道警察在幹什麼，聽說到目前仍然沒有鎖定兇手。」

「好像是這樣。」

「我老公說，如果不趕快破案，也會對公司的營運產生影響。綾音說，她在真相大白之前不想回去那個家，這也難怪，真是太可怕了。」

「是啊。」宏美只能不置可否地點頭。

「喂！」這時傳來叫聲，豬飼達彥走了過來。
「妳在幹嘛，隔壁的房間準備了餐點和飲料。」
「啊喲，是嗎？宏美，那我們一起去。」
「不好意思，我不去了。」
「為什麼？妳不是要等綾音嗎？現在還有這麼多人，還不會那麼快結束。」
「不，我今天要先回去了。」
「是嗎？但稍微坐一下應該沒關係吧，坐一下再走嘛。」
「喂！」豬飼皺起了眉頭，「妳這樣強人所難，會造成別人的困擾。每個人的情況不一樣。」
宏美聽到豬飼說的話，忍不住心一沉。她看向豬飼，豬飼立刻移開了冷酷的雙眼。
「不好意思，下次有機會……我先告辭了。」宏美向他們夫妻鞠躬後，低著頭離開了。
豬飼達彥一定知道了義孝和宏美之間的關係。應該不可能是綾音告訴他，也許是從警方口中得知。雖然他沒有告訴由希子，但一定對宏美沒有好感。
自己到底會怎麼樣？不安再度襲上心頭。周圍的人以後都會知道她和義孝之間的關係，既然這樣，自己就不可能一直留在綾音身旁。
宏美也漸漸覺得以後最好不要再靠近真柴家，因為她不認為綾音會真心原諒自己。

綾音剛才的眼神仍然留在她的腦海中，她很後悔在獻花時，情不自禁捂住了嘴。綾音一定發現是孕吐，所以才會問「妳沒事吧？」

如果只是死去丈夫的外遇對象，綾音或許能夠不計前嫌，但如果那個女人還懷孕了呢？

綾音的確之前就似乎察覺到宏美懷孕了，但察覺和面對事實完全不一樣。

宏美在幾天前，向姓內海的女刑警坦承了自己懷孕的事，那天之後，綾音從來沒有問過宏美懷孕的事，宏美當然不可能主動和她提這個話題，所以完全不知道綾音目前的想法。

該怎麼辦呢？每次思考這個問題，就覺得眼前一片黑暗。

她知道自己必須拿掉小孩。即使生下孩子，自己也沒有自信可以讓孩子幸福成長。孩子的父親已經死了，不僅如此，宏美自己也面臨失業的危機。不，一旦自己生下孩子，綾音就不可能再安排工作給自己。

無論怎麼思考，自己都沒有其他的選擇。然而，宏美還是遲遲無法下定決心。她甚至不知道是因為對義孝還有感情，不願意放棄他留下的唯一遺產，還是基於女人的本能想要生下孩子。

無論如何，自己所剩下的時間不多了。最晚也必須在兩個星期內下定決心。

她走出殯儀館，正打算攔計程車時，聽到有人叫她。

「若山小姐。」

她看到對方，心情更加憂鬱了。姓草薙的刑警向她跑來。

「我正在找妳，妳要回去了嗎？」

「對，因為我有點累。」

這名刑警應該知道自己懷孕的事。既然這樣，她認為表明自己不希望造成身體的負擔比較好。

「很抱歉，在妳疲累的時候打擾，可以稍微請教妳幾個問題嗎？只要一下子就好。」

宏美並沒有克制自己露出不悅的表情。

「現在嗎？」

「不好意思，拜託了。」

「要去警局嗎？」

「不，找一個可以坐下來的地方就好。」他說完後，不等宏美的回答，就舉手攔了計程車。

草薙請司機前往宏美的公寓附近，宏美察覺似乎對方應該真的不打算佔用自己太多時間，暗自鬆了一口氣。

他們在附近的家庭餐廳前下了計程車。餐廳內沒什麼客人，他們面對面在最深處的桌子前坐了下來。

宏美點了牛奶。因為紅茶和咖啡都是自助式，草薙應該也是基於相同的理由點了可可。

「這種地方幾乎都禁菸，對像妳一樣的人來說，環境越來越友善了。」草薙露出親切的笑容說。

雖然他試圖藉此表示他知道宏美懷孕的事，但聽在遲遲下不了決心墮胎的宏美耳中，只覺得他說這種話未免神經太大條了。

「呃……請問你要問什麼？」宏美低頭問道。

「不好意思，妳很疲累了吧？那我就不說廢話了。」草薙探出身體問，「不是別的事，就是有關真柴義孝先生的女性交往關係。」

宏美忍不住抬起了頭。

「請問、這是什麼意思？」

「妳可以理解為字面上的意思。真柴先生除了妳以外，有沒有和其他女人交往？」

宏美坐直了身體，眨了眨眼睛。這個問題太出乎意料，所以她有點混亂。

「為什麼問這種問題？」

「什麼意思？」

「難道有人說他還有其他女人嗎？」宏美忍不住尖聲問道。

草薙露出苦笑，輕輕搖了搖手。

「並沒有根據，只是覺得有可能，所以才想請教妳。」

「我不知道，為什麼會這樣？」

草薙恢復了嚴肅的表情，在桌子上握著雙手。

「妳也知道，真柴先生是因為中毒身亡，從現場的狀況研判，只有當天進入真柴家的人才有辦法下毒，所以才會最先懷疑妳。」

「但是我什麼都……」

「我瞭解妳想要表達的意思。如果妳不是凶手，那是誰去了真柴家呢？目前無論在他的工作關係或是私生活中，都找不到這樣的對象，所以就有人認為，會不會是真柴先生刻意隱瞞的對象。」

宏美終於瞭解了刑警想要表達的意思，但她仍然無法點頭，因為這種想法太莫名其妙了。

「刑警先生，你對他有誤會。雖然他的言行感覺很囂張，而且也和我交往，難怪你會產生這種想法，但他絕對不是那種到處拈花惹草的人。他對我也不是玩玩而已。」

雖然宏美說話的語氣很強烈，但草薙的表情完全沒有變化。

「所以妳從來沒有感覺到有其他女人的存在。」

「對。」

「那過去的女人呢？妳知道嗎？」

「過去的女人，你是說他的前女友嗎？他好像交過幾個女朋友，但詳細情況我就不瞭解了。」

「任何枝微末節的事都沒有關係，妳有沒有什麼印象？像是職業，或是在哪裡認識的？」

既然草薙這麼問，宏美只好努力回想。義孝的確曾經提過以前交往的女人，她也隱約記得他當時說的話。

「我曾經聽他說，以前和出版業的人交往過。」

「出版業？是編輯嗎？」

「不是，應該是寫作的人。」

「所以是小說家嗎？」

宏美偏著頭說：

「不知道，我只是聽他說，當時交往的對象出書時，就必須發表感想，他覺得很麻煩。我問他是怎樣的書，他沒有正面回答。因為他不喜歡我問他前女友的事，所以我也就沒有多問。」

「除此以外呢？」

「他說對酒店小姐或是藝人沒有興趣，所以也會去參加一些聯誼派對，但很多都是主辦單位安排的模特兒，他感到很無趣。」

「但他和他太太不就是在聯誼派對上認識的嗎？」

「好像是這樣。」宏美垂下了雙眼。

「真柴先生有沒有和前女友聯絡的跡象呢？」

「據我所知，應該沒有。」宏美抬眼看著刑警問，「警方認為是這種女人殺了他嗎？」

「我們只是認為完全有這種可能，所以很希望妳努力回想一下。因為男人在戀愛方面很粗枝大葉，很可能會在不經意的情況下透露以往交往對象的事。」

「即使你這麼說……」

宏美把裝了牛奶的杯子拉到自己面前，喝了一口之後，忍不住後悔剛才應該點紅茶。因為喝了牛奶之後，就會擔心嘴巴周圍會變白白的。

這時，她突然想到一件事，忍不住抬起頭。

「怎麼了？」草薙問。

「雖然他是咖啡派，但對紅茶也很瞭解。有一次我問他，他說是受到前女友的影響。那個前女友很喜歡紅茶，每次都去固定的店家買紅茶。我記得他說是在日本橋的一家紅茶專賣店。」

草薙準備做筆記，「是哪一家店？」

「對不起，我不記得了，也可能他根本沒有說。」

「紅茶專賣店。」草薙闔起記事本，用力抿著嘴。

「我只記得這些事，對不起，無法幫上你的忙。」

「不，妳能夠記得這些已經是我很大的收穫。我也問了真柴太太相同的問題，她說真柴先生完全沒有和她提過這方面的事。也許比起太太，真柴先生在妳面前更能夠敞開心房。」

刑警的話讓宏美感到有點煩躁。雖然不知道刑警是為了安慰自己，還是場面話，但如果以為自己聽了這種話就會感到寬慰，未免太膚淺了。

「請問這樣就可以了嗎？我該回家了。」

「在妳疲累的時候打擾，真的很抱歉，如果之後有想到什麼，請妳務必通知我。」

「好，到時候我會打電話給你。」

「我送妳回家。」

「不用了，走幾步路就到了。」

宏美沒有拿帳單就站了起來，她甚至不想說「謝謝招待」。

14

燒水壺的壺嘴不斷噴出蒸氣，湯川不發一語地拿起燒水壺，把熱水倒在流理台，然後打開燒水壺的蓋子，拿下眼鏡，向燒水壺內張望。因為如果不拿下眼鏡，鏡片會起霧。

「怎麼樣？」薰問。

湯川把燒水壺放在瓦斯爐上，緩緩搖了搖頭回答說：

「還是失敗，和剛才一樣。」

「明膠還是……」

「對，仍然留在上面。」

湯川把一旁的鐵管椅拉過來後坐了下來，雙手抱在腦後，仰望著天花板。他沒有穿白袍，穿了一件黑色短袖針織衫。雖然他很瘦，但手臂上的肌肉很飽滿。

薰聽說湯川要針對之前想到的將毒藥藏在燒水壺中的方法做確認實驗，所以來到了湯川的研究室。

但是，結果似乎並不理想。在燒水壺使用兩次之後，明膠仍然沒有溶解，藏在明膠內的毒藥也不會混入水中，他想出的方法才能夠成立。也就是說，明膠必須很厚才行，然而，當明膠太厚時，就無法完全溶解，仍然殘留在燒水壺內。根據鑑識小組的報告，燒水壺內並沒有發現明膠。

「看來明膠還是不行。」湯川用雙手抓著頭。

「警視廳的鑑識小組也是相同的見解，」薰說，「即使明膠完全溶解，燒水壺內應該仍然會有少許殘留。而且，我剛才也說了，在用過的咖啡粉內，也完全沒有檢驗出明膠的成分。因為這個想法很有意思，所以聽說鑑識小組也很有興趣，還試了各種不同的材料。」

「聽說也試了糯米紙。」

「對，使用糯米紙時，澱粉會殘留在咖啡粉內。」

「所以也不對。」湯川拍了一下大腿站了起來，「太遺憾了，看來只能放棄這個方法。」

「雖然我覺得這個方法很出色。」

「沒想到只是讓草薙稍微緊張了一下，」湯川拿起放在椅背上的白袍穿在身上，「他最近在忙什麼？」

「好像在調查真柴以前的女性關係。」

「原來是這樣，他堅持貫徹自己的信念。既然燒水壺的詭計行不通，也許該支持他的見解。」

「是前女友殺了真柴嗎？」

「雖然不知道是不是前女友，但認為若山宏美在星期天上午離開後，凶手用某種方法溜進了真柴家，在燒水壺內下毒——這似乎是最合理的推理。」

「你倒戈了嗎？」

「這不叫倒戈，而是遵循刪去法。草薙似乎對真柴太太有特殊的感情，但他的著眼點並沒有偏離正軌，我認為他的偵查工作很務實。」湯川再度坐了下來，蹺起了二郎腿，「毒藥是亞砷酸吧？有沒有可能從毒藥的來源查出凶手呢？」

「比想像中困難。使用亞砷酸的農藥在五十年前就已經停止生產和銷售，卻用於一些意想不到的地方。」

「比方說？」

薰翻開了記事本。

「像是木材防腐處理劑、驅除害蟲、牙科治療藥、半導體材料——差不多就是這些地方。」

「所以有很多地方使用，像是牙科之類。」

「據說是用來殺死牙齒的神經，但這種藥劑是糊狀，難溶於水，而且亞砷酸的含有量只有百分之四十，所以認為不太可能用於這次犯案。」

「最有可能的是什麼？」

「應該是驅除害蟲的業者，主要用於驅除白蟻。購買時需要登記姓名和住址，目前正在調查，但法律規定登記紀錄的保存期限是五年，所以如果是五年之前購買就沒轍了，而且如果不是透過正規的途徑購買，就根本無從查起。」

「我不認為這次的凶手會在這種地方露出破綻，」湯川搖了搖頭，「警方還是期待草薙的調查成果比較務實。」

「我還是無法認為凶手直接在燒水壺中下毒。」

「為什麼？因為如果是這樣，就等於排除了真柴太太的嫌疑嗎？妳懷疑真柴太太當然沒問題，但如果以此作為前提進行推理，就不太合理了。」

「我並沒有以此為前提推理，而是我認為那天不可能有第三者造訪真柴家，因為完全沒有留下任何痕跡。如果像草薙先生所說，前女友上門的話，即使是真柴，至少也會泡一杯咖啡給對方。」

「也有人不泡咖啡接待客人，如果對方是不受歡迎的對象，就更不用說了。」

「如果是這種對象，那個人要怎麼在燒水壺中下毒？別忘了真柴會看到。」

「真柴也要上廁所，利用這個機會下毒並不困難。」

「果真如此的話，代表凶手的計畫很不確定。如果真柴沒有去上廁所，凶手打算怎麼辦？」

「也許凶手有其他計畫，也可能找不到機會的話，就放棄動手。因為這樣的話，凶手不必冒風險。」

「湯川老師，」薰收起下巴，注視著物理學家的臉，「你到底支持哪一方啊？」

「妳這種說法真奇怪，我沒有支持任何一方，只是分析情況，然後在需要的時候做實驗，找出最合理的答案，目前的情勢對妳比較不利。」

薰咬著嘴唇說：

「我更正剛才說的話，老實說，我的確懷疑真柴太太，至少我確信她和真柴的死有關，別人可能會覺得我冥頑不靈。」

「妳這是惱羞成怒嗎？真的不像是妳的作風。」湯川覺得很好笑地聳了聳肩，「我記得妳懷疑真柴太太的根據是香檳杯，妳認為沒有放回碗盤收納櫃很不自然。」

「還有其他的事。真柴太太是在當天晚上得知命案，警方在她的手機語音信箱中留言，我向打電話的員警瞭解了留言的內容。員警留言說，她先生出了事，必須緊急通知她，希望她能夠回電。結果在深夜十二點左右，接到了真柴太太的電話，於是就把大致的情況告訴了她。當時並沒有告訴她有他殺的可能性。」

「這樣啊，然後呢？」

「案發隔天，真柴太太搭第一班飛機回到東京。我和草薙先生一起去接她，她在車上打電話給若山宏美，在電話中說『宏美，妳受驚了』。」薰回想起當時的情況，繼續說了下去，「我當時就覺得很奇怪。」

「她在電話中說『妳受驚了』啊，」湯川用指尖敲著膝蓋，「從這句話來看，她在接到警方通知之後，直到隔天早上，並沒有和若山宏美聯絡。」

「你太厲害了，我想說的就是這個意思。」薰確信湯川也產生了和自己相同的疑問，忍不住露出了笑容，「真柴太太把家裡的鑰匙交給了若山宏美，而且她察覺了若山宏美和真柴的關係，得知丈夫離奇死亡後，照理說不是會馬上打電話給若山宏美嗎？不僅如此，真柴夫婦和豬飼夫婦是朋友，她也沒有聯絡豬飼夫婦，我無論如何都無法理解。」

「妳對於這些狀況有什麼推理呢？」

「真柴太太沒有打電話給若山宏美和豬飼夫婦，是因為根本沒這個必要。因為她知道丈夫離奇死亡的真相，所以根本不需要向別人瞭解詳細情況。」

湯川露齒一笑，摸了摸人中。

「妳有沒有把這個推理告訴別人？」

「我告訴了間宮股長。」

「所以沒有告訴草薙嗎？」

「因為即使告訴他，他也會說這只是我憑感覺的判斷，根本聽不進去。」

湯川露出嚴肅的表情站了起來，走向流理台。

「妳這種成見完全沒有意義。雖然我說這種話很奇怪，他是優秀的刑警。即使對嫌犯產生了些許特殊的感情，也不會失去理性。的確，即使他聽了妳剛才說的話，也不可能馬上改變想法，而且我也可以猜到他馬上會反駁，但是，他並不會無視別人的意見，他會用自己的方式考慮這個問題，即使最後得出的結論不如自己所願，他也不會忽略。」

「你很信任他。」

「否則怎麼可能多次協助他辦案？」湯川露齒而笑，把咖啡粉裝進咖啡機。

「那你呢？會覺得我的想法很奇怪嗎？」

「不，我認為妳的觀察很有道理。通常聽到丈夫死了，都會四處打聽到底是什麼情況，但真柴太太沒有和任何人聯絡的行為的確很不自然。」

「太好了。」

「但是，我是做科學的人，如果要我在心理上的不自然，和物理上的不可能中擇一，即使內心有點抗拒，仍然不得不選擇前者。除非有其他可以將毒藥藏在燒水壺內的限時裝置。」湯川把自來水倒進咖啡機，「聽說被害人在泡咖啡時也使用礦泉水，味道有多大的不同？」

「好像不是因為味道的關係，而是基於養生的關係，但其實真柴太太也背著丈夫使用自來水。我可能之前已經說過，若山宏美也證實，在星期天早上泡咖啡時用的是自來水。」

「所以只有被害人自己用礦泉水泡咖啡。」

「正因為這樣，在寶特瓶裡下毒的可能性相當高。」

「但既然科搜研也沒有檢驗出來，就只能放棄這個可能性。」

「但是，即使沒有檢驗出來，也未必等於在瓶裝水中下毒的可能性是零。有些人在丟棄寶特瓶之前會洗乾淨，科搜研認為，如果是這樣，就不可能檢驗出來。」

「如果原本裝烏龍茶或是果汁，或許會清洗，但會清洗裝水的寶特瓶嗎？」

「習慣成自然。」

「的確是這樣，果真如此的話，兇手未免太幸運了。因為被害人的習慣，導致警方無法查出兇手如何下毒。」

「這是假設真柴太太是兇手的情況，」薰說到這裡，看著湯川的表情問：「你不喜歡這種推理方式嗎？」

湯川露出苦笑說：

「沒問題啊，我們也經常提出假設，雖然幾乎很快就被徹底推翻。如果假設真柴太太是凶手，有什麼幫助嗎？」

「最初是真柴太太說，真柴只用瓶裝水這件事。雖然草薙先生認為，如果是她在水裡下毒，就不會主動說這件事，但我認為情況剛好相反。因為警方遲早會從寶特瓶中檢驗出毒藥的成分，所以不如主動告知，減少自己的嫌疑。沒想到最後寶特瓶中並沒有檢驗出毒藥成分，老實說，我當時也陷入了混亂。因為如果她是凶手，然後用某種方法在燒水壺裡下毒，她根本不需要特地告訴警方，真柴只用瓶裝水這件事。於是我就想到，也許她也沒有料到寶特瓶中沒有檢驗出毒藥的成分。」

在薰說話時，湯川的神情嚴肅起來，目不轉睛地看著咖啡機冒出的蒸氣。

「妳認為真柴太太沒想到她先生會洗寶特瓶嗎？」

「如果我是真柴太太，也不會想到，通常會認為現場留下了有毒藥殘留的寶特瓶。但是，真柴在泡咖啡時用完了下了毒的瓶裝水，然後在水燒開之前，順手洗了寶特瓶。真柴太太不知道這件事，所以就先發制人，告訴警方凶手可能在瓶裝水中下毒——這麼一想，所有的事就都有了合理的解釋。」

湯川點了點頭，用指尖推了推眼鏡的鼻橋。

「邏輯上可以成立。」

「我也知道有很多不自然的地方，但仍然不能排除有這樣的可能性。」

「的確，但有方法可以證明這種假設嗎？」

「可惜沒有。」薰咬著嘴唇。

湯川從咖啡機上拿下咖啡壺，把裡面的咖啡倒進兩個杯子，把其中一杯遞給了薰。

「謝謝。」她接過了咖啡。

「你們該不會是串通好的吧？」湯川問。

「啊？」

「我在問，妳是不是和草薙串通好一起騙我？」

「騙你？為什麼？」

「因為我之前已經決定不再協助警方辦案，但妳巧妙地刺激了我的好奇心，而且還加了草薙的戀愛發展這個帶有危險香氣的佐料。」湯川單側的臉笑了笑，一臉陶醉地喝著咖啡。

15

紅茶專賣店「庫藏」位在日本橋大傳馬町，位在辦公大樓的一樓，附近是有許多銀行的水天宮路，不難想像，有許多粉領族會在午休時間造訪這裡。

草薙走進玻璃門，最先看到了茶葉販售區。他藉由事先調查瞭解到，這裡有超過五十種類的紅茶，販售區後方是飲茶區，雖然是下午四點，並非正餐的時段，店內仍有不少女性客人，還有人穿著公司的制服坐在店內看雜誌，店內完全沒有男性客人。

身穿白色衣服的嬌小女服務生走了過來。

「歡迎光臨，請問是一位嗎？」雖然她臉上帶著笑容，但顯然覺得很狐疑，也許草薙看起來不像是會獨自來紅茶專賣店的人。

「一個人。」女服務生仍然維持著笑容，把他帶到靠牆的座位。

飲料單上寫了一整排草薙在昨天之前一無所知的紅茶名，但現在他已經知道了其中幾種，而且也實際喝過了。這是他造訪的第四家紅茶專賣店。

他向剛才的女服務生招了招手，點了印度奶茶。他在上一家店得知，印度奶茶是在阿薩姆紅茶中加牛奶一起煮，他很喜歡那種味道，覺得再喝一杯也無妨。

「然後，這是我的名片。」他把名片遞給女服務生，「可以請店長來一下嗎？我要向她打聽一些事。」

女服務生一看到名片上印的字，立刻收起了笑容。草薙慌忙搖著手說：「不用緊張，不是什麼嚴重的事，只是想要打聽一下客人的事。」

「好，那我去問一下。」

「拜託了。」草薙說完，想順便問她這裡可不可以抽菸，但立刻看到牆上貼著「本店全面禁菸」。

他再次打量店內。這家店很安靜，環境也很舒適。座位排得很寬鬆，即使情侶來這裡，也不必擔心被鄰桌的客人聽到談話內容，真柴義孝會來這家店也不讓人感到意外。

但草薙提醒自己不要有太大的期待，因為之前造訪的那三家店也都感覺差不多。

不一會兒，一個在白襯衫外穿了黑色背心的女人神情嚴肅地站在草薙面前。她臉上沒化什麼妝，頭髮綁在腦後，看起來大約三十五、六歲。

「請問有什麼事？」

「妳是店長嗎？」

「對，我姓濱田。」

「不好意思，打擾妳的工作，請坐。」草薙請她在對面坐下後，從口袋裡拿出一張真柴義孝的照片。「我正在調查某起事件，請問這個人有沒有來過這裡？應該差不多兩年前左右。」

濱田店長接過照片後，目不轉睛地注視片刻，最後偏著頭回答說：

「好像有見過，但我沒辦法明確回答。因為每天都有很多客人上門，而且一直盯著客人看也很失禮。」

她的回答和草薙在之前三家店打聽時所聽到的回答大同小異。

「是嗎？他應該帶著女伴一起來。」

草薙補充說道，希望有助於她回想，但她面帶微笑，偏著頭回答：

「來本店的情侶也很多。」她把照片放回桌上。

草薙點了點頭，淡淡地笑了笑。因為店長的反應在他的意料之中，所以並沒有感到失望，只是覺得又白跑了一趟。

「請問還有其他事嗎？」

「不，沒有了。」

濱田店長聽了草薙的回答站起身時，剛才的女服務生送紅茶上來。她正打算把杯子放在桌上，看到桌上有照片，把手停在那裡。

「啊，不好意思。」草薙拿起照片。

但是，她沒有放下杯子，看著草薙，眨了幾下眼睛。

「怎麼了？」他忍不住問。

「這位客人怎麼了嗎？」女服務生戰戰兢兢地問。

草薙瞪大了眼睛，把照片出示在她面前。

「妳認識這個人？」

「不能算是認識……他是這裡的客人。」

濱田店長似乎聽到了她的回答，又走了回來。

「真的嗎？」

「對，我應該沒有看錯，以前曾經看過他幾次。」

雖然她說話的語氣沒什麼自信，但對自己的記憶很有自信。

「可以佔用她一點時間，問幾句話嗎？」草薙問濱田店長。

「啊，好，請便。」

這時，剛好有新的客人進來，濱田店長走去接待客人。

草薙請女服務生坐在對面的座位上。

「妳是什麼時候看到他？」草薙開始發問。

「第一次應該是三年前，因為我剛開始在這裡打工，也搞不太清楚紅茶的名字，造成了這位客人的困擾，所以我記住了他。」

「他一個人嗎？」

「不，每次都和他太太一起。」

「他太太？是怎樣的人？」

「頭髮很長，很漂亮，看起來像混血兒。」

看來並不是真柴綾音。草薙心想，因為綾音是標準的日式美女。

「年紀呢？」

「差不多三十出頭，但也可能更大一些……」

「他們說是夫妻嗎？」

「這……」女服務生微微偏著頭，「可能只是我這麼認為而已，但他們看起來像夫妻，感情很好，有時候感覺好像剛逛完街。」

「妳對那個女人還有什麼印象？任何枝微末節的事都無妨。」

女服務生露出了困惑的眼神，草薙忍不住想，她是不是後悔自己說認識照片上的人。

「這也可能只是我這麼認為而已，」她結結巴巴說了起來，「我覺得她好像是畫畫的。」

「畫畫的……妳是說畫家嗎？」

她點了點頭，抬眼看著草薙說：

「因為她曾經帶著素描簿，還有像這麼大的四方形盒子，」她的雙手張開六十公分左右，「扁扁的盒子。」

「妳並沒有看到盒子裡的東西吧？」

「我沒看到。」她低下頭。

草薙回想起若山宏美說的話。真柴義孝以前曾經和出版業的女人交往過，對方也出過書。

如果是畫家出書，應該是畫冊，但若山宏美說，真柴義孝覺得要表達感想很麻煩。如果是畫冊，應該不至於太麻煩。

「還有其他有印象的事嗎？」草薙問。

女服務生偏著頭後，露出試探的眼神問：

「他們不是夫妻嗎？」

「應該不是，妳為什麼這麼問？」

「不，不是什麼重要的事。」她摸著自己的臉頰，「我記得他們好像在聊小孩子的事，說很希望可以趕快生孩子，但我沒有太大的自信，也可能是和其他客人混在一起了。」

雖然她說話的語氣仍然很沒有自信，但草薙確信她的記憶力沒有問題，並沒有和其他客人混淆。她說的情況絕對是真柴義孝和當時的女朋友。終於找到線索了。草薙忍不住感到高興。

他向女服務生道謝後，讓她離開了。他伸手拿起裝了印度奶茶的杯子，雖然有點冷了，但紅茶的香氣和牛奶的甜味絕妙地融合在一起。

他喝了半杯紅茶，開始思考要如何查到那個可能是畫家的女人身分時，手機鈴聲響了。他看了手機螢幕，驚訝地發現竟然是湯川打來的。草薙小聲接起電話，怕影響到周圍其他客人。

「我是草薙。」

「我是湯川，現在說話方便嗎？」

「說話沒問題，只是不能大聲說話。真難得啊，你竟然主動打電話給我，有什麼事嗎？」

「有事要和你談一談，你今天有時間嗎？」

「如果你有重要的事，我也不是抽不出時間，有什麼事？」

「見面再談，但可以先告訴你，是關於你的工作。」

草薙嘆了一口氣說：

「你和內海兩個人又在偷偷摸摸幹什麼？」

「正因為不想偷偷摸摸，所以才打電話給你。你想見面嗎？還是不想？」

這個男人為什麼每次說話都這麼盛氣凌人？草薙這麼想著，忍不住苦笑起來。

「好，要約在哪裡呢？」

「地點由你決定，但最好約在禁菸的地方。」湯川滿不在乎地說。

最後他們決定約在品川車站旁的一家咖啡店見面，就在綾音投宿的飯店附近。因為草薙打算如果和湯川見面的時間不長，結束之後，可以去向綾音打聽一下女畫家的事。

走進咖啡店，發現湯川已經到了。他坐在禁菸區最深處的座位看雜誌。雖然快冬天了，但湯川只穿了一件短袖針織衫，旁邊的椅子上放了一件黑色皮夾克。

草薙走過去，在他對面坐了下來，但湯川並沒有抬起頭。

「你在看什麼？看得這麼專心。」他在拉開椅子時問道。

湯川完全沒有驚訝，指著正在看的雜誌說：

「是一篇關於恐龍的報導，報導中介紹了用電腦斷層掃描化石的技術。」

湯川似乎已經知道草薙來了。

「是科學雜誌嗎？用電腦斷層掃描恐龍的骨頭有什麼意義？」

「不是用電腦斷層掃描骨頭，是化石。」湯川終於抬起了頭，用指尖推了推眼鏡。

「那不是一樣嗎？恐龍的化石不就是一堆骨頭嗎？」

湯川得意地瞇起了眼睛。

「你真的完全不會辜負我的期待，每次的回答都在我意料之中。」

「聽起來好像在嘲笑我。」

服務生走過來，他點了蕃茄汁。

「很少看你喝這種東西，最近開始養生了嗎？」

「不必在意這種事，我只是不想再喝紅茶或咖啡而已，你找我有什麼事？趕快進入正題。」

「本來還想多聊一些化石的問題，不過算了。」湯川拿起了咖啡杯，「你知不知道鑑識小組對下毒手法的見解？」

「我聽說了，你想的方法必定會留下痕跡，所以這次事件中使用這種方法的可能性是零，沒想到伽利略也會犯錯。」

「『必定』或是『可能性是零』這種說法並不科學，而且怎麼可以因為提示了不是正解的假設，就斷定是犯錯呢？但你不是科學家，所以也就不跟你計較了。」

「如果你不服輸，可不可以說得更直截了當一點？」

「我完全不認為我輸了，推翻假設也是收穫，因為可以縮小可能的選項，等於又否定了一種在咖啡中下毒的方式。」

蕃茄汁送了上來，草薙沒有用吸管，直接喝了一大口。今天喝了太多紅茶，舌頭終於有了新鮮的刺激。

「下毒的方法只有一種，」草薙說，「就是有人在燒水壺裡下了毒。如果不是若山宏美，就是真柴義孝在星期天邀請的客人。」

「你否定了在水裡下毒的可能性嗎？」

草薙聽了湯川的問題，撇著嘴角說：

「我相信鑑識小組和科搜研，他們並沒有在寶特瓶中檢驗出毒藥的成分，這就意味著毒藥並不是加入水中。」

「內海說，寶特瓶可能洗過了。」

「我知道，她是不是說，被害人洗了寶特瓶？我可以打賭，沒有人會洗裝過水的寶特瓶。」

「但可能性並不是零。」

草薙用鼻子哼了一聲說：

「你相信這種微乎其微的可能性嗎？那就悉聽尊便，我還是按照恰當的方式辦案。」

「我也承認你偵辦的方式很恰當，但凡事都可能發生萬一的情況，在科學的世界，也不能排除萬一的可能性。」湯川露出認真的眼神，「我有一件事要拜託你。」

「什麼事？」

「我想再去真柴家看一下，你可不可以讓我進去？我知道你隨時帶著那棟房子的鑰匙。」

草薙看著眼前這個與眾不同的物理學家。

「你要看什麼？內海之前不是帶你去看過了嗎？」

「這次的觀察角度不一樣。」

「什麼觀察角度？」

「也可以說是思考方式，我可能犯了錯誤，所以我想確認這件事。」

草薙用指尖敲打著桌子。

「你先告訴我，到底是怎麼回事。」

「去了真柴家，確認了我的疏失之後，我就告訴你，這對你也比較好。」

草薙靠在椅背上，嘆了一口氣。

「你到底在打什麼主意？你和內海做了什麼交易？」

「交易？什麼意思？」湯川呵呵笑了起來，「你不要胡思亂想，我上次不是也說了嗎？因為對我這個做科學的人來說，這次的謎團很有意思，所以我想要破解。一旦我失去了興趣，就會馬上放棄。我想要做最後的判斷，才請你讓我再去看一下那個家。」

草薙注視著多年老友的眼睛，湯川若無其事地這麼回答。

草薙完全不知道湯川在想什麼，但他已經習以為常，而且之前多次在搞不清楚的狀況下相信了湯川，最後湯川協助他破了案。

「我打電話給真柴太太問她，你等我一下。」他拿出手機，站了起來。

他走到不遠處打了電話，當綾音接起電話時，他立刻用手遮住了嘴，問她等一下是否可以去她家勘驗。

「很抱歉，一次又一次叨擾，但因為無論如何都必須確認一件事。」

電話中傳來綾音輕輕吐氣的聲音。

「你不必過意不去，你們在辦案，我認為是很正常的事，那就麻煩你了。」

「不好意思，我會順便澆花。」

「謝謝你，真是太好了。」

草薙掛上電話後，回到了座位，湯川露出觀察的眼神抬頭望著他。

「你似乎有話要說。」

「你打個電話為什麼要躲去角落？是不能讓我聽到的內容嗎？」

「怎麼可能有這種事？我只是請她允許我們去她家，就只是這樣而已。」

「是喔。」

「幹嘛？你還有話要說嗎？」

「不，沒事，只是覺得你打電話的樣子，就像業務員在打電話給老主顧，對方那麼難搞嗎？」

「我們要在對方不在家的情況下去她家，禮數當然要周到。」草薙拿起桌上的帳單，「走吧，不要耽誤時間了。」

他們在車站前搭了計程車，湯川翻開了剛才的科學雜誌。

「你剛才說，恐龍的化石都是骨頭，這種想法隱藏了很大的陷阱。許多古生物學家也因此浪費了大量寶貴的資料。」

怎麼又回到這個話題?草薙雖然這麼想,但還是決定奉陪。

「我在博物館看到的恐龍化石都只有骨頭。」

「沒錯,以前只留下骨頭,其他的全都丟掉。」

「什麼意思?」

「在地上挖洞時,發現了恐龍骨,學者興高采烈地挖了出來,把骨頭上的泥土都清除乾淨,完成了巨大的恐龍形骸,然後開始考察,原來暴龍的下巴長這樣,手臂這麼短。但是,其實他們犯了重大的錯誤。在二〇〇〇年,某個研究團體在挖出化石之後,沒有清除化石上的泥土,直接進行電腦斷層掃描,然後嘗試用3D立體影像重現內部構造,結果發現了心臟。之前都丟棄的骨骼內部的泥土,其實保存了和生前形狀完全相同的內臟等組織。目前用電腦斷層掃描來處理恐龍化石,已經成為古生物學家的標準技術。」

「喔,」草薙興趣缺缺,「這的確很有趣,但和這次的事有什麼關係?還是你只是在閒聊?」

「我第一次得知這件事時,認為這是數千萬年的時間形成的巧妙詭計,無法責怪那些發現恐龍骨時,將內部的泥土全部清除的學者,因為通常會認為只剩下骨骼,研究人員當然會把骨骼清理出來,做成漂亮的標本,但是,原本以為沒用而清理掉的泥土,才具有更重要的意義。」湯川闔起了雜誌,「我有時候不是會提到刪去法嗎?刪去一個又一個可能的假設,就可以找到唯一的真相,但是,如果建立假設時犯了根本性的錯誤，就會造成極其危險的結果。有時候也會發生太熱衷於得到恐龍骨，結果卻排除了重要東西的情況。」

草薙也漸漸發現，湯川似乎並不是在談論和事件無關的事。

「你是說，在思考下毒方法時犯了什麼錯誤嗎？」

「這就是我現在要去確認的事，搞不好凶手是很厲害的科學家。」湯川自言自語說道。

真柴家靜悄悄的。草薙從口袋裡拿出鑰匙。真柴家的兩副鑰匙都可以歸還給綾音，草薙送去飯店給她，她留了一副鑰匙給草薙。因為她說警方可能還需要去勘驗，而且自己也暫時不打算回家。

「不是已經辦過喪禮了嗎？她不在家裡祭奠她先生嗎？」湯川在脫鞋子時問。

「我沒有告訴你嗎？真柴義孝沒有宗教信仰，用獻花儀式代替了喪禮，之後進行火葬，不需要做頭七。」

「原來是這樣，這種方法聽起來很合理，我以後死了，也可以用這種方法。」

「可以啊，我可以擔任你治喪委員會的委員長。」

走進真柴家，湯川立刻沿著走廊往裡走。草薙看著他，走上了樓梯，打開了真柴夫婦臥室的門，然後又打開裡面陽台的落地窗，拿起了放在窗前的大灑水壺。這是之前綾音請他幫忙澆花時，他去居家修繕工具賣場買的。

他拿著灑水壺來到一樓，走進客廳，向廚房內張望，發現湯川探頭看著流理台下方。

「你上次不是看過了嗎？」他站在湯川背後問。

「刑警不是常說『勤走現場一百次』嗎？」湯川用自己帶來的筆燈照亮了流理台下方，「果然沒有碰過的痕跡。」

「你到底在查什麼？」

「重新回到原點。即使發現了恐龍化石，這次就不能隨便清除泥土——」湯川回頭看著草薙，露出了訝異的眼神問：「這是什麼？」

「你看不出來嗎？是灑水壺。」

「我記得你上次也叫岸谷去澆花，難道警界高層指示，以後警察也要努力為民眾服務嗎？」

「隨便你怎麼說。」草薙推開湯川，打開了水龍頭。水龍頭的水迅速裝進了灑水壺。

「好大的灑水壺，庭院裡沒有水管嗎？」

「這些水要澆二樓的花，陽台上有很多花槽。」

「那真是辛苦你了。」

草薙走出廚房，聽到湯川在背後語帶嘲諷地說。他上了二樓，為陽台上的花澆了水。他幾乎不知道花的名字，但發現所有的花都有點垂頭喪氣，他想起綾音之前說，不希望陽台上的花枯萎，覺得接下來可能兩天來澆一次水比較好。

澆完花後，他關上了落地窗，立刻走出了臥室。雖然獲得了許可，但他還是不想在別人的臥室長時間逗留。

回到一樓，發現湯川仍然在廚房。他抱著雙臂站在那裡看著流理台。

「你要不要向我說明一下到底在想什麼？如果你不回答，下次就不再給你方便了。」

「給我方便？」湯川挑起單側眉毛，「真想不到你會說這種話，如果不是你的後輩來找我，我也不會被捲入這種麻煩事。」

草薙雙手扠腰，看著老朋友說：

「我不知道內海當初是怎麼向你請教，但和我沒有關係。今天你要來這裡調查，其實也可以找她啊，為什麼來找我？」

「討論問題時，當然和有反對意見的人討論才有意義。」

「你反對我的辦案方式嗎？你剛才不是說很恰當嗎？」

「我並不反對你用恰當的方式辦案，但無法接受你否定不恰當的辦案方式。只要有微乎其微的可能性存在，就不能輕易否定。我說了很多次，被恐龍骨頭迷惑而丟棄泥土很危險。」

草薙感到心浮氣躁，忍不住搖著頭。

「你所說的泥土到底指什麼？」

「就是水啊。」湯川回答，「我仍然認為是水被下了毒。」

「被害人洗了寶特瓶嗎？」草薙聳了聳肩。

「和寶特瓶沒有關係，還有其他的水。」湯川指著流理台說，「只要轉開那個水龍頭，要多少有多少。」

草薙偏著頭，看著湯川冷酷的雙眼問：「你是認真的嗎？」

「不排除這種可能。」

「鑑識小組已經確認，自來水沒有異狀。」

「鑑識小組的確分析了自來水的成分，但只是為了判斷燒水壺裡的水是自來水還是礦泉水，很可惜，最後好像無法判斷。因為燒水壺已經使用多年，自來水的成分已經積在燒水壺的內側。」

「但是，如果自來水被下了毒，當時不是應該會檢驗出來嗎？」

「即使把毒藥藏在自來水管的某個地方，在鑑識小組調查時，毒藥可能已經被沖掉了。」

草薙終於知道了湯川一直檢查流理台下方的原因了。他在確認凶手是否把毒藥放在自來水管內。

「被害人在泡咖啡時只用寶特瓶的水。」

「聽說是這樣，」湯川說，「但這是誰說的？」

「真柴太太說的。」草薙回答後，咬著嘴唇，注視著湯川，「連你也認為她很可疑嗎？你根本沒見過她，內海對你說了什麼？」

「她的確有她自己的見解，但我只是在客觀事實的基礎上建立了假設。」

「根據你的假設，真柴太太是凶手嗎？」

「我思考了她為什麼告訴你瓶裝水的事，這件事可以分成兩種情況來思考。被害人只用瓶裝水——這是事實，和這不是事實的兩種情況。如果是事實，當然就沒有問題，真柴太太純粹想要協助警方的偵查工作。雖然即使這樣，內海仍然懷疑真柴太太，但我的想法沒有這麼偏頗。問題在於如果事實並非如此，既然真柴太太說了這樣的謊，當然不可能和這起命案毫無關係，但她說這樣的謊，必須對她有助益。於是我就思考了在警方得知瓶裝水的證詞後，會如何展開偵查。」湯川舔了舔嘴唇後繼續說道，「首先，警方調查了寶特瓶，並沒有檢驗出毒藥成分，但在燒水壺中檢驗出毒藥成分，於是就判斷凶手在燒水壺中下了毒。如此一來，真柴太太就有了牢不可破的不在場證明。」

草薙用力搖著頭。

「這種說法有問題，即使沒有真柴太太的建議，鑑識小組也會檢驗自來水和瓶裝水，真柴太太反而因為真柴只用瓶裝水的證詞，導致她的不在場證明不成立。事實上，內海並沒有放棄在瓶裝水中下毒的想法。」

「問題就在這裡，有和內海相同想法的人絕對不是少數派，我認為瓶裝水的證詞正是導致他們誤判形勢的圈套。」

「圈套？」

「懷疑真柴太太是凶手的人，無法放棄在瓶裝水中下毒的想法，因為他們認為沒有其他方法，但如果凶手使用了完全不同的方法，他們拘泥於瓶裝水的問題，就永遠無法找到真相。這不是圈套是什麼？於是我就想到，如果不是使用瓶裝水——」湯川說到這裡，突然住了嘴，驚訝地瞪大了眼睛，看向草薙的後方。

草薙也轉過頭，露出了和湯川相同的驚訝表情。

綾音站在客廳門口。

16

必須說點什麼。草薙這麼想，於是對綾音說：

「妳好……呃，我們在這裡打擾。」說到這裡，他才後悔自己說了這麼奇怪的話，「妳回來看看嗎？」

「不，我來拿換洗衣服……請問這位是？」綾音問。

「我姓湯川，在帝都大學教物理。」湯川向她自我介紹。

「大學的老師？」

「他是我的朋友，在辦案時，有時候會請他協助一些科學上的問題，這次也請他幫忙。」

「喔……原來是這樣。」

綾音聽了草薙的說明，露出了困惑的表情，但並沒有繼續追問湯川的事，而是問：「我可以隨便碰家裡的東西嗎？」

「沒問題，妳可以自由使用，很抱歉，打擾了這麼久。」

「別這麼說。」綾音說完，轉身走向走廊，但又停下了腳步，再度轉向草薙和湯川。

「我不知道是不是可以問這種問題，請問現在是在調查什麼？」

「啊，不，那個……」草薙舔了舔嘴唇說：「因為目前仍然不知道下毒的方法，所以就這個問題進行驗證，真的很抱歉，一次又一次打擾。」

「那倒是沒關係，我並不是想要抱怨，請你們不必介意。我在樓上，如果有什麼事，可以隨時叫我。」

「好，謝謝妳。」

草薙向綾音鞠躬後，站在他身旁的湯川開了口，「可以請教妳一個問題嗎？」

「什麼問題？」綾音露出了訝異的表情。

「自來水不是裝了淨水器嗎？濾心應該必須定期更換，請問最近一次更換濾心是什麼時候？」

「喔，你是問濾心啊，」綾音再次走過來，看了流理台一眼後，露出尷尬的表情說：「好像一直沒有換。」

「啊？從來沒有換過嗎？」湯川意外地問。

「最近正打算找人來換，因為目前用的濾心，是我剛來這個家之後換的，所以將近一年了，我記得業者曾經說，一年左右就要換新的濾心。」

「一年前換的……這樣啊。」

「請問有什麼問題嗎？」

「沒有沒有，」湯川搖著手，「我只是問問而已，既然這樣，我覺得最好趁這個機會換一下。因為根據統計數據顯示，使用過期的濾心反而對健康有不良影響。」

「我會找人來換，但請人來換之前，要先清理一下流理台下方，那裡不是很髒嗎？」

「每戶人家都一樣，我們研究室的流理台下方還有蟑螂窩呢。啊，把府上和研究室相提並論真是太失禮了。不然——」湯川瞥了草薙一眼繼續說道，「只要妳把業者的聯絡電話告訴草薙，他就會馬上搞定這件事，這種事越快處理越好。」

草薙驚訝地看著湯川的臉，但這位物理學者完全不理會朋友的視線，看著綾音問：「妳覺得如何？」

「現在、馬上嗎？」

「對啊，不瞞妳說，也許對偵查有幫助，所以越快越好。」

「如果是這樣，我當然沒問題。」

湯川露出了笑容，轉頭看著草薙說：「真柴太太這麼說了。」

草薙瞪著湯川，但根據以往的經驗，知道這名學者不會心血來潮提出這種要求，他一定有自己的盤算，而且也確信會對辦案有幫助。

草薙轉頭看著綾音問：

「可以請妳把業者的聯絡電話告訴我嗎？」

「好，請你稍等一下。」

綾音走了出去，草薙目送她離開後，再度瞪著湯川說：

「你不要沒和我商量，就突然提出奇怪的要求。」

「來不及和你商量，我也很無奈啊，而且你在向我發牢騷之前，不是有該做的事嗎？」

「什麼事？」

「找鑑識小組來這裡啊，你應該不想讓淨水器的業者破壞證據吧，所以最好請鑑識小組的人把舊的濾心拆下來。」

「要讓鑑識小組把濾心帶回去嗎？」

「還有併聯管。」

湯川低聲說道，他的雙眼露出了科學家的冷靜眼神。草薙被他的眼神震懾，把原本想說的話吞回去時，綾音回來了。

大約一小時後，鑑識課人員把淨水器的濾心和併聯管拆了下來，草薙和湯川站在一起看著這一幕，拆下的濾心和併聯管上積著灰塵，鑑識課人員小心翼翼地放進了壓克力的盒子。

「那我就帶回去了。」鑑識課人員對草薙說。

「麻煩了。」草薙回答。

為淨水器換濾心的師傅已經到了，草薙看到他開始裝濾心和併聯管後，回到了沙發上。綾音一臉陰沉的表情坐在那裡，放在一旁的行李袋裡裝了她從臥室拿來的換洗衣服，她似乎暫時還不打算搬回來住。

「不好意思，好像有點小題大作。」草薙向她道歉。

「不，沒關係，我也很慶幸可以趁這個機會換濾心。」

「費用的事，我會和上面的人討論。」

「不用了，反正是我家要用的東西。」綾音露出微笑後，又立刻恢復了嚴肅的表情，「請問濾心被人動了手腳嗎？」

「不知道，因為不能排除這種可能，所以要調查一下。」

「如果真是這樣，到底要怎麼下毒？」

「嗯，這個嘛……」草薙結巴起來，看向湯川。湯川站在廚房門口，看著師傅換濾心。

「湯川。」草薙叫了一聲。

身穿黑色針織衫的背影動了一下，湯川轉過頭問綾音：

「請問妳先生真的只喝瓶裝水嗎？」

哪有人突然問這種問題？草薙這麼想，看著綾音。綾音點了點頭說：

「是真的，所以冰箱裡隨時都有瓶裝水。」

「聽說他泡咖啡時也都用瓶裝水。」

「沒錯。」

「但我也聽說妳實際上並沒有使用。」

草薙聽了湯川的話，忍不住瞪大了眼睛，一定是內海薰把這種偵查上的秘密告訴了湯川。草薙的腦海中浮現出她驕傲的臉。

「那不是很浪費嗎？」綾音微微放鬆了臉上的表情，「而且我不認為自來水真的對身體有負面影響，更何況用溫水的話，水很快就燒開了，我想他也根本沒有發現。」

「我也有同感，不管是用自來水還是礦泉水，我不認為泡出來的咖啡味道會有太大的差別。」

湯川一臉認真的表情，草薙忍不住用充滿揶揄的眼神看著他。因為湯川不久之前，只喝即溶咖啡，他有什麼資格說這種話。但是，湯川不知道完全沒有發現草薙的視線，或是不想理會，面不改色地繼續說了下去。

「星期天泡咖啡的那名女子，叫什麼名字？就是妳的助理……」

「若山宏美小姐。」草薙補充說。

「對，若山小姐，她說也和妳一樣，用自來水泡咖啡，但當時什麼事都沒有發生，所以警方懷疑是不是瓶裝水被下了毒，但還有另一種水，就是淨水器過濾的水。

妳先生可能基於某種理由，比方說為了節省瓶裝水，在泡咖啡的時候用了淨水器的過濾水，如此一來，就必須要懷疑淨水器。」

「這我能夠理解，但有辦法在淨水器中下毒嗎？」

「我認為並非不可能，但鑑識小組會給答案。」

「果真如此的話，凶手是在什麼時候下毒？」綾音露出真摯的眼神看著草薙，「我已經說過好幾次，案發之前的星期六，我們曾經在這裡舉辦了家庭聚會，當時淨水器沒有異狀。」

「聽說是這樣，」湯川說，「也就是說，是之後有人動了手腳。而且假設凶手的目的是為了殺妳先生，就會鎖定妳先生一個人的時候下手。」

「如果凶手不是我的話，就是趁我出門之後。」

「就是這樣。」湯川很乾脆地表達了同意。

「而且，目前並沒有認定是在淨水器中下毒，所以不必思考這個問題。」草薙用解圍的語氣說道，然後說了聲「失陪一下」，起身向湯川使了一個眼色，走出了客廳。

他在玄關的門廳等了一會兒，湯川走了出來。

「你到底想幹嘛？」草薙問，他的語氣很尖銳。

「怎麼了？」

「你還問我怎麼了，你那樣說話，簡直就是表示在懷疑真柴太太，你不能因為內海請你協助偵查就袒護她。」

湯川意外地皺起眉頭說：

「你這才是雞蛋裡挑骨頭，我什麼時候袒護她了？我只是按照邏輯分析目前的狀況，你冷靜一點，真柴太太比你冷靜多了。」

草薙咬著嘴唇，正想開口反駁時，聽到了開門的聲音。換濾心的師傅從客廳走了出來，綾音也跟在他身後。

「濾心已經換好了。」綾音說。

「啊，辛苦了。」草薙對師傅說，「呃，費用……」

「我已經付了，不用擔心。」

草薙聽了綾音的回答，小聲說：「這樣啊。」

湯川看師傅離開後，也開始穿鞋子。

「我也該告辭了，你呢？」

「我有事要請教真柴太太，所以等一下再走。」

「這樣啊——不好意思，打擾了。」湯川對著綾音鞠了一躬。

「辛苦了。」湯川轉身離開時，聽到她在背後說道。

草薙目送湯川離開後，用力嘆了一口氣說：

「很抱歉，讓妳感到很不舒服。他這個人不壞，只是個怪胎，不太懂得人情世故，有點傷腦筋。」

「啊喲，」綾音露出了意外的表情，「你為什麼要道歉？我並沒有感到不舒服。」

「那就好。」

「他說自己是帝都大學的老師，我原本以為學者都是沉默寡言的人，沒想到和我想像的完全不一樣。」

「學者也有各種不同的類型，而且那傢伙更特別。」

「那傢伙……？」

「喔，我忘了告訴妳，他是我大學同學，但我們不同系。」

草薙和綾音一起回到客廳後，告訴了她以前和湯川一起參加羽球社，而且湯川也曾經協助他偵辦了幾起案子，所以目前仍然有來往。

「原來是這樣啊，能夠和年輕時的朋友在工作上合作聽起來很棒。」

「應該是冤家吧。」

「沒這回事，真讓人羨慕。」

「妳回娘家時，不是也有一起去泡溫泉的朋友嗎？」

綾音知道他在說誰，點了點頭說：

「草薙先生，我聽我媽媽說，你去了我的娘家。」

「喔，這是因為警方辦案時，任何事都需要證據，並沒有特別的用意。」

草薙慌忙解釋，綾音對他笑了笑說：

「我知道，因為我有沒有回娘家這件事很重要，這件事當然必須確認，你不必介意。」

「聽妳這麼說，我就放心了。」

「我媽媽說，上門的那位刑警很客氣，我就回答說，我也這麼覺得，所以我也很安心。」

「啊呀呀。」草薙摸了摸耳朵，發現自己脖子有點發燙。

「你也順便去找了元岡小姐吧。」綾音問。元岡佐貴子是和她一起去溫泉的朋友。

「內海去找了元岡小姐，聽內海說，元岡小姐在得知事件之前，就有點擔心妳，因為她覺得和婚前相比，妳看起來比較沒精神。」

綾音可能知道其中的原因，帶著落寞的笑容嘆了一口氣。

「她果然那樣說嗎？我還以為自己掩飾得很巧妙，看來老朋友還是看得出來。」

「妳難道沒有想和元岡小姐聊一聊妳先生提出離婚的事嗎？」

她搖了搖頭說：

「我當時沒有這麼想，只是努力想要轉換心情……而且我認為這也不是可以和別人討論的事，更何況我們在婚前就已經說好，如果無法懷孕就離婚，當然，我並沒有把這件事告訴父母。」

「我聽豬飼先生說，妳先生很想要小孩子，也認為結婚只是生孩子的手段，我對竟然有這種男人感到很不可思議。」

「我也打算生孩子，也以為很快就能夠懷孕，所以並沒有把這個約定想得太嚴重，只不過沒想到將近一年也無法懷孕……老天爺真是太殘酷了。」綾音垂下雙眼，但又立刻抬起頭問：「草薙先生，你有孩子嗎？」

草薙輕輕笑了笑，看著綾音說：「我是單身。」

「啊！」她微微張大了嘴說：「對不起。」

「不，沒關係，雖然家裡人都在催我，但一直找不到對象。剛才的湯川也是單身。」

「看得出來，因為他看起來就完全沒有家庭的感覺。」

「他和妳先生相反，很討厭小孩子，說什麼小孩子的行為沒有邏輯，讓他很有壓力這種莫名其妙的話。」

「真有意思。」

「我會轉告他，先不談這些，我有一個關於妳先生的問題想要請教。」

「什麼問題？」

「妳先生的朋友中，有沒有人是畫畫的？」

「畫畫的……你是說畫家嗎？」

「對，即使不是最近也沒關係，妳以前有沒有聽妳先生提過他有這方面的朋友？」

綾音偏著頭，似乎在沉思，但隨即似乎想到了什麼，看著草薙問：

「這個人和事件有關嗎？」

「不，目前還不知道，我之前也曾經向妳提過，我們正在調查妳先生以前的交往對象，目前得知他曾經和一個畫家交往過。」

「這樣啊，但是很抱歉，我完全沒有頭緒，請問是什麼時候的事？」

「不太清楚正確的時間，應該是兩、三年前。」

綾音點了點頭之後，微微偏著頭說：

「對不起，我從來沒有聽我先生提起過。」

「是嗎？那就算了。」草薙看了一眼手錶後站了起來，「不好意思，佔用了妳這麼長時間，那我就告辭了。」

「我也要回飯店了。」綾音拿起行李袋，也站了起來。

他們一起離開了真柴家，綾音鎖上了門。

「我幫妳拿行李，順便送妳去坐計程車。」草薙伸出右手。

「謝謝。」綾音說完，把行李袋遞給他，然後回頭看著房子，小聲地說：「我真的有一天會回到這個家嗎？」

草薙不知道該說什麼，只能默默走在她身旁。

17

根據顯示人員去向的磁性板，目前只有湯川獨自在研究室內。這當然不是巧合，而是薰特地挑選了這個時間造訪。

她敲了敲門，門內傳來一個冷冷的聲音說：「請進。」一打開門，發現湯川正在泡咖啡，而且是手沖濾杯咖啡。

「妳來得正好。」湯川把咖啡倒進兩個杯子。

「真難得，你沒有用咖啡機嗎？」

「我想體會一下那些注重品味的人的感覺，而且還使用了礦泉水。」湯川把其中一個杯子遞給她。

「謝謝。」薰說完後喝了一口，湯川似乎使用了平時的咖啡粉。

「怎麼樣？」湯川問。

「好喝。」

「比平時好喝嗎？」

薰猶豫了一下後問：「我可以實話實說嗎？」

湯川露出沮喪的表情，拿著杯子，坐在椅子上。

「妳不必回答，似乎和我的感想一樣。」他看著咖啡杯說：「我剛才用了自來水泡咖啡，老實說，我覺得味道一樣，至少我喝不出有什麼不同。」

「通常都喝不出來吧？」

「但廚師都認為，味道不一樣，」湯川拿起桌上的一張資料，「水有硬度，將每公升的鈣離子和鎂離子的總量，換算成碳酸鈣的分量，碳酸鈣含量由低到高，依次稱為軟水、中硬水和硬水。」

「我曾經聽過。」

「據說做菜適合用軟水，關鍵在於含鈣量，用含鈣量高的水煮飯，米粒中的纖維和鈣結合，會煮出口感很乾的米飯。」

薰皺起眉頭說：「感覺不好吃。」

「但用牛肉煮高湯時，使用硬水比較理想。因為牛肉和牛骨中所含的血液會和鈣結合，變成浮沫，就更容易撈除。以後燉清湯時可以當作參考。」

「你會下廚嗎？」

「偶爾。」湯川把資料放回桌上。

薰想像他站在廚房的樣子。他皺著眉頭，調整水的分量和火的大小的樣子，感覺像在做科學實驗。

「對了，上次的事結果怎麼樣了？」

「鑑識小組的見解已經出爐了，今天就是來向你報告這件事。」薰從肩背包裡拿出資料夾。

「那我就來聽看看。」湯川喝著咖啡。

「濾心和併聯水管上並未發現亞砷酸，但即使曾經下毒，也可能在多次用水後導致無法檢驗出來，接下來才是問題，」薰停頓了一下，再度低頭看著報告，「濾心和併聯水管上附著了灰塵等多年的污垢，根據這種狀況研判，最近有人動過手腳的可能性極低，也就是說，一旦曾經拆下，一定會留下痕跡。接下來還有補充資料，鑑識小組曾經在案發後立刻調查了流理台下方，原本是為了尋找是否有毒藥，當時移動了濾心前的清潔劑和容器類，放這些東西的底板位置並沒有積灰塵。」

「也就是說，不要說是濾水器，就連流理台下面也很久沒有人碰過。」

「這是鑑識小組的見解。」

「這在意料之中，我第一次看到那個家的流理台下方，也有同樣的印象，不是還有另一件需要確認的事嗎？」

「我知道，就是能不能從水龍頭那一側把毒藥放進淨水器。」

「這個問題更重要，答案是什麼？」

「理論上或許可能，但現實上不可能。」

湯川喝了一口咖啡後撇著嘴角，應該不是因為咖啡太苦的關係。

「你認為可以像在照胃鏡時一樣，從水龍頭拉出一根長導管，送到淨水器的併聯水管，然後把毒藥放進長導管內，但據說無論怎麼試都不成功。具體是因為通往淨水器的分岔點幾乎呈直角，根本無法將導管塞進去。如果使用特殊的專用器具，讓前端可以活動，或許有可能——」

「我知道了，不用再說了。」湯川抓著頭，「這起命案的凶手不可能這麼大費周章，看來必須放棄從淨水器下毒的可能性。我原本還認為這個可能性很大，看來必須重新思考，一定有某個地方有盲點。」

湯川把咖啡壺中剩下的咖啡倒進自己的杯子，但可能沒對準，有少許咖啡撒了出來，薰聽到他輕輕咂嘴的聲音。

原來這個人也會有煩躁的時候，薰忍不住想。凶手到底在哪裡下毒——他可能對自己無法解開這個單純的謎團感到生氣。

「名刑警在忙什麼？」湯川問。

「他去真柴的公司查訪。」

「是喔。」

「你有什麼事要找草薙先生嗎？」

「不，沒事。」湯川搖了搖頭，喝了一口咖啡，「之前和草薙在一起的時候，見到了真柴太太。」

「我聽說了。」

「我和她聊了幾句，她的確很漂亮，也很迷人。」

「湯川老師也愛美女嗎？」

「我只是表達客觀的評價，不過這不是重點，我在意的是草薙。」

「發生了什麼狀況嗎？」

「以前讀書的時候，他曾經撿了兩隻剛出生不久的小貓回來。那兩隻小貓都很孱弱，一眼就可以看出很難活下去，但他仍然撿回來，放在社團活動室，蹺課照顧那兩隻貓，還用眼藥水的瓶子想要餵小貓喝牛奶。不久之後，有一個同學對他說，即使再怎麼辛苦照顧，小貓早晚都會死。當時，他回答說：『那又怎麼樣？』」湯川眨了眨眼睛，看著半空說：「草薙注視著真柴太太的眼神，和以前照顧小貓時一樣。他已經從真柴太太身上感覺到什麼，但他可能又同時覺得，那又怎麼樣？」

18

草薙坐在櫃檯前的沙發上，打量著掛在牆上的畫。黑暗中浮現出紅色的玫瑰。他記得以前曾經在哪裡看過同樣的構圖，好像是某種洋酒的商標。

「你在看什麼看得這麼認真？」坐在對面的岸谷問，「那幅畫無關啦，你看仔細，左下角有簽名，是一個外國人的名字。」

「我當然知道。」草薙將視線從畫上移開了，其實他剛才沒有注意到簽名。

岸谷偏著頭說：

「但是，他會保存前女友的畫嗎？如果是我，一定會馬上丟掉。」

「那是你啊，真柴義孝可能不一樣。」

「話說回來，就算是不能放在家裡，會放在董事長室嗎？把這種畫掛在牆上，不是很難靜下心嗎？」

「未必會掛起來。」

「帶來公司，卻不掛起來嗎？這也很不自然啊，被員工看到，應該很難解釋。」

「只要說別人送的就好。」

「這樣反而更不自然。既然別人送了，至少要掛一下才有禮貌，而且送他的客人可能也會來他的辦公室。」

「你真囉嗦啊，真柴義孝不是這種類型的人。」

草薙尖聲說話時，一個身穿白色套裝的女人從接待櫃檯旁的出入口走出來。她一頭短髮，戴著細框眼鏡。

「兩位久等了，呃，請問草薙先生是哪一位？」

「是我。」草薙站了起來，「不好意思，在百忙之中打擾。」

「不，辛苦了。」

她遞上名片，上面寫了山本惠子的名字，是公關室主任。

「你們想看前任董事長的私人物品，對嗎？」

「對，可以麻煩一下嗎？」

「我瞭解了，請跟我來。」

山本惠子帶他們來到牌子上寫著「小會議室」的房間。

「不是去董事長室嗎？」草薙問。
「因為新董事長已經上任，今天剛好外出，很抱歉，無法為兩位引見。」
「所以董事長室也改頭換面了嗎？」
「前任董事長的告別式結束之後，就整理了董事長室，工作方面的物品仍然保留，私人物品都放在這裡，打算在適當的時候送回前任董事長府上。我們徵求了顧問律師豬飼律師的意見做了適當的處理，完全沒有擅自丟棄任何東西。」
山本惠子在說話時完全沒有笑容，說話的語氣也一板一眼，好像在警戒什麼。草薙覺得她似乎在表明，真柴義孝的死和公司無關，沒有理由懷疑公司方面湮滅證據。
小會議室內堆放了大大小小總共十個紙箱，除此以外，還有高爾夫的球桿、獎盃和腳部按摩機，乍看之下，沒有任何繪畫類的東西。
「我們可以看一下嗎？」草薙問。
「當然沒問題，兩位請慢慢看。我會送飲料過來，請問兩位想喝什麼？」
「不，不用了，謝謝妳的心意。」
「是嗎？我瞭解了。」山本惠子面無表情，態度冷漠地走出小會議室。
岸谷注視著門關上之後，聳了聳肩說：
「我們似乎不太受歡迎。」
「你做這個工作，有曾經受歡迎過嗎？對方願意答應我們的要求，就該心存感謝了。」

「但是早日破案也對公司有幫助，至少應該客氣一點，她簡直冷若冰霜。」

「對公司來說，只要事件早日被人遺忘，有沒有破案並不重要，刑警跑來公司，就造成了他們的困擾。好不容易換了新的董事長，大家的心情煥然一新時，又有刑警上門，她當然笑不出來。廢話少說，趕快開始工作。」草薙戴上了手套。

今天來這裡的目的，當然是為了調查真柴義孝的前女友。目前唯一的線索，就是前女友可能是畫家，但不知道是畫什麼樣的畫。

「不能因為她曾經帶素描簿，就認定她是畫家，也可能是設計師或是漫畫家。」岸谷在檢查旁邊的紙箱時說。

「這有可能，」草薙很乾脆地承認，「所以在找的時候也要想到這種可能，從事建築和傢俱業的人也會使用素描簿，也要多留神。」

岸谷嘆著氣說：「知道了。」

「你好像意興闌珊。」

後輩刑警停下了手，一臉不悅的表情說：

「我並沒有意興闌珊，只是感到難以理解。到目前為止的調查，並沒有發現案發當天，有若山宏美以外的人出入真柴家的跡象。」

「我當然知道，那我問你，你可以斷言沒有其他人出入嗎？」

「這……」

「如果是這樣，凶手是怎麼在燒水壺中下毒？你倒是說說看啊。」

岸谷沉默不語，草薙瞪著他繼續說道：

「你答不上來，這也是理所當然的事，因為就連湯川也投降了。答案很簡單明瞭，根本沒有詭計。凶手進入了真柴家，然後在燒水壺中下毒後離開，就只是這樣。至於為什麼我們努力偵查，也沒有查出可能的人物，我之前已經告訴過你了。」

「因為真柴必須隱瞞和對方見面……」

「你知道得很清楚嘛。男人想要隱瞞人際關係時，就要調查他身邊的女人，這是偵查工作的基本，我說錯了嗎？」

「沒有。」岸谷輕輕搖頭。

「既然瞭解了，就繼續工作，我們並沒有太多時間。」

岸谷默默點了點頭，低頭檢查紙箱。草薙看著他的樣子，忍不住輕輕嘆了一口氣。

自己到底生什麼氣？他忍不住問自己。只不過是回答後輩的疑問，有什麼好煩躁的？但是，他也同時察覺了自己煩躁的原因。

目前的偵查工作是否有意義？草薙自己也半信半疑。即使調查真柴義孝過去的女性關係，最後是不是查不出任何東西？這種不安始終揮之不去。

當然，偵查工作就是這麼一回事，如果擔心到最後徒勞無功，就無法勝任刑警的工作。但是，他內心的不安不太一樣。

他擔心如果目前的偵查工作查不出任何結果，是否就要懷疑真柴綾音。他並不是在說內海薰，而是他有預感，照目前的情況，自己也會懷疑綾音。

草薙每次和她見面，都有一種感覺，那是一種好像把刀子對準自己喉嚨的急迫感。他總覺得綾音好像做好了某種心理準備，努力活在當下。這種感覺震懾了他，也吸引了他。

但是，當他仔細思考那是怎樣的感覺時，某種想像浮現在腦海，讓他產生了一種幾乎窒息般的不安。

草薙至今為止，曾經多次接觸本性善良，卻不得不殺人的嫌犯。他可以從這些人身上感受到一種靈氣，那是對生命不執著，達觀地對待所有的一切，但這種靈氣和瘋狂只有一紙之隔，可說是禁忌的境界。

草薙在綾音身上也感受到同樣的感覺。雖然他極力否認，但身為刑警的嗅覺讓他片刻都無法忘記這件事。

因此，他是為了消除自己的疑慮進行偵查，但偵查工作不能還未偵查，就預先做出判斷。正因為他充分瞭解這一點，所以才會對自己感到煩躁。

作業進行了大約一個小時，並沒有找到任何和畫家或是從事需要使用素描簿的職業有關的東西，紙箱內大部分都是饋贈品或是紀念品。

「草薙先生，你覺得這個是什麼？」岸谷拿起一個小絨毛娃娃，乍看之下，是蔬菜的蕪菁，還有綠色的葉子。

「這不是蕪菁嗎？」

「是啊，但也同時是外星人。」

「外星人？」

「你看，只要這樣倒過來，」岸谷把葉子朝下，放在桌子上，白色的頭部畫了臉，如果把葉子視為腳，看起來有點像漫畫中經常出現的水母外星人。

「原來是這樣。」

「說明書上寫著，這個角色是來自蕪菁星的蕪菁小子，好像是這家公司生產的。」

「我瞭解了，那又怎麼樣？」

「設計出這種娃娃的設計師，不是也會使用素描簿嗎？」

草薙眨了眨眼睛，注視著絨毛娃娃。

「這的確有可能。」

「我去叫山本小姐。」岸谷站了起來。

山本惠子走進小會議室，看到絨毛娃娃後點了點頭。

「的確是我們公司生產的，是網路動畫中的角色。」

「網路動畫？」草薙偏著頭。

「三年前，我們公司的網站上曾經播放這個網路動畫，兩位要看嗎？」

「麻煩妳了。」草薙站了起來。

走去辦公室後，山本惠子操作了一台電腦，電腦螢幕上出現了網路動畫「蕪菁小子」的畫面。點了播放的文字後，出現了一分鐘左右的動畫。動畫中出現了和絨毛娃娃相同的角色，在螢幕上動了起來。故事本身很平淡無奇。

「現在已經不播了嗎？」岸谷問。

「之前曾經一度成為話題，所以就推出了剛才那個絨毛娃娃和其他周邊商品，但銷售量不如預期，後來就沒有再推出了。」

「設計這個角色的是你們公司的員工嗎？」草薙問山本惠子。

「不，不是。設計這個角色的作者原本在自己的部落格發表了『蕪菁小子』的圖，在網路上很受歡迎，所以就和我們簽約推出了動畫。」

「所以並不是職業畫家嗎？」

「不是，是學校的老師，我記得是美術老師。」

「這樣啊。」

既然這樣，就很有可能是這個人。草薙心想。豬飼達彥曾經說，真柴義孝不會和員工或是生意上的人發展戀愛關係，但如果對方不是職業畫家，情況可能就不一樣了。

「啊，草薙先生，不對啦。」正在操作電腦的岸谷說，「不是這個人。」

「什麼不對？」

「原作者的簡介中寫著他是男人，是男老師。」

「你說什麼？」草薙看向電腦螢幕，簡介上的確這麼寫著。
「早知道應該先問清楚，因為設計得很可愛，我還以為是女人。」
「我也是，太大意了。」草薙皺著眉頭，抓了抓頭。
「請問，」山本惠子插嘴問道，「作者是男性有什麼問題嗎？」
「不，和你們無關。我們正在尋找可能有助於成為破案線索的人，但首要條件是女人。」
「破案……所以是真柴董事長的命案嗎？」
「當然。」
「那起命案和這個網路動畫有關係嗎？」
「雖然無法告訴妳詳細情況，但如果作者是女性，就存在這種可能性。」草薙嘆了一口氣，看著岸谷說：「今天就到此為止吧。」
「是啊。」岸谷也很沮喪。
山本惠子送他們到公司門口，草薙向她鞠了一躬說：
「很抱歉，打擾妳的工作，之後很可能為了偵查需要再度打擾，請多包涵。」
「沒問題，隨時……」她露出了有點不悅的表情，和剛才面無表情的冷漠有明顯的不同。
「那我們就告辭了。」當他們轉身準備離開時，她叫了一聲：「等一下。」草薙轉過頭問：

「有什麼事嗎？」

她跑了過來，壓低聲音說：

「這棟大樓的一樓有一家咖啡店，可以請你們在那裡等我一下嗎？我要告訴你們一件事。」

「和事件有關嗎？」

「這我就不知道了，但和剛才的角色有關，和創作角色的作者有關。」

草薙和岸谷互看了一眼後，向山本惠子點了點頭說：「好。」

「那就一會兒見。」她說完後，走回了公司。

一樓的咖啡廳是開放空間，草薙喝著咖啡，看到禁菸的標示感到很生氣。

「不知道她要說什麼。」岸谷說。

「不知道，業餘男畫家的事根本不重要。」

山本惠子很快就出現了。她左右張望了一下，手上拿了一個A４大小的信封。

「不好意思，讓兩位久等了。」山本惠子打著招呼，在對面的座位坐了下來，女服務生立刻走了過來，她搖搖手拒絕了。她似乎無意久聊。

「請問有什麼事？」草薙催促道。

山本惠子再次觀察了周圍，身體微微前傾。

「這件事希望你們不要說出去，即使必須公開，也絕對不能說是我告訴你們的，否則我會很傷腦筋。」

「喔。」草薙注視著抬眼看著他的山本惠子。

照理說，遇到這種情況時要回答「視內容而定」，但如果這麼說，很可能無法問出重要的內容，所以刑警有時候也需要不拘小節，不遵守約定。

他點了點頭說：「好，我向妳保證。」

山本惠子舔了舔嘴唇說：

「關於剛才網路動作的角色，其實創作者是一位女性。」

「啊？」草薙瞪大了眼睛問：「真的嗎？」

草薙坐直了身體，如果是這樣，就很值得一聽。

「千真萬確，因為各種因素，所以才會變成目前的結果。」

岸谷做好了記錄的準備，點了點頭說：「網路上不光可以用假名字，性別和年齡也經常不符事實。」

「所以，創作者也不是老師嗎？」草薙問。

「不，的確有那個男老師，也是他寫的部落格，但並不是他創作的角色，是和那個男老師完全無關的女人。」

草薙皺著眉頭，把雙肘放在桌上問：「這到底是怎麼回事？」

山本惠子露出了猶豫的表情，但還是開了口。

「其實一開始就是安排好的。」

「安排？」

「雖然我剛才告訴你們，是因為男老師在部落格發表的角色很受歡迎，所以我們公司想要拍成動畫，但真實情況剛好相反，當初的行銷計畫就是我們公司先擬定要在網路上推那個角色的網路動畫，所以安排那個角色先在個人部落格曝光，然後開始在網路上炒作，提升那個部落格的曝光度。當這個角色開始走紅後，就和我們公司簽約，推出動畫。」

草薙抱著雙臂，低吟了一聲：

「這種行銷方式還真麻煩。」

「因為董事長認為這種方式能夠讓網路用戶產生親近感，也更容易得到支持。」

岸谷看著草薙點了點頭。

「這種方式很常見，網路用戶都很樂見無名小卒在網路上發表的內容漸漸走紅的模式。」

「所以是你們公司的員工設計了那個角色嗎？」草薙問山本惠子。

「不是，我們從沒沒無聞的漫畫家和畫插圖的畫家中甄選，先請他們設計一個角色，然後再從其中挑選出滿意的角色，最後，那個蕪菁中選了，但和作者之間簽了保密協議，絕對不能透露是她畫的，然後請她畫了之後，由那個男老師在部落格中推出，但並不是一直由那個女設計師畫，中途換了其他的設計師。我想你們應該已經聽出來了，那個男老師也是由我們付錢，請他寫部落格。」

「啊呀呀，」草薙忍不住說，「果然都是安排好的。」

「想要推出新的角色，需要有很多企畫推動，」山本惠子苦笑著說，「雖然最後並沒有成功。」

「所以那個畫家是誰？」

「她原本是繪本作家，出過好幾本繪本。」她把原本放在一旁的信封放在腿上，從裡面拿出一本繪本。

「借我看一下。」草薙接過繪本，繪本的名字叫《希望明天會下雨》，他隨手翻了翻，發現是晴天娃娃的故事。作者名叫胡蝶堇。

「目前仍然和貴公司有聯繫嗎？」

「不，她只有在初期為我們畫插圖，之後就完全沒有關係了，因為角色相關的權利都在我們公司手上。」

「妳曾經和這位繪本作家見過面嗎？」

「沒有，我剛才也說了，因為她的存在必須保密，只有董事長和一小部分人曾經見過她，聽說當初是董事長親自和她簽約。」

「真柴董事長嗎？親自和她簽約？」

「聽說最欣賞蕪菁這個角色的就是董事長。」山本惠子說完，一直注視著草薙。

草薙點了點頭，低頭看著繪本。雖然有作者簡介欄，但上面沒有寫本名和生日。

但是，既然是繪本作者，就符合畫畫和曾經出過書這兩個條件。

「這個可以借我嗎？」他拿起繪本。

「沒問題。」她回答後，看著手錶說：「我差不多該回去了，我要說的話都說完了，希望可以對你們辦案有幫助。」

「有很大的幫助，謝謝妳。」草薙向她鞠了一躬。

山本惠子離開後，草薙將繪本交給岸谷說：

「你打電話去這家出版社問一下。」

「會不會就是她？」

「可能性很高，至少這個繪本作家和真柴義孝之間有什麼特殊的關係。」

「你真有自信。」

「我剛才看了山本惠子的表情之後，產生了這樣的確信。她顯然在之前就懷疑他們之間的關係。」

「既然這樣，為什麼之前都沒說？來這裡查訪的刑警，應該問了真柴的女性關係。」

「她可能覺得不能隨便說沒有證據的事，她也沒有明確對我們說什麼，因為我們對那個角色的創作者產生了興趣，所以她覺得必須告訴我們，其實創作者不是男人，而是女人這件事。因為她知道那個繪本作家對真柴而言很特別，所以覺得不能不告訴我們。」

「原來是這樣，我剛才還說她冷若冰霜，真是太對不起她了。」
「如果不想浪費她的好意，就趕快打電話給出版社。」
岸谷拿出手機，把繪本拿在手上，走出了咖啡店。草薙看著他打電話的樣子，喝完了剩下的咖啡，咖啡都冷掉了。
岸谷走了回來，但一臉失望的表情。
「沒有找到責任編輯嗎？」
「不，找到了，對方也告訴了我關於胡蝶堇的情況。」
「既然這樣，為什麼臉這麼臭？」
岸谷沒有回答這個問題，翻開了記事本。
「她的本名叫津久井潤子，津久井湖的津久井，潤澤的潤。這本繪本四年前出版，目前已經絕版了。」
「問到她的電話了嗎？」
「沒有，因為……」岸谷抬起了頭，「她已經去世了。」
「什麼？這是什麼時候的事？」
「聽說是兩年前，她在家裡自殺了。」

19

薰正在目黑分局的會議室內寫報告，草薙和岸谷回來了。兩個人都板著臉。

「老頭子呢？已經走了嗎？」草薙語氣粗魯地問。

「股長應該在刑警休息室。」

草薙沒有回答，就走出會議室。岸谷做出投降的姿勢。

「草薙先生好像心情不好。」薰說。

「終於找到了真柴義孝的前女友。」

「啊？是嗎？既然這樣，為什麼……」

「沒想到事態的發展太令人意外了。」岸谷在鐵管椅上坐了下來。

薰聽了他的說明後也大吃一驚，沒想到真柴義孝的前女友竟然已經死了。

「剛才去了出版社，借了那個女人的照片，然後去了真柴義孝之前約會時去過的那家紅茶專賣店，給女服務生看了之後，女服務生說，就是這個女人。如此一來，就沒戲唱了。草薙先生認為是前女友犯案的可能性也完全被排除了。」

「難怪他心情很惡劣。」

「我也很失望，陪著他調查了一整天，竟然是這樣的結果。啊，累死我了。」

岸谷用力伸著懶腰時，薰的手機響了。她拿起手機一看，發現是湯川打來的，她白天才和湯川見過面。

「你好，剛才很謝謝你。」
「妳人在哪裡？」湯川劈頭就問。
「我在目黑分局。」
「妳離開之後，我又考慮了各種可能性，所以有事要找妳。等一下有空見面嗎？」
「呃……我沒問題，請問是什麼事？」
「見面再談，妳只要指定見面的地方就好。」湯川說話的語氣難得興奮。
「既然這樣，我可以去學校……」
「我已經離開學校，正往目黑分局的方向，趕快指定地點。」
薰指定了附近的家庭餐廳，湯川說了聲「知道了」，就掛上了電話。
薰把寫到一半的報告放進皮包，拿起了上衣。
「湯川老師嗎？」岸谷問。
「對，他說有事要找我。」
「真好，如果他可以協助解決毒殺的詭計就太好了，妳要仔細聽他說，他的說明都很費解，妳不要忘了做筆記。」
「我知道。」薰說完後，走出了會議室。
薰來到和湯川約定的家庭餐廳，正在喝紅茶，湯川很快就走了進來。他在薰面前坐下後，向女服務生點了可可。

「你不喝咖啡嗎？」

「喝膩了，和妳在一起時也喝了兩杯。」湯川抿著嘴唇，「不好意思，臨時約妳出來。」

「沒關係，請問找我有什麼事？」

「嗯，」湯川垂下雙眼，然後看著薰問：「我要確認一件事，妳還在懷疑真柴太太嗎？」

「這……是啊，我還是懷疑她。」

「這樣啊。」湯川把手伸進上衣內側，拿出一張折起的紙放在桌上，「妳看一下。」

薰拿起那張紙後，打開一看上面的內容，忍不住皺起眉頭問：

「這是什麼？」

「這是希望妳調查的內容，不是粗略的答案，而是必須很精確。」

「調查之後，就可以解開謎團嗎？」

湯川眨了眨眼睛，嘆了一口氣說：

「不，應該無法解開謎團，這是為了確認無法解開謎團而進行的調查。用你們的話來說，就是求證。」

「這是怎麼回事？」

「今天妳離開之後，我也想了各種可能性。假設是真柴太太下毒，她會使用什麼方法，但還是想不出頭緒，我得出的結論是，這個方程式無解，但只有一個例外。」

「只有一個例外？那還是有解啊。」

「只不過是虛數解。」

「虛數解？」

「雖然理論上有解，現實卻不可能的意思。人在北海道的真柴太太有一個方法可以讓身在東京的丈夫服毒，但執行的可能性無限接近於零。妳瞭解嗎？就是雖然有可能用了這個詭計，卻無法執行。」

薰搖了搖頭說：

「我聽不懂你的意思，所以最後還是不可能，不是嗎？你為了證明這件事，叫我去調查這些內容嗎？」

「證明沒有答案也很重要。」

「我在尋找答案，理論並不重要，我想瞭解事件的真相，這是我們的工作。」

湯川閉口不語。這時，可可送了上來，他緩緩地喝了起來。

「也對，」他小聲說道，「妳說得沒錯。」

「老師……」

湯川伸手拿起桌上的紙說：

「這是從事科學的人的習性，即使是虛數解，只要有答案，就會想要找出答案，但是，妳並不是科學家，不能為了證明這種事浪費寶貴的時間。」湯川把紙折好後，放進懷裡，嘴角露出了笑容，「請妳忘了這件事。」

「老師，請你把這個詭計告訴我，我瞭解之後進行判斷，如果我認為值得去做，就會調查你剛才要求的內容。」

「不行。」

「為什麼？」

「因為妳一旦知道詭計，就會有成見，無法站在客觀的角度調查。相反地，如果妳不調查，根本沒必要知道詭計的內容。總之，我不可能現在告訴妳。」

湯川伸手準備拿帳單，但薰搶先一秒拿在手上。「我來埋單。」

「那可不行，妳白跑了一趟。」

薰把另一隻手伸向湯川說：

「請你把剛才那張紙給我，我會調查。」

「是虛數解喔。」

「即使是虛數解，我也想知道你找到的唯一答案。」

湯川嘆了一口氣，再度拿出那張紙。薰接過之後，又重新看了一次內容，才放進皮包。

「如果這個詭計不是你所說的虛數解，就可以解開謎團嗎？」

湯川沒有點頭，他用指尖推了推眼鏡，小聲地說：

「那倒未必。」

「難道不是嗎？」

「如果不是虛數解，」他露出銳利的眼神繼續說道：「那就意味著你們輸了，我也沒辦法贏，那是完美犯罪。」

20

若山宏美看著牆上掛著的掛毯。

深藍色和灰色的小布片形成了帶狀，這條布帶很長，中途扭轉、交錯、纏繞，最終回到了原點，形成一個環狀。雖然構圖很複雜，但遠遠地看時，會以為是簡單的幾何圖案。真柴義孝曾經挑剔說「像ＤＮＡ的螺旋結構」，但宏美很喜歡這幅作品。綾音之前在銀座開個展時，這幅作品掛在入口附近，是參觀者最先映入眼簾的作品，綾音應該也對這幅作品很有自信。這幅作品的確由綾音設計，卻是宏美實際製作。在藝術的世界，當創作者舉辦個展時，經常由學生製作在展覽上發表的作品。更何況拼布藝術的一幅大型作品，往往需要好幾個月才能完成，如果不分頭製作，根本無法完成足夠的作品舉辦展覽。綾音個展時發表的作品有八成都是她自己製作，親自製作的比例算是相當高，但她當時仍然挑選了宏美製作的作品放在入口。宏美對此感激不已，也覺得受到了肯定而喜不自勝。

希望可以一直在她的手下工作——當時宏美這麼想。

喀噹一聲，綾音把馬克杯放在工作桌上。她們正在拼布教室「杏屋」內，面對面坐在工作桌前。原本現在是上課時間，有幾名學生會在這裡裁布、縫布，但目前教室暫時休息，今天只有她們兩個人。

「是嗎？」綾音雙手捧著馬克杯，「既然妳已經決定了，那也只能這樣了。」

「對不起，提出了這麼任性的要求。」宏美鞠躬說道。

「妳不需要道歉，我也覺得以後相處時可能會有點不自在，所以可能只能這麼做。」

「全都怪我，我真的不知道該說什麼。」

「不要再道歉了，我不想看到妳再道歉了。」

「好，對不起……」

宏美垂頭喪氣，眼淚幾乎快流出來了，但她拚命忍住了。因為她覺得自己一旦流淚，只會讓綾音更不愉快。

宏美主動打電話給綾音，說有話要說，所以想和她見面。綾音沒有多問，就說在「杏屋」見面。宏美猜想她特地約在教室見面，是因為猜不透宏美想要談什麼事。

宏美等綾音泡好紅茶後開了口，她提出想要辭去教室的工作。這當然是代表辭去綾音助理的工作。

「宏美，妳真的沒問題嗎？」綾音問。

宏美抬起頭，綾音又繼續說：「我是說接下來的生活，生活費該怎麼辦？工作應該不容易找，還是妳可以靠家裡？」

「目前還沒有決定。雖然我不想給家裡添麻煩，但可能還是沒辦法。我多少有點存款，會盡可能靠自己。」

「聽起來很令人擔心，真的有辦法生活嗎？」綾音不停地把旁邊的頭髮塞到耳後，這是她煩躁時的習慣動作，「雖然妳可能不需要我擔心。」

「謝謝妳為我擔心，謝謝妳為我這種人擔心。」

「不是說好了，不要再說這種話嗎？」

綾音用嚴厲的語氣說道，宏美不由得繃緊了全身，再次深深低下頭。

「對不起，」綾音小聲地說：「我的語氣太凶了，但是我真的不希望妳再用這種態度說話。雖然我覺得以後無法再一起工作也是無可奈何的事，但我希望妳可以幸福，這是我的真心話。」

宏美察覺到綾音努力想要表達內心的想法，於是戰戰兢兢地抬起頭。綾音臉上帶著微笑。雖然她的笑容很落寞，但看起來不像是虛偽的笑。

「老師……」宏美小聲叫著。

「而且，害我們變成這樣的人已經不在世上了，所以我們不要再回頭看了。」

宏美聽了綾音溫柔的話語只能點頭，但內心覺得這是不可能的事。因為和真柴義孝的戀情、失去他的悲傷，和背叛綾音的自責，都深深刻在她的內心。

「宏美，妳來這裡幾年了？」綾音用開朗的聲音問。

「三年多。」

「是喔，已經三年多了，如果讀初中或是高中也畢業了，那就不妨認為妳從我身邊畢業了。」

宏美聽了無法點頭。因為自己並沒有那麼天真，能夠接受這些寬心的話。

「宏美，妳有這個教室的鑰匙吧？」

「喔，對，我還給妳。」宏美拿起放在一旁的皮包。

「沒關係，妳先留著。」

「但是……」

「妳不是還有很多東西在這裡嗎？需要一點時間整理，而且如果有其他想要的東西，妳就帶走，不用客氣。妳是不是想要那條掛毯？」綾音說完，看著宏美剛才注視的那條拼布掛毯。

「可以給我嗎？」

「當然啊，因為那是妳做的，而且在個展時也很受好評。我之前就決定以後要給妳，所以當時沒有賣。」

宏美也記得當時的事。雖然大部分作品都標了價，只有這條掛毯是非賣品。

「妳需要幾天整理行李？」綾音問。

「我想今天和明天就可以整理好。」

「是嗎？等妳整理結束，打電話告訴我一聲。鑰匙……嗯，那就丟進門上的信箱就好，記得不要遺忘了什麼東西。因為我之後馬上會找業者來清理這裡。」

宏美不瞭解她的意圖，眨了眨眼睛，綾音的嘴角露出笑容說：

「我總不能一直住飯店，因為很不方便，而且也很浪費錢，所以在找到新的住處之前，我打算住在這裡。」

「妳不回家裡嗎？」

綾音嘆了一口氣，垂下肩膀說：

「我也曾經考慮過，但還是沒辦法。因為愉快的回憶全都變成了痛苦，而且我一個人住也太大了，我忍不住想，他以前一個人竟然有辦法住那麼大的地方。」

「妳打算把房子賣掉嗎？」

「因為是凶宅，不知道能不能找到買家，所以我打算找豬飼先生討論一下，他可能有什麼人脈關係。」

宏美不知道該說什麼，一動也不動地注視著工作桌上的馬克杯。綾音剛才泡的紅茶應該已經冷掉了。

「那我走了。」綾音拿起自己喝完的馬克杯站了起來。

「妳放在那裡就好，我來洗。」

「這樣嗎？那就不好意思，麻煩妳了。」綾音把馬克杯放回工作桌上後打量著，「我記得這個杯子是妳帶來的，說是朋友婚禮時送的。」

「對，當時送了一對杯子。」

這兩個杯子目前就在工作桌上，兩個人討論事情時經常使用。

「那妳也要記得帶回家。」

「好。」宏美小聲回答。她之前完全沒想過要把馬克杯也帶回家，但想到繼續留在這裡，或許會造成綾音的不愉快，心情就更加沉重。

綾音把肩背包背在肩上，走向玄關。宏美跟在她身後。

綾音穿好鞋子，轉身面對宏美說：

「好奇怪的感覺，明明是妳要辭職，卻是我離開這裡。」

「我會盡可能趕快收拾完，搞不好今天就可以整理完。」

「不必著急，我說的並不是這個意思。」綾音直視著宏美說：「妳多保重。」

「老師，也請妳多保重。」

綾音點了點頭，打開門走了出去，笑著關上了門。

宏美當場坐了下來，深深嘆著氣。

雖然辭去拼布教室的工作很痛苦，而且沒有收入也很不安，但她只能這麼做。在向綾音坦承了和義孝之間的關係後，仍然想要和以前一樣在這裡工作就是一種錯誤。即使綾音沒有解雇她，也不可能真心原諒她。

而且——宏美摸著自己的肚子。

而且還有肚子裡的孩子。宏美很擔心綾音問她有什麼打算，因為她還沒有決定。

綾音沒有問孩子的事，或許是認定宏美會拿掉，她應該完全沒有想到宏美可能想要生下這個孩子。

但是，宏美仍然猶豫不決。不，如果看進自己內心深處，就會發現那裡只有想要生下來的想法，她已經察覺了這件事。

然而，假設真的生下孩子，之後的人生會怎麼樣？她不可能回老家靠父母。宏美的父母雖然仍然健在，但生活並不富裕，而且他們都是平凡的老實人，如果得知女兒和有婦之夫有染成為未婚媽媽，一定會陷入混亂，不知所措。

只能拿掉嗎？——每次思考這個問題，總是得出相同的結論。為了避免這樣的結論，她開始思考是否有其他方法。在義孝死後，一直重複這樣的過程。

當她輕輕搖頭時，手機響了。宏美緩緩站了起來，走回工作台，從放在椅子上的皮包裡拿出手機，來電號碼是熟悉的號碼。她原本不想接，但最後還是按了通話鍵，即使現在不接，對方也不會輕易放棄。

「喂。」她接起了電話，雖然不是故意，但聲音很低沉。

「妳好，我是警視廳的內海，請問現在方便說話嗎？」

「請說。」

「很抱歉，又有幾個問題想要請教妳，可以找一個地方見面嗎？」

「什麼時候？」

「越快越好，很抱歉。」

宏美用力嘆了一口氣。她覺得即使對方聽到也無所謂。

「那可以請妳過來這裡嗎？我正在拼布教室。」

「在代官山嗎？請問真柴太太也在那裡嗎？」

「不，她今天應該不會再來這裡了，只有我一個人。」

「我瞭解了，那我現在就過去。」電話掛斷了。

宏美把手機放回皮包，扶著額頭。

即使辭去拼布教室的工作，事情也沒有結束。在破案之前，警方不會放過她，根本不可能一個人靜靜地把孩子生下來。

她喝著馬克杯中剩下的紅茶，果然都已經冷掉了。

她回想起來這裡三年來所發生的事。她原本只是用自己的方式拼布，但來這裡學習了三個月後，技術明顯提升，連她自己都感到驚訝。當綾音問她願不願意當助理時，她二話不說地答應了。因為她早就厭倦了每天機械式地完成派遣公司安排的工作。

宏美看向放在教室角落的電腦。和綾音一起研究拼布設計時，就會使用電腦內的繪圖軟體。有時候為了決定配色，兩個人會討論一整晚，但她從來不覺得累。一旦決定設計後，就會一起去買布。有時候討論很久，終於決定了配色，但走進布店後，兩個人都對某塊布料一見鍾情，當場臨時改變了原本的方案，於是兩個人都相視苦笑。

那是無比充實的日子，為什麼會走到今天這一步？

宏美輕輕搖了搖頭。她太瞭解了其中的原因，也認為一切都是自己的過錯。因為她奪走了別人，而且還是對自己有恩的女人的丈夫。

宏美清楚記得第一次見到真柴義孝時的情景。那天，她正在這裡為上課做準備，接到了綾音的電話，說等一下會有一個男人造訪，請她不要離開教室，綾音在電話中並沒有說和那個男人是什麼關係。

不一會兒，那個男人就來到教室。宏美請他進入教室，為他倒了日本茶。他好奇地打量室內，問了很多問題。他具備了成熟的男人特有的鎮定自若，卻像是無法克制內心好奇的少年。從他聊了幾句之後，就知道他很聰明。

不一會兒，綾音也來到教室，介紹了他的身分。得知他們是在派對上認識，宏美感到很意外，因為她不知道綾音會去參加那種活動。

現在回想起來，自己當時就已經對義孝產生了好感。她清楚記得在綾音介紹義孝是她男朋友的瞬間，自己內心產生了近似嫉妒的感情。

如果當初不是以那種方式見到義孝，而是義孝和綾音一起出現，自己或許會有不同的感覺。因為當初不知道對方是誰，兩個人獨處了一陣子，所以才會對義孝萌生特殊的感情。

在內心萌生的愛意雖然很淡，卻始終沒有消失。在綾音結婚後，宏美也開始出入真柴家，也對義孝產生了親近感。當然也有兩個人獨處的時候。

宏美當然沒有對義孝表達自己的心意。因為這樣只會造成義孝的困擾，而且也沒有想和他發展特殊的關係，只要能夠像家人一樣相處，她就感到心滿意足了。

然而，即使宏美以為自己克制了內心的感情，但義孝似乎仍然察覺到了。他對宏美的態度漸漸發生了改變，原本好像在看妹妹般的溫柔眼神中，似乎開始摻雜了微妙的情愫。宏美發現之後，也的確感到怦然心動。

三個月前的某個晚上，宏美在這裡加班到深夜，接到了義孝的電話。

「我聽綾音說，教室的工作似乎很忙，妳這一陣子晚上一直加班。」

義孝問她要不要一起去吃拉麵？義孝也在公司加班到很晚，想去之前就很想光顧的一家拉麵店。

宏美當時剛好肚子很餓，於是當場答應了。義孝很快開車來接她。

她對拉麵並沒有什麼印象，但也許是因為和義孝單獨相處的關係。他每次動筷子，手肘就碰到她的身體，她的記憶全都被當時的感覺佔滿了。

之後，義孝送宏美回家。車子停在她公寓前後，他面帶微笑地說：

「以後可不可以像這樣偶爾約妳吃拉麵？」

「好啊，隨時都歡迎。」宏美回答。

「謝謝，和妳在一起感到很療癒。」

「是嗎？」

「我的這裡和這裡很疲累。」他依次指著自己的胸口和腦袋後，一臉嚴肅地注視著宏美說：「今天晚上真的很開心。」

「我也是。」

宏美的話音剛落，義孝就把手伸了過來，摟住了她的肩膀，然後用力拉向自己。宏美沒有抗拒，他們很自然地接了吻。

「晚安。」義孝說。「晚安。」宏美也這麼回答。

那天晚上，她很激動，遲遲無法入睡，但她只覺得和義孝之間有了小秘密，並沒有意識到自己犯了大錯。

沒有多久之後，她就發現自己鑄下了大錯。因為義孝在宏美內心的地位越來越重要，無論做任何事，都滿腦子想著他。

如果他們沒有單獨見面，這種好像發燒的狀態可能不會持續太久，但那天之後，義孝開始頻繁約她，她也為了等他的電話，即使沒有特別的事，也特地留在教室。

宏美的心就像斷了線的氣球般失控地飛上了天空。當他們終於越過男女之間的最後一道防線時，她才終於意識到自己闖了大禍，然後，義孝在那天晚上對她說的話，足以消除宏美內心的不安。

義孝說，他應該會和綾音離婚。

「我在結婚前就跟她說好，我結婚的目的是為了生孩子，如果一年之內無法生孩子，我們就會解除夫妻關係。雖然還剩下三個月，但我猜想她沒辦法懷孕，我心裡很清楚。」

雖然這番話很冷酷，但為宏美壯了膽，可見她當時已經變得很自私。回想起這些往事，宏美才發現自己和義孝嚴重背叛了綾音，無論綾音再怎麼恨自己，也都情有可原。

果真——

也許真的是綾音殺了義孝，綾音之所以對宏美這麼親切，也可能是為了掩飾自己內心的殺機。

但是，綾音有不在場證明。既然警方並沒有懷疑她，顯然代表她不可能犯案。除了綾音以外，還有其他人有殺害義孝的動機嗎？想到這裡，宏美感到另一種憂鬱。雖然自己想把孩子生下來，但她發現自己對孩子的父親幾乎一無所知。

內海薰穿著深色套裝走進教室，坐在三十分鐘前，綾音坐的椅子上，再度鞠躬為打擾宏美道歉。

「無論來找我多少次，也對破案沒有幫助，因為我並不是很瞭解真柴先生。」

「妳對他並不是很瞭解，卻有這種關係嗎？」

宏美聽了女刑警的話，忍不住抿著嘴。

「我只瞭解他的為人處事，但這些事對破案並沒有幫助，不是嗎？我對他以前的事，或是工作上的糾紛一無所知。」

「在辦案過程中，也必須瞭解被害人的為人處事，但今天並不是向妳請教這麼複雜的事，而是更日常的事。」
「日常的事？」
「就是關於真柴夫婦的日常生活，我相信妳最瞭解。」
「如果是這種事，不是應該問老師嗎？」
內海薰微微偏著頭笑了笑說：
「因為無法從當事人口中聽到客觀的意見。」
「……妳想要問什麼？」
「若山小姐，妳在真柴夫婦結婚之後，就開始出入他們家，請問妳差不多多久去一次？」
「不一定，平均大約一個月去一、兩次。」
「有沒有固定星期幾去？」
「並沒有固定的時間，但通常是星期天，因為星期天拼布教室休息。」
「星期天的話，真柴義孝先生不是也都在家嗎？」
「對。」
「所以你們會三個人一起聊天嗎？」
「雖然有時候會聊天，但真柴先生幾乎都在書房，即使休假的時候，他好像也會在家工作，而且我去他們家是為了和老師討論工作的事，並不是聊天。」宏美用抗議的語氣說，因為她不希望內海薰認為她去真柴家是為了去見義孝。

「妳和真柴太太都在哪裡討論事情？」

「都在客廳。」

「每次都是嗎？」

「對，有什麼問題嗎？」

「妳們在討論事情時，會喝紅茶或是咖啡嗎？」

「老師每次都會泡。」

「會有妳泡的時候嗎？」

「偶爾會，像是老師正在做菜，分身乏術的時候。」

「妳之前說，泡咖啡的方式也都是真柴太太教妳的，所以在案發那天早晨，妳也用相同的方法泡了咖啡。」

「對。又要問咖啡的事嗎？不是已經說過好幾次了嗎？」宏美忍不住撇著嘴角。

年輕的女刑警可能已經習慣查訪對象表示不悅，她面不改色地繼續問：

「和豬飼夫婦一起參加家庭聚會時，妳有沒有打開真柴家的冰箱？」

「冰箱？」

「冰箱裡應該有礦泉水，我想知道妳有沒有看到那些礦泉水。」

「有看到，因為我還去拿過一次礦泉水。」

「當時有幾瓶水？」

「我不記得了，只記得有好幾瓶。」

「一、兩瓶嗎？」

「我不是說不記得了嗎？因為有一排，所以可能有四、五瓶吧。」宏美忍不住大聲起來。

「我知道了。」女刑警面無表情地點了點頭。

「在案發之前，真柴先生約妳去他家，之前也曾經發生過這種事嗎？」

「沒有，那天是第一次。」

「為什麼真柴先生那天會找妳去？」

「因為……因為老師回娘家了。」

「之前沒有機會嗎？」

「我想這也是原因之一，但他可能想趕快告訴我，老師已經同意離婚這件事。」

「原來是這樣。」內海薰點了點頭。

「請問妳瞭解他們的興趣愛好嗎？」

「興趣愛好？」宏美皺起眉頭。

「真柴夫婦的興趣愛好，像是運動，或是旅行，還有開車兜風之類的。」

宏美偏著頭說：

「真柴先生會打網球和高爾夫球，但老師似乎沒什麼興趣愛好，應該就是拼布和下廚吧。」

「他們假日時都在做什麼？」

「我不太清楚。」

「就妳知道的範圍就好。」

「聽說老師都在做拼布，真柴先生通常都看ＤＶＤ。」

「真柴太太在家裡做拼布時，都在哪個房間？」

「應該是客廳。」

宏美在回答的同時感到困惑不已，因為她覺得這些問題完全沒有方向性。

「他們曾經去旅行嗎？」

「剛結婚時，曾經去了巴黎和倫敦，之後應該就沒有去過像樣的旅行，雖然真柴先生因為工作的關係去了很多地方。」

「平時買東西呢？妳有沒有和真柴太太一起去逛街買東西。」

「我們會一起去買拼布的布料。」

「也是星期天嗎？」

「不，因為都是上課前，所以是非假日，因為要買很多布料，所以買完之後，都直接拿來教室。」

內海薰點了點頭，在記事本上寫著什麼。

「我問完了，謝謝妳在百忙之中配合。」

「請問剛才的問題到底有什麼意義？我完全搞不懂問這些問題的意圖。」

「哪一個問題？」

「所有的問題，興趣愛好和逛街這些事，和命案有什麼關係嗎？」

內海薰露出一絲困惑的表情，隨即對她露出了微笑。

「妳不瞭解也沒關係，警方有警方的用意。」

「不能告訴我嗎？」

「不好意思，這是規定。」女刑警很快站了起來，鞠躬說了聲「打擾了」之後，快步走向玄關。

21

「她問我這些問題有什麼意圖時，我不知道該怎麼辦，因為我也不知道有什麼意圖。平時長官經常教導我們，查訪的時候，要在明確瞭解目的的基礎上發問。」薰拿起咖啡杯時說道。

她正在湯川的研究室內，帶來了之前湯川要求她調查的結果。

「妳說的話沒錯，但也要看時間和場合。」坐在對面的湯川正在看報告，抬起頭回答，「因為我在調查這是不是一起沒有前例，極其特殊的犯罪，這種確認的作業很困難，執行調查工作的人經常會受到先入為主想法的影響。名叫布朗洛（Prosper-

René Blondlot）的物理學家……啊，妳不可能認識這個人。」

「我甚至沒聽過這個名字。」

「他是在十九世紀後期有很多成就的法國研究者，在進入二十世紀後不久，布朗洛發表他發現了新的放射線，他命名為N射線的這種放射線，具有增強電火花亮度的效果。當時被認為是劃時代的發現，震撼了整個物理學界，但後來N射線的存在遭到了否定，因為其他國家的科學家無論做了幾次實驗，都沒有發現電火花亮度增強。」

「所以是一場騙局嗎？」

「並不是騙局，因為布朗洛自己相信N射線的確存在。」

「這是怎麼回事？」

「布朗洛是靠自己的雙眼確認電火花亮度增強，這就是錯誤的根源，最後證明N射線可以增加電火花亮度只是他的期待造成的錯覺。」

「原來偉大的物理學家也會犯這種基本的錯誤。」

「由此可見，先入為主的觀念就是這麼可怕，所以我事先也沒有向妳透露任何事，也因此得到了極其客觀的資料。」湯川再度低頭看著薰寫的報告。

「結果怎麼樣？果然是虛數解嗎？」

湯川沒有立刻回答，仍然專注地看著報告。他的眉頭深鎖。

「冰箱內果然有好幾瓶礦泉水。」他自言自語地說。

「關於這一點，我也覺得很奇怪。綾音太太說，家裡向來都不缺瓶裝水，但在她回娘家的隔天，冰箱內只剩下一瓶水，這到底是怎麼回事？」

湯川抱著雙臂，閉上了眼睛。

「老師。」

「不可能。」

「啊？」

「這絕對不可能。但是——」湯川拿下眼鏡，用指尖按著雙眼的眼瞼，然後坐在那裡不動。

22

草薙從飯田橋車站沿著神樂坂路一直上坡，經過毘沙門天後，很快就左轉，再度沿著陡坡往上走，看到他要找到的那棟大樓出現在右側。

草薙走進大門，左側的牆上有一排寫了各家公司名字的牌子。「櫟樹出版」位在二樓。

大樓有電梯，但草薙沿著樓梯上樓。樓梯上堆了很多紙箱，很不好走。雖然違反了消防法，只不過他今天並不打算檢舉。

出版社辦公室的門敞開著，草薙向內張望，看到幾名員工坐在辦公桌前工作。

坐在最前面的女性員工發現了草薙，走過來問：

「有什麼事嗎？」

「請問笹岡先生在嗎？我剛才打電話和他有約。」

「啊，你好。」這時，旁邊傳來一個聲音，一個矮胖的男人從櫃子後方探出頭。他剛才似乎蹲在那裡。

「請問是笹岡先生嗎？」

「我就是。呃……」他打開旁邊的抽屜，拿出了名片，「你好，辛苦了。」

草薙也拿出名片遞給他。對方的名片上寫著「櫟樹出版 總經理 笹岡邦夫」。

「這是我第一次拿到警察的名片，要留下來作紀念。」笹岡把名片翻了過來，忍不住發出了驚訝的叫聲，「喔！還寫著『給笹岡先生』和今天的日期，這是防止名片遭到濫用吧？」

「請你不要介意，這只是我的習慣。」

「不，的確必須小心謹慎。請問要在這裡談嗎？還是要去咖啡店之類的地方？」

「在這裡就好。」

「是嗎？」

笹岡帶草薙來到辦公室角落簡單的會客區。

「不好意思，打擾你工作。」草薙在黑色合成皮的沙發上坐了下來。

「沒關係，我們不像大出版社，所以不會那麼忙。」笹岡張開大嘴笑了起來。他看起來是好人。

「我在電話中也提到了，我想瞭解津久井潤子小姐的情況。」

笹岡收起了臉上的笑容說：

「她由我直接負責，因為她很有才華，所以真的太遺憾了。」

「你和津久井小姐合作很久嗎？」

「不知道算不算久，我們合作了兩年多，她在我們這裡出版了兩本繪本。」

笹岡站了起來，從自己的座位拿了兩本繪本過來。

「就是這兩本。」

「借我看一下。」草薙打了聲招呼後，拿起了繪本。兩本繪本分別是《雪人滾啊滾》和《石獅子太郎冒險記》。

「她很喜歡用雪人或是石獅子這些傳統角色來創作，還有用祈晴娃娃為主角創作的繪本。」

「我知道那本繪本，是不是《希望明天會下雨》？」

真柴義孝就是看了那本繪本，拔擢津久井潤子創作網路動畫的角色。

笹岡點了點頭，皺著眉頭說：

「一些熟悉的角色在津久井小姐的手下都綻放出新鮮的光芒，真的太令人惋惜了。」

「你還記得津久井小姐去世時的情況嗎？」

「當然記得，因為她還寫了信給我。」

「是嗎？我聽她的家人說，她留了幾封遺書給幾個人。」

津久井潤子的老家在廣島，草薙透過電話聯絡了她的母親。聽她的母親說，她在自己家中服用安眠藥自殺，現場留下三封遺書，都是寫給工作上的合作對象，其中一封就是寫給笹岡。

「她在信中說很抱歉，突然因為這個原因丟下工作。當時我正拜託她寫下一部作品，所以她應該惦記著這件事。」笹岡可能想起了當時的事，痛苦地皺起了眉頭。

「信上沒有寫自殺的動機嗎？」

「對，只有道歉而已。」

津久井潤子的遺書並不是只有寫給工作上的合作對象，她在自殺前，寫了一封信給她母親。她的母親收到信後大吃一驚，打電話給女兒，但電話打不通，於是她母親急忙報了警。當地警察接到聯絡後立刻趕去她住宿的公寓，發現了她的屍體。

她寫給母親的信中也沒有提到自殺的動機，信中只是感謝母親的養育之恩，同時為自己糟蹋了父母給予的重要生命道歉。

她的母親在電話中說，完全不知道是怎麼回事。即使已經過了兩年的時間，失去女兒的悲傷仍然沒有淡化。

「笹岡先生，請問你知道津久井小姐為什麼會自殺嗎？」

笹岡聽了草薙的問題，抿嘴搖了搖頭回答說：

「當時警察也問了我這個問題，但我完全沒有頭緒。我曾經在她自殺的兩個星期前和她見面，完全沒有察覺到她想要尋短，但也可能我太遲鈍了。」

草薙並不認為是笹岡太遲鈍了，因為他已經去找過另外兩個收到遺書的人，他們的回答也都一樣。

「請問你知道津久井小姐當時有男朋友嗎？」草薙問。

「我聽說了，但並不知道對方是誰。如今這個時代，隨便問這種問題可能會被對方告性騷擾。」笹岡一臉嚴肅地說。

「那請問你認識她的朋友嗎？即使是女性朋友或是認識她的人也沒有關係。」

笹岡抱著又短又粗的手臂，偏著頭說：

「當時警察也問了這個問題，但我想不到她有什麼朋友，也可以說她很享受孤獨，我認為她喜歡一個人在家裡畫畫，覺得這樣的生活很幸福，並不喜歡交朋友，所以當我聽說她有男朋友時，還感到有點意外。」

草薙立刻想到，津久井潤子和真柴綾音一樣。雖然真柴綾音有若山宏美這個助理，回去娘家時也有可以一起去泡溫泉的兒時玩伴，但基本上生活很孤獨，整天都坐在寬敞客廳的沙發上做拼布。

也就是說，真柴義孝喜歡這種類型的女人。

不——

並不完全是這樣。草薙否定了自己剛才的想法，因為他想起了豬飼達彥告訴他的事。

「沒想到真柴並不肯定綾音在這方面的努力，認為不會生孩子的女人坐在沙發上，就像擺設一樣礙事。」

真柴義孝之所以挑選孤獨的女人，是因為在他眼中，女人只是生孩子的工具，也許他認為工具不需要複雜的人際關係。

「請問，」笹岡誠惶誠恐地開了口，「為什麼現在調查她自殺的事？我記得當時認為雖然她自殺的動機不明，但並沒有可疑的地方，所以並沒有詳細調查。」

「並不是因為她的自殺有什麼可疑的地方，而是在偵辦其他案子時，津久井小姐的名字浮上了檯面，所以就確認一下。」

「喔，原來是這樣啊。」

笹岡似乎想知道目前偵辦什麼案子，草薙決定結束談話。

「不好意思，打擾你的工作了，那我就先告辭了。」

「這樣就行了嗎？我甚至忘了給你倒茶。」

「不必客氣，謝謝你，請問這個可以借我嗎？」草薙拿起兩本繪本問。

「沒問題，可以送給你。」

「真的可以嗎？」

「當然沒問題，反正留在這裡，遲早也要銷毀。」

「是嗎？那我就不客氣了。」

草薙起身走向門口，笹岡也跟了過來。

「話說回來，當時真的太驚訝了。因為得知她去世的消息時，完全沒想到她是自殺。即使得知是自殺之後，我們這些認識她的人也發揮了各種想像力，甚至有人說她是被人謀殺的。雖然這對死者很不敬，但畢竟是服用那種東西而死。」

草薙忍不住停下腳步，注視著笹岡的圓臉。

「那種東西？」

「對啊，就是毒藥。」

「不是安眠藥嗎？」

笹岡嘟起了嘴，搖了搖頭。

「不是啊。咦？你不知道嗎？是砒霜。」

「砒霜？」草薙愣了一下。

「就是那起事件，和歌山的毒咖哩事件中用的毒藥。」

「亞砷酸嗎？」

「啊，對，就是這種名字的毒藥。」

草薙的心臟用力跳了一下。「那我告辭了。」草薙說完，衝下了樓梯。

他用手機打給岸谷，指示他立刻向轄區分局調閱津久井潤子自殺的相關資料。

「到底怎麼回事？草薙先生，你還在追那個繪本作家的事嗎？」

「我已經向股長打過招呼了，你廢話少說，趕快去辦事。」

草薙掛上電話，攔下了剛好路過的計程車，叫司機前往目黑分局。

事件發生至今已經好幾天了，偵查工作卻完全沒有進展。雖然很大的原因是因為尚未確定下毒的方法，但另一個原因是無論怎麼調查，都找不到有殺害真柴義孝動機的人。唯一有動機的人就是綾音，但她有完美的不在場證明。

草薙對間宮說，一定有人在案發當天造訪了真柴家，同時提出想要調查真柴義孝的前女友津久井潤子的要求。

「但那個女人不是已經死了嗎？」間宮問。

「正因為死了，所以才令人在意。」草薙回答說，「如果自殺的原因和真柴義孝有關，津久井潤子周圍很可能有人對真柴懷恨在心。」

「你是指復仇嗎？但她兩年前就自殺了，為什麼之前沒有動手？」

「這我就不知道了，也許兇手認為相隔時間太短，警方會想到和津久井潤子自殺有關。」

「如果這個推理正確，這個兇手的城府也太深了。因為已經過了兩年，內心的憎恨仍然沒有消化掉。」

間宮露出半信半疑的表情，但最後還是同意他調查津久井潤子。

於是，草薙向《希望明天會下雨》的編輯打聽了津久井潤子老家的電話，昨天打電話去她的老家，也去見了收到遺書的人，瞭解詳細的情況。

但是直到目前為止，沒有聽到任何人提起津久井潤子的自殺和真柴義孝有關，不僅如此，甚至沒有人知道她和真柴交往。

聽津久井潤子的母親說，在她家裡完全沒有發現任何有男人出入的痕跡，所以她母親至今都不認為她自殺的原因和失戀有關。

紅茶專賣店的店員在三年前第一次看到真柴和津久井潤子一起前往，潤子在一年後自殺，如果當時已經和真柴分手，似乎就很合理了。

但即使她是因為和真柴分手而自殺，如果沒有人知道這件事，就代表並沒有人憎恨真柴。好不容易向間宮爭取到調查的許可，沒想到很快就遇到了瓶頸。

就在這個關頭，草薙得知了毒藥的事。

如果早一點向處理津久井潤子自殺的分局調閱資料，應該會更早發現這件事，但因為草薙先打電話去了潤子老家，向她母親打聽了情況，所以忽略了基本的調查步驟，而且認為既然當初作為自殺處理，轄區警局應該也沒有掌握什麼重要資料。

沒想到是服用亞砷酸——

當然很可能純屬偶然。在和歌山的毒咖哩事件後，大家都知道亞砷酸是劇毒，當然會有更多人想要用於自殺和他殺。

但是，真柴死於前女友用於自殺的毒藥，如果是巧合，未免也太巧了，是否該認為隱藏了某個人的意志？

他正在思考這件事時，手機響起了來電鈴聲，液晶螢幕上顯示是湯川打來的。

「怎麼了？你什麼時候變得像高中女生一樣愛講電話了？」

「因為有事情要找你，我有什麼辦法？今天有空見面嗎？」

「也不是沒空見面，有什麼事嗎？你知道毒殺的詭計了嗎？」

「說我已經知道的說法並不正確，雖然還沒有證明，但我想到了有可能的方法。」

草薙覺得他說話還是那麼拐彎抹角，但握著電話的手忍不住用力。因為湯川這麼說的時候，十之八九已經找到了正解。

「你告訴內海了嗎？」

「沒有，還沒有告訴她，而且我目前也還沒有打算告訴你，所以如果你以為見到我就可以知道，只會讓你失望。」

「什麼意思？那你找我到底要說什麼？」

「關於今後偵查工作的期望，我想要確認一下是否具備了詭計能夠成立的條件。」

「你不告訴我詭計的內容，卻想要向我探聽消息嗎？我相信你應該知道，照理說，偵查內容無法對普通民眾公開。」

湯川停頓了幾秒後說：

「我沒想到事到如今，竟然還會從你嘴裡聽到這種話。算了，不跟你計較，我不告訴你詭計的內容是有原因的，見面之後再向你說明。」

「你還真會賣關子。我先回目黑分局一趟，然後再去學校找你，可能八點左右才會到。」

「你到的時候打電話給我，我可能不在研究室。」

「好。」

草薙掛上電話後，發現自己開始緊張。

湯川想到了什麼毒殺詭計？草薙當然不認為自己現在能夠推理出來，但他很在意一旦瞭解詭計的內容，會對綾音的處境有什麼影響。

如果湯川想到的詭計推翻了她牢不可破的不在場證明——

那就無路可逃了。並不是綾音無路可逃，而是他自己沒有退路了，到時候就必須懷疑她。

湯川到底想說什麼？以前草薙總是興奮地等待這一刻，但今天不一樣，他漸漸感到窒息。

走進目黑分局的會議室，岸谷拿著傳真紙在等他。那是轄區警局傳來的關於津久井潤子自殺的報告，間宮也在會議室內。

「我知道你的目的了，是不是毒藥？」岸谷把傳真紙遞給了他。

草薙瀏覽了報告的內容。報告顯示，津久井潤子死在自家的床上，旁邊的桌子上放著還剩下半杯水的杯子，和一個裝了白色粉末的塑膠袋。白色粉末是三氧化二砷，也就是俗稱的亞砷酸。

「上面沒有提到毒藥的來源，是不清楚來源嗎？」草薙小聲嘀咕。

「可能當時沒有調查吧。」間宮說，「無論怎麼看，都認為並沒有疑點，轄區警局也沒有鬧到會去調查很容易張羅到的亞砷酸來源。」

「無論怎麼說，前女友服用亞砷酸自殺這件事很令人在意。草薙先生，你真有兩下子。」岸谷的語氣中帶著興奮。

「不知道轄區警局有沒有保管當時的亞砷酸。」草薙問。

「剛才已經確認過了，可惜並沒有保留下來，因為已經是兩年前的事了。」間宮露出了遺憾的表情。

如果還有保留，就可以確認和這起事件中所使用的亞砷酸是否相同。

「話說回來，難道當時沒有向家屬說明服毒自殺嗎？」草薙偏著頭。

「什麼意思？」

「津久井潤子的母親說，她女兒是吃安眠藥自殺，我搞不懂為什麼會這樣。」

「可能只是記錯了吧？」

「也有可能。」

但草薙懷疑，母親會記錯女兒自殺所使用的毒藥嗎？

「內海也提出了那樣的要求，現在偵查終於稍微有了進展。」

草薙聽了岸谷的話，抬起頭問：

「內海提出什麼要求？」

「伽利略老師似乎傳授了什麼妙計，」間宮回答說，「她說要徹底調查裝在真柴家自來水上的淨水器，她說的那家機構叫什麼名字？」

「SPring-8。」岸谷回答。

「沒錯，就是這個。據說湯川老師要求說，可以委託那個機構調查，內海正在警視廳奔走，辦理相關的手續。」

SPring-8是位在兵庫縣的世界最大同步輻射機構，即使只有極微量的樣本，也可以分析出其中的成分，在一九九八年秋天之後，也應用在犯罪偵查上，在毒咖哩事件時也曾經用於鑑定工作，所發揮的作用受到相當大的矚目。

「所以湯川認為是在淨水器中下毒嗎？」

「聽內海說，情況好像是這樣。」

「但他應該還沒有發現下毒的方法……」說到這裡，他倒吸了一口氣。

「怎麼了？」

「我和他約好等一下見面，他說解開了詭計，難道他說的詭計，就是在淨水器中下毒的方法……」

間宮點了點頭說：

「內海也說了類似的話，說老師好像解開了謎團，卻不願意把內容告訴她。那位老師雖然頭腦很靈光，只是個性有點古怪，真傷腦筋。」

「他似乎也不打算把詭計告訴我。」

間宮露出苦笑。

「沒關係，反正我們也是免費找他幫忙，總之，既然他特地約你見面，想必會提出什麼有效的建議，你就好好聽他說。」

草薙在八點多來到大學。他打電話給湯川，但沒有人接電話。他又打了一次，鈴聲響了幾次之後，聽到電話中傳來了聲音。

「我是湯川，不好意思，剛才沒聽到電話鈴聲。」

「你在哪裡？研究室嗎？」

「不，在體育館，你應該還記得位置吧？」

「當然啊。」

草薙掛上電話，走去體育館。走進校門後往左走，就可以看到一棟拱形屋頂的灰色建築。草薙在學生時代，來這裡的次數超過去教室，他也是在那裡認識了湯川。當時兩個人都很瘦，現在只有湯川維持了當時的身材。

走向體育館時，看到一個身穿運動服的年輕人剛好走出來，手上拿著羽毛球拍。他看到草薙，向他點了點頭。

湯川坐在體育館中央，正在穿防風運動衣。球場上還拉著球網，他們剛才可能在練習打羽毛球。

「我之前就覺得很多大學教授都很長壽，現在終於知道原因了。他們可以把大學的設施當作是自己專用的免費健身房。」

湯川聽了草薙的挖苦，面不改色地說：

「你說是自己專用的健身房，可見你誤會大了，我在使用之前有預約登記，而且你認為大學教授都很長壽的觀察也有問題，當上教授需要時間和勞力，也就是說，只有健康長壽，才能夠成為教授，你搞錯了因果關係。」

草薙乾咳了一下，抱著雙臂，低頭看著湯川。

「你有什麼話要告訴我？」

「不必這麼著急吧，怎麼樣？偶爾要不要小試身手一下？」湯川拿起兩個羽球拍，把其中一個遞給草薙。

「我來這裡，可不是為了這個目的。」

「你應該撐不了多久，不必擔心會浪費多少時間。我之前就想對你說，你這幾年的腰圍，少說也增加了九公分，這意味著光靠四處查訪無法達到塑身的效果。」

「你還真是不客氣啊。」草薙脫下上衣，接過湯川遞給他的羽球拍。

好久沒有和湯川在網球場上對戰了。將近二十年前的感覺再次甦醒。

但是，用球拍擊球的感覺遲遲無法找回來，而且他也深刻體會到自己的體力大不如前。湯川說得沒錯，打了不到十分鐘，他已經氣喘如牛，兩腿動彈不得了。

看到湯川對著空檔位置的成功扣殺，草薙一屁股坐在地上。

「我老了，如果比腕力，我還不會輸給年輕人。」

「比腕力時主要使用的快縮肌即使隨著年紀增長而老化，只要稍微鍛鍊一下，很快就會恢復。但是，支持持久力的慢縮肌就無法很快恢復，和心肺功能一樣，所以我建議你要找時間鍛鍊身體。」

湯川用平淡的語氣說這些話時完全沒有氣喘。草薙忍不住想，這傢伙是怎麼回事？

他們背靠著牆壁，一起坐在地上。湯川拿出了運動水壺，把裡面的液體倒在蓋子裡，遞給草薙。草薙喝了一口，發現是運動飲料，而且很冰。

「這樣就像回到了學生時代，雖然我的球技已經大不如前了。」

「如果不持續，技術和體力一樣，都會衰退。我持續在練習，但你沒有，就只是這樣而已。」

「你這是在安慰我嗎？」

「沒有，我為什麼要安慰你？」

湯川露出納悶的表情，草薙忍不住露出淡淡的苦笑，把運動水壺的蓋子還給了他，露出了嚴肅的表情。

「毒藥加在淨水器裡嗎？」

「嗯。」湯川點了點頭，「我在電話中也說了，雖然還無法證明，但應該沒錯。」

「所以你叫內海把淨水器送去SPring-8去檢驗嗎？」

「我張羅了四個和那個淨水器相同的淨水器，把亞砷酸加進去，然後再用水沖洗，檢驗是否可以檢驗出亞砷酸的成分。在我們大學，只能使用名為感應耦合電漿法的分析方法。」

「感應什麼電漿……？」

「你不需要知道，只要知道是很精密的分析方法就行了。我試了四個淨水器，其中有兩個驗出了砒霜，另兩個無法有明確的答案。那個淨水器所使用的材料有特殊塗層加工，就連微粒子也很難附著。而且根據內海詢問的結果，在鑑定真柴家的淨水器時，使用的是原子吸收光譜法，這比我使用的方法靈敏度更差，所以我才對內海說，叫她送去SPring-8去檢驗。」

「既然你這麼說，想必有十足的把握？」

「我無法說絕對，但這是唯一的可能。」

「到底是怎麼下的毒？之前聽內海說，因為很難實際操作，所以不是放棄了這個可能嗎？」

湯川聽了草薙的問題沒有說話，雙手緊握著毛巾。

「這就是詭計嗎？所以你還無法告訴我。」

「我也對內海說了同樣的話，因為我不能讓你們有先入為主的想法。」

「無論我們會不會先入為主，都和詭計本身無關吧？」

「大有關係，」湯川看著草薙，「如果凶手真的使用了我想到的詭計，很可能在某個地方留下痕跡。我要求把淨水器送去SPring-8，也是為了找出這個痕跡。但是，即使沒有找到痕跡，也無法證明沒有使用這個詭計，這個詭計就是這麼特殊。」

「所以到底怎麼樣？」

「假設我現在告訴你們詭計的內容，如果之後找到了痕跡，當然沒有問題，但如果沒有找到呢？到時候你們能夠重新思考嗎？難道不會拘泥於詭計嗎？」

「這……也許是這樣，因為並沒有證據顯示沒有使用這個詭計。」

「我不願意看到這種事發生。」

「什麼意思？」

「我不希望沒有任何證據，就將懷疑的焦點集中在某個特定人物的身上。因為這個世界上，只有一個人能夠使用這個詭計。」

草薙注視著湯川在眼鏡後方的雙眼。

「是真柴太太嗎？」

湯川緩緩眨了眨眼睛，似乎藉此表示肯定。

草薙用力吐了一口氣。

「沒關係，反正我會用正面進攻的方式繼續偵查，因為好不容易發現了頭緒。」

「頭緒？」

「我找到了真柴義孝的前女友，而且和這次的事件有共同點。」

草薙把津久井潤子服用亞砷酸自殺的事告訴了湯川，他相信湯川不會把這件事說出去。

「這樣啊，原來兩年前發生了這樣的事……」

湯川露出了凝望遠方的眼神。

「你似乎對這個詭計很有自信，我也認為自己的偵查方向並沒有錯。這次的事件並不是妻子向婚外情的丈夫復仇這麼簡單，我認為還牽涉到更複雜的事。」

湯川看著草薙後，突然露出了笑容。

「幹嘛？你笑得太詭異了，難道你認為我說的不對嗎？」

「不是，我只是在想，早知道是這樣，我就不必特地把你找來這裡了。」

草薙聽不懂這句話的意思，皺起了眉頭。湯川點了點頭，繼續說了下去。

「這就是我想要說的事。這起事件比想像中更加深奧，除了要調查事件前後的事，更應該追溯到過去，調查所有相關的事。你剛才說的話太有意思了，沒想到在那件事中也出現了亞砷酸。」

「我搞不懂，你不是懷疑真柴太太嗎？即使這樣，仍然覺得過去很重要嗎？」

「重要，非常重要。」湯川拿起了羽球拍和運動袋站了起來，「坐著會著涼，我們走吧。」

他們離開了體育館，湯川在大門旁停下了腳步。

「我要回研究室，你呢？要不要去喝杯咖啡？」

「你還有其他話要對我說嗎？」

「不，我已經沒話要說了。」

「那我就告辭了，回分局還有工作要處理。」

「好。」湯川轉身離去。

「湯川，」草薙叫住了他，「她用拼布做了一件上衣給她爸爸，在腰部加了保護墊，以防在雪地上滑倒時撞到腰部。」

湯川轉過頭問：「所以呢？」

「她不是會輕舉妄動的人，在採取某個行動之前，會自己確認是否可行。我不認為這樣的人會因為丈夫背叛就殺人。」

「這是刑警的直覺嗎？」

「我只是在說我對她的印象，但你和內海一樣，認為我對真柴太太有特殊的感情。」

湯川垂下雙眼後，再度注視著草薙。

「即使有特殊的感情也沒有關係啊，我相信你不是軟弱的人，不會因為感情而扭曲身為刑警的信念，而且，」他豎起了食指繼續說道，「你說的應該沒錯，她不是愚蠢的人。」

「你不是在懷疑她嗎？」

湯川沒有回答，舉起一隻手，轉身離去。

23

草薙深呼吸後，按了對講機的門鈴。他注視著「杏屋」的牌子，忍不住自問，自己為什麼這麼緊張。

對講機沒有應答，門就直接打開了。綾音白皙的臉出現在門內，她對草薙露出了好像母親看著兒子般的溫柔眼神。

「你真準時。」她說。

「啊，是嗎？」草薙看了一眼手錶，發現剛好兩點整。他事先打電話聯絡時，告訴綾音，自己會在兩點造訪。

「請進。」她把門開得更大，請他入內。

草薙上次要求若山宏美主動到案說明時，曾經來過這裡。雖然那次並沒有仔細觀察這裡，工作台和傢俱還是老樣子，但總覺得似乎變得冷清了。

他在綾音的示意下入座後，觀察著室內，正在把茶壺裡的紅茶倒進杯子的綾音苦笑著說：

「是不是變冷清了？我再次發現這裡以前放了很多宏美的東西。」

草薙默默點了點頭。

聽說若山宏美主動辭職。草薙聽了之後，也覺得理所當然。普通的女人在和真柴義孝發生婚外情的事情曝光後，也會馬上辭職。

綾音說，她昨天搬離了飯店，開始住在這裡。她似乎並不打算搬回家中，草薙也能夠理解她的心情。

綾音把茶杯放在草薙面前，他說了聲：「謝謝。」

「我今天早上回家了一趟。」綾音說著，在草薙對面坐了下來。

「回家嗎？」

她用手指握著茶杯，點了一下頭。

「我去為花澆水，那些寶貝都枯萎了。」

草薙皺起眉頭說：

「不好意思，妳把鑰匙交給我，但我都沒有時間去澆水……」

綾音慌忙搖著手說：

「不是這個意思，原本拜託你這件事就有點強人所難，我真的不是故意說給你聽，請你不要放在心上。」

「我疏忽了，以後會注意。」

「不，真的沒關係，因為我打算以後每天回去澆水。」

「是嗎？不好意思，沒有幫上妳的忙。那我把鑰匙還給妳比較好吧？」

綾音偏著頭，露出猶豫的表情，注視著草薙的眼睛問：

「警方不需要再去我家調查了嗎？」

「不，目前還不知道。」

「既然這樣，那就請你繼續保管。因為如果你們需要調查時，就不一定需要我到場了。」

「好，那我會負起責任好好保管。」草薙拍了拍自己的左胸。真柴家的鑰匙放在左胸的內側口袋。

「對了，那個灑水壺該不會是你買的？」

草薙把茶杯舉到嘴邊，聽到綾音的這個問題，用另一隻手摸了摸頭說：

「妳之前用的那個打了洞的空罐也不錯，但還是灑水壺比較有效率……我太多事了嗎？」

綾音笑著搖了搖頭。

「我以前不知道有這麼大的灑水壺，我用了之後，發現很方便，還覺得應該早點用呢！謝謝你。」

「聽妳這麼一說，我就放心了，原本還擔心妳捨不得那個空罐。」

「怎麼可能捨不得那種東西？你幫我丟掉了吧？」

「啊……不行嗎？」

「沒有，讓你費心了。」

綾音笑著低頭道謝時，放在櫃子上的電話響了。「我接一下電話。」她說完後站了起來，接起了電話。

「你好，這裡是『杏屋』……喔，大田太太……啊？……對……啊，這樣啊。」

綾音仍然面帶笑容，但草薙也可以發現她的笑容有點僵硬。當她掛上電話時，臉上露出了沮喪的表情。

「不好意思。」綾音說完，重新在椅子上坐了下來。

「發生什麼事了嗎？」草薙問。

綾音的雙眼露出了落寞的眼神。

「是拼布教室的學員，說因為家裡有事，無法繼續來上課了。她已經在這裡學了三年多了。」

「是嗎？家庭主婦學才藝果然不容易。」

綾音聽了草薙的話，放鬆了嘴角。

「從昨天開始，就接連有學生說想要退學，剛才那通電話已經是第五個學生了。」

「是受到事件的影響嗎？」

「這也是原因之一，但我想宏美辭職的影響應該更大。因為這一年來，都是宏美擔任講師，所以這些學員幾乎都算是她的學生。」

「所以她們覺得既然老師辭職了，自己也跟著退學嗎？」

「我想不至於有這麼強的團結力，但可能察覺到氣氛不太對勁，女人對這種事很敏感。」

「這樣啊……」

草薙不置可否地附和著，但其實不太能夠理解，這些學生當初不是想學習綾音的技術，才會來這間教室嗎？既然以後有機會接受綾音的直接指導，學生不是應該感到高興嗎？

草薙想到了內海薰，覺得她也許能夠瞭解這種心情。

「之後可能還會有其他人退學，這種事不是都會引起連鎖反應嗎？也許乾脆休息一陣子比較好。」綾音托著臉頰說道，然後突然想到了什麼，坐直了身體，「對不起，這些事和你沒有關係。」

草薙在她的注視下，忍不住垂下了雙眼。

「目前這種狀況，妳也無法靜下心。我會盡力早日破案，到時候妳壓力也不會這麼大了。」

「是啊，乾脆一個人去旅行轉換一下心情。」

「我覺得這個主意不錯。」

「我已經很久沒有好好旅行了，以前我曾經一個人出國。」

「對了，聽說妳曾經在英國留學。」

「你是聽我爸媽說的吧，很久以前的事了。」綾音低下頭後，又很快抬起了頭，「對了，我想請你幫忙一件事，可以麻煩你嗎？」

「什麼事？」正在喝紅茶的草薙把茶杯放在桌上。

「你不覺得這片牆壁很空，很冷清嗎？」

綾音抬頭看著旁邊的牆壁。那裡的確沒有任何裝飾，但之前似乎貼了什麼東西，牆上留下了四方形的痕跡。

「之前這裡是一條掛毯，但那是宏美製作的，所以就送給她了，沒想到變得這麼空，所以我就覺得要掛點什麼。」

「這樣啊，所以妳已經決定要掛什麼了嗎？」

「對，我今天從家裡拿來了。」

綾音站了起來，拿起放在房間角落的紙袋走了過來。裡面似乎放了什麼布，所以看起來體積很龐大。

「這是？」草薙問。

「原來掛在臥室的掛毯，現在那裡不需要了。」

「原來是這樣，」草薙站了起來，「那趕快掛起來吧。」

「好。」綾音回答後，想把紙袋裡的東西拿出來，但立刻停下了手。

「啊，但在此之前，還是先聽聽你來找我有什麼事，因為你不是為了這個目的而來嗎？」

「沒關係，等掛好之後再談事情也不遲。」

綾音一臉嚴肅的表情搖了搖頭說：

「那可不行，你來這裡是為了工作，所以要以工作為優先。」

草薙苦笑著點了點頭，從懷裡拿出了記事本，當他再次看到她時，抿緊了雙唇。

「那我就開始問了，對妳來說，可能不是什麼愉快的內容，但這是為了辦案，敬請見諒。」

「好。」綾音回答。

「我們查到了妳先生在遇到妳之前交往的女友名字了，她叫津久井潤子，請問妳曾經聽過這個名字嗎？」

「津久井……」

「津久井潤子小姐，她的名字這麼寫。」草薙向綾音出示了寫在記事本上的名字。

綾音直視著草薙回答說：「我第一次聽到這個名字。」

「那妳先生有沒有曾經向妳提過繪本作家？任何枝微末節的事都無妨。」

「繪本作家？」她皺起眉頭，偏著頭。

「津久井潤子是繪本作家，所以我在想妳先生可能在聊起往事時，曾經和妳聊到認識這樣的朋友。」

綾音看著斜下方，喝了一口紅茶。

「不好意思，我不記得我先生曾經和我聊過繪本或是繪本作家，如果他說過，我應該會有印象，因為那是和他最無緣的世界。」

「是嗎?那就沒辦法了。」

「請問……那個人和這起事件有關係嗎?」綾音主動發問。

「目前還不知道，因為正在調查。」

「這樣啊。」她垂下了眼睛。當她眨眼的時候，睫毛也跟著動了起來。

「我可以再請教一個問題嗎?也許這個問題不該問妳，只是兩個當事人都已經不在人世了。」

「兩位當事人?」她抬起了頭。

「對，不瞞妳說，津久井潤子小姐也在兩年前去世了。」

「這樣啊。」綾音瞪大了眼睛。

「我想問的是，從我們費了很多工夫才查到這件事就知道，妳先生向周圍人隱瞞了和津久井小姐之間的關係。妳認為是為什麼?妳先生剛開始和妳交往時，也曾經這樣嗎?」

綾音雙手捧著茶杯想了一下，然後微微側著臉開了口。

「我先生並沒有向周圍的人隱瞞和我之間的關係。我認識他的時候，他最好的朋友豬飼先生也在旁邊。」

「喔，對喔。」

「但是，如果當時豬飼先生不在場，也許我先生會盡可能不讓周圍人知道和我交往的事。」

「為什麼？」

「因為如果不知道，即使分手，也不必向其他人解釋。」

「所以他隨時做好了分手的準備嗎？」

「也許應該說，他隨時做好了對方女生無法懷孕的準備。因為他遇到這種情況，就會很快和對方分手，對他而言，最理想的結婚就是大家所說的先有後婚。」

「生孩子果然是他唯一的目的嗎？但最後並沒有用這種方式和妳結婚。」

綾音聽了草薙的話，露出了意味深長的微笑。她的雙眼露出了之前很少看到的、好像帶著某種小心機的眼神。

「理由很簡單，因為我拒絕了。因為我要求在正式結婚之前一定要避孕。」

「原來是這樣，所以妳先生和津久井潤子小姐交往時沒有避孕嗎？」

「我猜想應該是這樣，所以她最後才會被甩掉。」

「甩掉？」

「我先生就是這種人。」她放鬆了臉上的表情，好像在談論什麼愉快的話題。

「我瞭解了，謝謝妳的配合。」

草薙把記事本收了起來。

「這樣就可以了嗎？」

「可以了，不好意思，問了這些失禮的問題。」

「沒關係，我除了我先生以外，也曾經和其他人交往過。」

出來。

「我想也是。」草薙發自內心地說，「那我來幫忙妳把掛毯掛上去。」

「好。」綾音回答後，把手伸進了剛才的紙袋，但立刻改變了主意，把手拿了出來。

「今天還是算了。我想了一下，牆壁還沒有擦過，等把牆壁擦乾淨後，我自己來掛。」

「是嗎？掛在這裡一定很好看，如果需要幫忙，請儘管開口。」

「謝謝。」綾音鞠躬說道。

走出「杏屋」後，草薙在腦海中回想著自己提出的問題，同時確認了對她的回答是否做出了恰當的反應。

「我相信你不是軟弱的人，不會因為感情而扭曲身為刑警的信念。」

湯川的話在腦海中浮現。

24

車內廣播通知即將抵達廣島站。薰拿下了iPod的耳機，放進皮包的同時站了起來。

她來到車廂的玄關處，確認了寫在記事本上的地址。津久井潤子的老家位在東廣島市高屋町，西高屋站是距離她家最近的車站。她已經事先聯絡了津久井潤子的母親津久井洋子，告訴她今天要去拜訪她。洋子接到電話後有點不知所措。因為之前草薙已經向她打聽了潤子自殺的事，她一定很訝異，為什麼警視廳的刑警現在突然關心起這件事。

抵達廣島車站後，她去商店買了礦泉水，搭上了山陽本線。西高屋站在第九站，要將近四十分鐘。薰再度從皮包裡拿出iPod，聽著福山雅治的歌，喝著剛買的水。標籤上寫著是軟水，她記得湯川之前曾經提過，軟水適合什麼料理，但她把內容忘得一乾二淨。

說到水——

湯川似乎確信是亞砷酸加在淨水器內，然而，雖然他確信這件事，卻沒有把詭計告訴薰和草薙。聽草薙說，這是「因為無法證明沒有使用這個詭計」，湯川擔心自己的推理冤枉了無辜的人。

湯川到底想到了怎樣的詭計？薰回想起湯川之前對她說過的話。

理論上或許可能，但現實上不可能——這是他最初想到這個詭計時說的話。之後，薰按照他的指示進行了調查，在向他報告調查結果時，他又說——這絕對不可能。

如果照單全收這兩句話，湯川想到的詭計很脫離現實，但同時他認為執行的可能性相當高。

雖然湯川沒有告訴薰詭計的內容，但向她發出了幾項指示。首先要再度徹底調查淨水器，確認是否有可疑之處。同時要求送去SPring-8進行毒藥檢驗，以及調查濾心的型號。

目前尚未收到SPring-8的調查結果，但已經向湯川報告了其他的結果。鑑識小組認為，真柴家的淨水器完全沒有任何不自然之處。距離上次交換濾心已經有一年的時間，和濾心的髒污程度相符，也未發現改造的跡象，市面上也有該型號的商品。

湯川聽了之後，只回答說：「我知道了，辛苦了。」然後就掛上了電話。

雖然薰覺得湯川至少可以給自己一點提示，但對那個物理學家有這樣的期待，只會徒增自己的空虛。

薰更在意湯川告訴草薙的話。湯川向草薙建議，除了事件前後，還要調查更早之前的所有事。湯川尤其對津久井潤子服用亞砷酸自殺這件事表現出極大的興趣。

這到底是怎麼回事？湯川不是認為真柴綾音是凶手嗎？如果綾音是凶手，只要調查事件前後的情況就足夠了，即使過去曾經有過什麼爭議，湯川也不會對這種事有興趣。

iPod內的福山雅治專輯已經播完了，換成了其他歌手的歌曲。她正在回想歌曲的名字，電車已經抵達了西高屋車站。

津久井家位在離車站走路五分鐘的地方，房子位在斜坡上，後方是一片鬱鬱蒼蒼的樹林。薰覺得一個女人住在這棟兩層樓的西式房子內似乎太大了。她從電話中得知，津久井潤子的父親已經離開了人世，長子結婚後搬去了廣島市區。

薰按了對機構的門鈴，立刻傳來了在電話中聽過的聲音。也許是因為事先通知了對方造訪的時間，所以對方的聲音中並沒有困惑的感覺。

津久井洋子看起來大約六十五、六歲，身材偏瘦。當她得知薰一個人上門，臉上露出了鬆了一口氣的表情。她原本可能以為會有看起來很凶的男刑警一起上門。

津久井家雖然外觀是西式，但內部完全是日式。薰跟著洋子來到一間六坪大左右的和室，中央有一個很大的暖爐桌，壁龕旁是佛壇。

「妳大老遠過來這裡，辛苦了。」洋子把熱水瓶裡的水倒進茶壺時說。

「不，很抱歉，現在還來向妳打聽潤子小姐的事，妳一定感覺很納悶。」

「是啊，我以為那件事已經了結了，請喝茶。」

洋子把茶杯遞到薰的面前。

「根據當時的紀錄，好像無法瞭解自殺的原因，現在仍然不知道嗎？」

洋子聽了薰的問題後，露出淡淡的笑容，微微偏著頭說：

「因為沒有任何線索，和她有來往的朋友也完全沒有頭緒，所以我在想，她是不是太寂寞了。」

「寂寞？」

「她很喜歡畫畫，說想要當繪本作家，於是就去了東京。但她原本就是一個文靜、不起眼的孩子，在各方面都還不太適應的都市生活中，成為繪本作家後也沒有太大的成就，我相信她吃了不少苦。她也三十四歲了，一定對未來有很多不安。如果有人可以傾訴，或許會好一點。」

洋子果然至今仍然不知道女兒曾經有過男朋友。

「聽說潤子小姐在去世之前，曾經回來家裡。」薰向她確認了報告上所寫的內容。

「是啊，她看起來沒什麼精神，但沒想到她打算尋死……」洋子眨了眨眼睛，似乎強忍著淚水。

「所以妳們聊天的內容和平時差不多嗎？」

「對，我問她最近好嗎？她回答說很好。」洋子深深低著頭。

薰想起了老家的母親，想像著如果自己打算自殺，回去看母親最後一眼，會對母親說什麼？既覺得不敢正視母親，又覺得可能像潤子一樣，表現得和平時一樣。

「請問，」洋子抬起了頭，「潤子的自殺有什麼問題嗎？」

她應該最在意這件事，但薰目前無法告訴她詳細的辦案內容。

「因為在調查其他事件時，發現可能會和潤子小姐的自殺有關係，但目前還沒有明確的證據，所以只是作為參考而已。」

「喔，原來是這樣。」洋子一臉難以釋懷的表情。

「有關於毒藥……」

洋子聽到薰提到毒藥，眉毛抖了一下。

「毒藥……妳是指？」

「潤子小姐是服毒自殺，妳還記得當時服用的是什麼毒藥嗎？」

洋子聽了這個問題後，一臉不知所措的表情沉默不語。薰以為她忘記了，於是就提醒她說：「是名叫亞砷酸的毒藥。之前，我的同事草薙打電話向妳請教時，妳回答說是吃安眠藥自殺，但根據紀錄顯示，是服用亞砷酸中毒身亡，請問妳不知道嗎？」

「呃……這是、那個……」洋子的臉上露出了慌亂的神色，而且結結巴巴地說：「這件事、請問、有什麼問題嗎？就是我回答服安眠藥這件事……」

薰感到很奇怪。

「所以妳知道不是服安眠藥，故意這麼說嗎？」

洋子痛苦地皺著眉頭後，小聲地說：

「對不起，因為已經是過去的事，而且我以為她是怎麼自殺這件事並不重要，所以就這麼回答了。」

「妳不想回答是服用亞砷酸自殺嗎？」

洋子沒有回答。薰立刻察覺到，其中有什麼蹊蹺。

「津久井太太。」

「對不起。」洋子突然後退，雙手放在榻榻米上，對著薰低下了頭，「真的很抱歉，但當時就是說不出口……」

洋子意想不到的反應，讓薰感到不知所措。

「請妳抬起頭，到底是怎麼回事？妳知道什麼嗎？」

洋子緩緩抬起頭，不停地眨著眼睛。

「那些砒霜原本是家裡的。」

「啊！」薰忍不住驚叫起來，「但報告上寫著來源不明……」

「我說不出口。當時刑警曾經問我，知不知道砒霜……不，是亞砷酸是哪裡來的，我雖然知道她是從家裡拿的，但無論如何都說不出口，所以就回答說不知道。之後刑警就沒有再問，我也就沒有再提……真的很抱歉。」

「請等一下，妳說亞砷酸是從家裡拿的，千真萬確嗎？」

「應該沒有錯。那是我老公的朋友給他的，我老公生前曾經用來殺老鼠，一直放在庫房內。」

「妳確定是潤子小姐拿走的嗎？」

洋子點了點頭說：

「我聽刑警先生提到亞砷酸後，就去庫房檢查了一下，原本放在庫房的袋子不見了，我這才發現，她回來家裡就是為了這個目的。」

薰驚訝得忘了做筆記，慌忙拿筆在記事本上寫了起來。

「那孩子難得回來一次，我竟然沒有發現她打算自殺，而且她還從家裡帶走了毒藥，我實在說不出口，所以就說了那樣的謊……如果這件事造成了你們的困擾，我不知道該怎麼道歉，無論要我去哪裡道歉都沒有問題。」洋子說話時一次又一次鞠躬。

「可以讓我看一下庫房嗎？」薰問。

「庫房嗎？沒有問題。」

「拜託了。」薰站了起來。

庫房位在後院的角落。雖然只是簡易的鐵皮屋，但差不多有一坪大，裡面堆放了舊傢俱和舊家電，以及紙箱，一走進庫房，立刻聞到了霉味和灰塵的味道。

「亞砷酸放在哪裡？」薰問道。

「我記得是這裡，」洋子指著放在一個積滿灰塵的空罐，「我記得裝砒霜的塑膠袋就放在這裡面。」

「潤子小姐帶走的分量有多少？」

「整袋都不見了，差不多是這樣大小。」

洋子用雙手比出了捧取的動作。

「量還不少啊。」薰說。

「是啊，差不多有一大碗的分量。」

「自殺需要那麼多的量嗎？而且也沒有看到在現場發現這麼多亞砷酸的紀錄。」

洋子偏著頭說：

「是啊，雖然我也很納悶……但可能是潤子丟掉了吧。」

薰認為沒有這種可能。自殺的人不會考慮到如何處理剩下的毒藥。

「這個庫房很常使用嗎？」

「不，現在幾乎都沒什麼用，我也很久沒有打開了。」

「可以上鎖嗎？」

「上鎖嗎？有是有。」

「那請妳從今天開始鎖好，日後可能需要調查。」

洋子瞪大了眼睛問：「調查這個庫房嗎？」

「我們會盡可能不造成妳的困擾，拜託了。」

薰一口氣說道，內心忍不住感到有點興奮。目前仍然無法查到殺害真柴義孝所使用的亞砷酸來源，如果和潤子從家裡拿走的亞砷酸成分一致，案情就會發生很大的變化。

但因為亞砷酸已經被拿走了，只能期待庫房內還殘留著亞砷酸的微粒子。她打算回東京之後就和間宮商量。

「對了，聽說潤子小姐曾經寄了遺書給妳。」

「啊……對，我收到了。」

「可以給我看一下嗎？」

洋子想了一下後點了點頭說：「好。」

她們再度回到了屋內，洋子帶她去了潤子以前住的房間。差不多四坪大的西式房間內放著書桌和床鋪。

「她的東西全都放在這個房間內，雖然一直想要稍微整理一下。」洋子打開書桌的抽屜，拿出了放在最上面的那封信。

「就是這封。」

「借我看一下。」薰說完後，接過了那封信。

遺書的內容和草薙之前聽說的內容大同小異，完全沒有具體提到自殺的動機，只寫了對這個世界沒有絲毫留戀。

「我一直覺得，當時是不是可以救她。如果我當時腦子清楚一點，也許可以察覺她的煩惱。」洋子的聲音顫抖著。

薰不知道該對她說什麼，準備把遺書放回抽屜，發現抽屜裡還有好幾封信。

「這是？」

「她寫給我的信。因為我沒有用電子郵件，所以她偶爾會寫信給我，報告自己的近況。」

「我可以看一下嗎？」

「請便，我去倒茶。」洋子說完，走出了房間。

薰拉開椅子坐了下來，看著那些信。信上幾乎都是報告最近在創作怎樣的繪本，最近接了什麼工作之類的內容，完全沒有提到有沒有男朋友或是人際關係方面的事。

薰正覺得這些信沒有參考價值時，看到一張明信片。明信片上有一棟兩層樓的紅色房子，薰看到明信片上用藍色鋼筆所寫的字，忍不住倒吸了一口氣。明信片上寫著——

「媽媽，妳最近好嗎？我已經到倫敦了，我在這裡認識一個也是來自日本的女生，她是北海道人，目前正在這裡留學，明天她要帶我逛街。」

25

「據津久井洋子說，潤子在大學畢業後曾經進公司工作了三年，然後才辭職去倫敦兩年學畫畫，那張明信片就是她在留學期間寄回來的。」

內海薰興奮地說著，草薙注視著她的嘴，內心有點生氣。他不得不承認，自己內心深處不願意肯定她的發現。

間宮靠在椅背上，抱著粗壯的手臂。

「妳的意思是說，津久井潤子和真柴綾音是朋友。」

「我認為這個可能性相當高，明信片上的郵戳也和真柴太太在倫敦留學的時間一致，而且她又是北海道人，我不認為是巧合。」

「是嗎？」草薙說，「我認為這種程度的一致很可能只是巧合，妳知道倫敦有幾百個日本留學生？應該不止一、兩百個。」

「好了，好了。」間宮揮了揮手掌勸解著。

「假設她們是朋友，妳認為和這次的事件有什麼關係？」股長問內海薰。

「目前只是推論，我認為潤子可能把自殺時沒用完的亞砷酸交給了真柴太太。」

「關於這個問題，我明天會和鑑識小組討論，瞭解是否能夠確認，但是，如果妳的推論正確，就代表真柴太太和自殺朋友的前男友結了婚。」

「是啊。」

「難道妳不認為這種情況不自然嗎？」

「我不認為。」

「為什麼？」

「有很多女人會和朋友的前男友交往，我認識的人中就有這樣的人，甚至有人還強調可以透過朋友更瞭解對方的好處。」

「即使那個朋友自殺了也一樣嗎？」草薙在一旁問，「而且自殺的原因可能就是那個男人。」

「只是有這種可能，並無法斷定。」

「妳忘記了一件重要的事，真柴和真柴太太是在派對上認識的，會剛好和朋友的前男友在那種地方認識嗎？」

「如果雙方都是單身，並不是什麼稀奇的事。」

「然後又剛好發展為戀愛關係嗎？這樣的故事情節也未免太一廂情願了。」

「這件事可能不是剛好。」

「什麼意思？」

草薙問，內海薰看著他說：

「真柴太太可能原本就把真柴視為目標，在真柴和津久井潤子交往時就被他吸引，在潤子自殺後找機會接近他。在聯誼派對上認識可能也不是巧合而已。」

「太離譜了，」草薙生氣地說：「她並不是那樣的女人。」

「那她是怎樣的女人？草薙先生，你對她瞭解多少？」

「別吵了。」間宮站了起來，「內海，我承認妳的直覺很強，但想像力太豐富了，要有證據才能說這種話。至於草薙，你不要每件事都反駁，先把話聽完再說。有時候在交換不同意見的同時可以發現真相，你不是很擅長傾聽嗎？這種態度不像是你的作風。」

「對不起。」內海鞠躬道歉，草薙默默點了點頭。

間宮重新在椅子上坐了下來。

「內海的推論很有意思，但根據很薄弱，而且雖然可以說明假設真柴太太是凶手時的毒藥來源，但除此以外，尚未發現和這起事件的關聯，還是說，」他把雙肘放在桌子上，抬頭看著內海說：「妳要想像真柴太太是為朋友報仇，所以才接近真柴義孝？」

「不，我並沒有……因為沒有人會為了復仇而結婚。」

「既然這樣，想像遊戲就到此為止，其他事等鑑識小組去調查津久井家的庫房後再說。」間宮做了總結。

草薙難得回到自己家時，已經過了深夜十二點。他原本打算沖澡，但脫下上衣後，就整個人倒在床上，連他自己也分不清是身體太疲累了，還是精神上受到了打擊。

「草薙先生，你對她瞭解多少？」

內海薰的這句話盤旋在耳邊。草薙覺得自己的確不瞭解，只不過是聊過天，看了她的表面，就以為自己瞭解綾音的內心。

但是，草薙無法相信她是那種人，竟然會若無其事地嫁給自殺朋友的前男友。即使朋友的自殺和真柴義孝無關，不是仍然會覺得很對不起朋友嗎？她應該是這樣的女人。

他坐了起來，解開了領帶，看著放在旁邊桌上的兩本繪本。那是之前向「櫟樹出版」索取的津久井潤子的作品。

他再次躺在床上，隨手翻著繪本。這本繪本名叫《雪人滾啊滾》。雪人生活在雪國，有一天雪人出門旅行，想要去找一個溫暖的國家。雪人還想繼續往南，但繼續往南走，身體就會融化。雪人只好放棄，回到了原本的寒冷國家。在回家的路上經過一棟房子，雪人從窗戶向房子內張望，看到一家人幸福地圍在壁爐旁談笑風生——聊著正因為外面很冷，才知道家裡有多溫暖。

草薙看到那一頁上的圖，忍不住從床上跳了起來。

雪人張望的那個房間牆壁上，掛著他熟悉的東西。

深棕底色上，五彩繽紛的花瓣好像萬花筒一樣有規律地散開。

草薙至今仍然可以清楚回想起第一次看到這個圖案時的感動，也記得是在哪裡看到的。

那是在真柴家的臥室，就是掛在牆上的掛毯上的圖案。

今天白天，綾音原本要草薙幫忙把那幅掛毯掛在牆上，但臨時改變了主意，說今天不掛了。

是不是因為在此之前，聽到了津久井潤子的名字？她知道津久井潤子的繪本中畫了那幅掛毯，所以不想讓草薙看到。

草薙抱著頭，聽到了隨著心跳聲發出的耳鳴。

隔天早晨，草薙被電話鈴聲吵醒了。一看時鐘，發現已經八點多了。他躺在沙發上，茶几上放著威士忌的酒杯和杯子，杯子裡還有半杯酒。

他想起自己因為睡不著，所以開始喝酒，他不需要回想自己為什麼睡不著。

他拖著沉重的身體坐了起來，伸手拿起在茶几上響個不停的手機。手機螢幕上顯示是內海打來的。

「喂，是我。」

「我是內海，不好意思，一早打擾你。因為我想趕快通知你。」

「什麼事？」

「結果出爐了，SPring-8的報告出爐了，在淨水器中發現了亞砷酸。」

26

從惠比壽車站走到豬飼法律事務所只要五分鐘，這棟六層樓大樓的四樓整層樓都是這家法律事務所的辦公室，一個身穿灰色套裝，看起來二十多歲的女人坐在接待櫃檯。

草薙已經事先預約，櫃檯小姐還是帶他到會客室等候。雖說是會客室，但小房間內只有一張小桌子和鐵管椅，而且有好幾個相同的房間，顯然這家法律事務所有好幾名律師，難怪豬飼可以協助真柴義孝經營公司。

草薙等了超過十五分鐘，豬飼才終於出現，但他完全沒有為此道歉，只是微微點頭說了聲「你好」，似乎表示草薙不該在上班時間來打擾。

「有什麼進展嗎？綾音那裡似乎都沒有消息。」豬飼在椅子上坐下的同時問道。

「雖然不知道能不能稱為進展，但發現了幾個新的事實，只不過很遺憾，目前還無法對外透露。」

豬飼苦笑著說：

「別擔心，我無意探聽消息，也沒那個閒工夫。真柴的公司好不容易走出混亂，我只希望事情能夠順利解決。請問今天有什麼事嗎？我相信你從我們之前的談話中應該已經知道，我對真柴的私生活並不太瞭解。」他看著手錶說道，似乎希望速戰速決。

「今天是來請教你很瞭解的事，不，或者可以說，只有你才知道的事。」

豬飼露出了意外的表情偏著頭問：

「只有我才知道的事？有這種事嗎？」

「就是真柴義孝先生和他太太認識的經過，上次聊到這件事時，你曾經說，你當時也在場。」

「又是這件事嗎？」豬飼露出了洩氣的表情。

「可以請你談談他們兩個人在派對時的詳細情況嗎？他們是怎麼認識的？」

豬飼聽了這個問題，訝異地皺起眉頭問：

「和這起事件有關係嗎？」

草薙不發一語，露出了苦笑。豬飼見狀後嘆了一口氣說：

「偵查不公開嗎？但我很好奇，因為這是很久之前的事了，我認為和事件並沒有關係。」

「我們目前也不知道有沒有關係，不妨認為我們在逐一清查所有的細節。」

「雖然看你的態度，不像只是這樣而已……算了，我就不多問了。嗯，要從何說起呢？」

「你上次說，是去參加了所謂的聯誼派對，我聽說這種場合會安排很多橋段讓陌生男女交談，那次也是這樣嗎？像是輪流自我介紹之類的……」

豬飼在臉前搖了搖手說：

「沒這種橋段，就只是那種可以自由走動的自助餐派對，如果有那種奇怪的橋段，我就不會陪他去參加了。」

那倒是。草薙這麼想著，點了點頭。

「綾音太太也去參加了那次的派對，她也和朋友一起去嗎？」

「沒有，她一個人，沒有和任何人說話，在吧檯前喝雞尾酒。」

「是誰主動找對方說話？」

「是真柴。」豬飼毫不猶豫地回答。

「是真柴先生嗎？」

「我們也在吧檯前喝酒，和她隔了兩個座位，結果真柴突然稱讚她的手機套。」

草薙停下了正在記錄的手。

「手機套……嗎？」

「她的手機放在吧檯上，手機套是用拼布做的，上面挖掉一塊，可以看到液晶畫面。真柴看了之後，我忘了他是說很漂亮，還是說很難得一見，總之，他主動打了招呼。綾音就笑著回答說，那是她自己做的，然後他們就聊開了。」

「這就是他們認識的經過嗎？」

「對，我當時作夢也沒有想到，他們後來會結婚。」

草薙微微探出身體問：

「你認識真柴先生後，只去參加了一次那樣的聯誼派對嗎？」

「當然，只有那一次。」

「真柴先生是那種人嗎？平時也經常會輕鬆向不認識的女人聊天嗎？」

豬飼皺起眉頭，偏著頭說：

「我不太清楚，他雖然遇到陌生女人，也可以自在地和對方聊天，但在學生時代，也從來不會去搭訕女生。他經常說，女人不能看外表，內心更重要。我認為那不是他說漂亮話，而是他的真心話。」

「所以真柴先生在那次派對上主動和真柴太太說話，對他來說，是難得一見的行為嗎？」

「是啊，我當時也有點驚訝，但這可能就是俗話所說的福至心靈吧？我猜想他當時可能有什麼感覺，所以他們後來才會結婚。」

「他們當時的態度有沒有什麼不自然？任何枝微末節的事都無妨。」

豬飼露出了思考的表情後，輕輕搖了搖頭說：

「我不太記得了，因為他們聊得很開心，我在旁邊就像電燈泡。草薙先生，請問這些問題有什麼意義？可不可以稍微提示一下？」

草薙露出笑容，把記事本放進懷裡。

「我只能說，等到可以說的時候，我一定告訴你。不好意思，在你百忙之中打擾。」草薙站了起來，但在走向門口時突然轉頭說：「今天我來找你這件事，希望你可以保密，對綾音太太也是。」

豬飼露出了嚴肅的眼神問：

「警方在懷疑她嗎？」

「不，絕對不是這樣，總之，麻煩你了。」

草薙快步走出會客室，以免豬飼叫住他。

草薙走出大樓後，在人行道上停下了腳步，忍不住用力嘆了一口氣。

從剛才向豬飼瞭解的情況來看，並不是綾音主動接近真柴義孝，他們看起來似乎在那次派對上巧遇。

但是，真的是這樣嗎？

草薙問綾音，是否認識津久井潤子時，她回答說不認識。這件事讓草薙耿耿於懷，因為她不可能不認識。

津久井潤子在繪本《雪人滾啊滾》中，畫了和綾音製作的完全相同的掛毯。那是綾音獨創的設計，也沒有任何參考。拼布創作家三田綾音只製作自己獨創的作品，這就意味著津久井潤子曾經在哪裡看過綾音的作品。

但是，根據草薙的調查，綾音的作品集中並沒有收錄那塊掛毯，只有去她的個展，才會看到那幅作品。但是，展覽會場無法拍照，津久井潤子不可能在沒有照片的情況下，在繪本上完美重現那塊掛毯。

因此，津久井潤子可能在私下的場合看過那塊掛毯，這就代表她和綾音相識。

綾音為什麼說謊？為什麼說她不認識津久井潤子？只是因為想要隱瞞她是亡夫是自己朋友的前女友嗎？

草薙看著手錶，目前是下午四點多，差不多該過去了。他和湯川約好四點半見面，但草薙的心情很沉重，很希望不要見面。因為他幾乎確信，湯川會得出他不樂見的結論。即使如此，他仍然必須親自聽湯川說的話，因為他認為這是偵辦這起案子的刑警無法迴避的事，同時也想要藉此擺脫動搖的內心。

27

湯川放好濾紙，用湯匙舀了咖啡粉放進去。他的動作已經非常熟練。

「你好像已經習慣了咖啡機。」薰對著他的背影說。

「的確已經用得很習慣了，但也發現了它的缺點。」

「什麼缺點？」
「必須事先決定泡幾杯咖啡，如果再想泡兩、三杯時，可以重泡，但如果只泡一杯，就很懶得再泡了。但是，如果擔心不夠，就多加一點咖啡粉，就可能會浪費，因為捨不得丟掉，長時間放在那裡，味道又會不一樣。真是傷腦筋。」
「今天不用擔心這個問題，如果有剩，我可以幫忙喝。」
「不，今天不必擔心，我只泡四杯。妳、我和草薙各一杯，剩下的一杯我打算在你們離開之後，一個人慢慢喝。」
湯川似乎認為事情很快可以談完，但薰有點納悶，是否有辦法這麼快結束。
「湯川老師，搜查總部很感謝你。因為如果你沒有強烈要求，恐怕不會把淨水器送去SPring-8檢驗。」
「沒必要謝我，我只是身為科學家，提出了理所當然的建議。」湯川在薰的對面坐了下來，工作桌上放著棋盤，他拿起白色的騎士，在手上把玩著，「這樣啊，果然驗出了亞砷酸啊。」
「SPring-8還分析出詳細的成分，認為和殺害真柴義孝所用的亞砷酸相同。」
湯川垂下雙眼點了點頭，把騎士的棋子放回棋盤。
「知不知道是從淨水器的哪一個部分檢驗出來？」
「報告上說，是在出水口附近。淨水器中有濾心，但在濾心上沒有發現，所以鑑識小組認為，凶手應該是把亞砷酸放在連結淨水器和併聯水管的接合處。」

「原來是這樣。」

「但是，」薰又接著說了下去，「問題在於目前仍然不知道下毒的方法，凶手到底是怎麼下毒的？既然SPring-8已經檢驗出這樣的結果，你今天應該可以告訴我們了。」

湯川挽起了白袍的袖子，抱著雙臂問：

「鑑識小組也說不瞭解方法嗎？」

「鑑識小組說，只有一種方法，就是把淨水器的併聯水管拆下，把亞砷酸加進去，然後把併聯水管裝回去，但如果使用這種方法，一定會留下痕跡。」

「不知道方法不行嗎？」

「當然不行。無論凶手是誰，都無法證明有人犯案。」

「即使已經檢驗出毒藥，也沒有用嗎？」

「如果無法明確方法，就無法在法庭上定罪。律師一定會主張，是警方的疏失，才會檢驗出毒藥成分。」

「疏失？」

「可能因為作業疏失，把被害者喝的咖啡內含有的亞砷酸附著在淨水器上，因為目前只檢驗出亞砷酸的分子。」

湯川靠在椅子上，緩緩點著頭。

「律師的確有可能這樣主張。如果檢方不提出下毒的方法，法官只能同意辯方的主張。」

「所以絕對需要瞭解方法，請你一定要告訴我們，而且鑑識小組也很想知道，甚至有人說，想和我一起來問你。」

「這太傷腦筋了，如果一大票警察來這裡就太困擾了。」

「正因為我也這麼覺得，所以就一個人過來。除了我以外，就只有草薙先生。」

「既然這樣，就等他來了再說，我懶得說兩次，而且最後還有一件事要確認。」湯川豎起了食指，「你們……不，妳個人的意見也無妨，妳認為這起事件的動機是什麼？」

「動機……我認為是感情糾紛。」

湯川聽了薰的回答，沮喪地撇著嘴角說：

「這是什麼回答？難道妳想用這種抽象的方式敷衍過去嗎？如果不具體說清楚誰愛上了誰，又是怎樣生恨，結果殺了被害人，根本無法瞭解。」

「目前還只是想像而已。」

「沒問題，我剛才不是說了嗎？妳可以說妳的個人意見。」

「好。」薰低下了頭。

咖啡機發出了蒸氣的聲音，湯川站了起來，從流理台拿了咖啡杯。薰看著他準備咖啡，表達了自己的想法。

「我還是懷疑綾音太太，動機就是真柴義孝的背叛，不僅是因為他以無法生孩子為由提出離婚，更因為得知他已經有了其他女人，所以決心殺了他。」

「妳的意思是，她在家庭聚會的那天晚上下定決心嗎？」湯川把咖啡倒進杯子時問。

「我相信她是在那天晚上下了最後的決心，但可能更早之前，就已經產生了殺機。綾音太太知道義孝和若山宏美之間的關係，也發現若山宏美已經懷孕了，義孝提出離婚是壓垮駱駝的最後一根稻草。」

湯川雙手拿著兩個咖啡杯端了過來，把其中一杯放在薰的面前。

「那個名叫津久井潤子的女人呢？她和這起事件無關嗎？草薙今天不是也去查訪這件事嗎？」

薰今天來這裡之後，就告訴湯川，津久井潤子和真柴綾音很可能認識。

「我當然認為不可能沒有關係，犯案所使用的應該就是津久井用於自殺的亞砷酸，這就意味著和津久井關係不錯的綾音太太有可能拿到亞砷酸。」

湯川拿起咖啡杯，一臉不可思議的表情看著薰問：

「然後呢？」

「什麼然後……」

「津久井潤子和這起事件的關係就只是這樣而已嗎？和犯案動機沒有關係嗎？」

「這就不知……」

湯川輕輕笑了笑，喝了一口咖啡。

「如果是這樣，我還無法把詭計告訴你們。」

「為什麼？」

「因為妳還沒有察覺事件的本質，一旦把詭計告訴妳，就會極其危險。」

「你已經察覺了嗎？」

「至少比妳更瞭解。」

薰雙手握著拳頭，瞪著湯川時，聽到了敲門聲。

「來得正好，也許他已經掌握了事件的本質。」湯川說完後站了起來，走向門口。

28

草薙一走進研究室，湯川立刻問他查訪的結果。草薙有點不知所措，但還是向他說明了從豬飼那裡打聽到的情況。

「是真柴義孝主動找她說話，所以內海認為真柴太太利用聯誼派對接近真柴義孝的推理並不成立。」草薙斜眼看著後輩女刑警說。

「那稱不上是推理，我只是說，不能排除有這種可能。」

「是嗎？但這種可能性不存在了，接下來妳又有什麼想法呢？」草薙注視著內海問道。

湯川把為他泡的咖啡遞到他面前。

「謝謝。」草薙道謝後接過了杯子。

「那你的想法又是如何？」湯川問，「按照那個姓豬飼的律師的說法，真柴太太是在那次的聯誼派對上認識了真柴，也就是說，真柴的前女友是真柴太太的朋友純屬巧合，這樣沒問題嗎？」

草薙沒有馬上回答，喝了一口咖啡，整理了自己的想法。

湯川露齒一笑說：

「你似乎並不相信律師說的話。」

「我並不認為豬飼說了謊，」草薙說，「但也沒有證據顯示他說的話是事實。」

「什麼意思？」

草薙停頓了一下說：「可能是演戲。」

「演戲？」

「就是假裝是第一次見面。雖然他們之前就已經交往了，但為了隱瞞這件事，所以假裝是在派對上認識，豬飼則是被帶去做為目擊證人。這麼一想，就覺得很多事情都合理了。無論怎麼想，因為放在吧檯上的手機套而情投意合，未免也太巧了。」

「了不起。」湯川雙眼發亮，「我也有同感，那來聽聽女性的意見。」說完，他看向內海薰。

她也點了點頭說：

「完全有這種可能，問題是為什麼要這麼做？」

「關鍵就在這裡，他們為什麼要演戲？」湯川看著草薙，「關於這個問題，你有什麼看法？」

「理由很簡單，因為他們不能讓別人瞭解真相。」

「真相是什麼？」

「就是他們認識的契機，我猜想他們應該是透過津久井潤子認識的，但他們不願意公開這件事。因為她是真柴義孝的前女友，所以他們希望別人認為他們是在其他場合認識，於是就利用了聯誼派對。」

湯川打了一個響指。

「出色的推理，沒有反駁的餘地。那他們兩個人實際上是在什麼時候認識的？不，這個問題不重要，重要的是，他們從什麼時候開始有深入的關係？具體來說，是在津久井潤子自殺之前還是之後。」

內海薰用力吸了一口氣，她挺直了身體，注視著湯川。

「你的意思是，津久井是因為真柴和綾音太太交往，所以才自殺嗎？」

「這不是很合理嗎？同時遭到男友和朋友的背叛，不難想像她一定受到很大的打擊。」

草薙聽著湯川說話，感覺到自己的心被黑暗籠罩。他並不認為這位多年老友的推理很離奇古怪，因為他在聽豬飼說明情況時，內心也有相同的想法。

「這麼一來，參加聯誼派對的目的就更清楚了。」內海薰說，「即使真柴和津久井潤子的關係被別人知道，而且也知道津久井和綾音太太是朋友，既然有了豬飼這個證人，別人就會認為他們交往只是巧合，也不會和幾個月前，津久井自殺的事扯在一起。」

「不錯，推理的準確度大有提升。」湯川滿意地點了點頭。

「要不要去向真柴太太確認一下？」內海薰看著草薙問。

「要怎麼確認？」

「可以把你找到的繪本給她看，上面畫了這個世界上獨一無二的掛毯，如果津久井不認識真柴太太，根本不可能發生這種事。」

草薙搖了搖頭說：

「真柴太太一定會回答她不知道，她完全沒有頭緒。」

「但是……」

「她一直隱瞞了真柴義孝前女友的事，和那個女人是自己朋友這件事，即使現在給她看繪本，我也不認為她會改變態度，只會讓她看到我們的底牌而已。」

「我也有同感。」湯川走向棋盤，拿起了黑色棋子，「如果要這個凶手束手就擒，必須一槍斃命。只要稍不留神，就永遠無法將她的軍。」

草薙看著多年老友的學者問：

「她果然是凶手嗎？」

湯川沒有回答，移開視線後站了起來。

「接下來才是重點。假設真柴夫婦有這樣的過去，和這起事件有什麼關係？還是說，除了亞砷酸酐以外，並沒有任何關聯？」

「對真柴太太來說，當初為了和真柴在一起，害死了自己的好朋友，結果真柴又背叛了她，她是不是更加無法原諒？」內海薰露出了沉思的表情說。

「原來如此，這種心理也可以理解。」湯川點了點頭。

「不，我認為她會有另一種想法。」草薙說，「她背叛了以前的朋友，搶走了她的男朋友，這次助理背叛了她，搶走了她的丈夫。」

「因果報應嗎？所以真柴太太認為這也是無可奈何的事，也不會憎恨她的丈夫和第三者，你想表達這個意思嗎？」

「我並不是這個意思……」

「我聽了你們的話，想到一個問題。」湯川站在黑板前，輪流看著他們兩個人，「真柴義孝為什麼離開津久井潤子，和綾音太太在一起？」

「只是變心——」內海薰說到這裡，用手遮著嘴巴說，「不，不是這樣……」

「不是這樣。」草薙說，「應該是無法生孩子。只要對方懷孕，真柴義孝就打算和對方結婚，但因為沒有懷孕，所以就換了一個人，絕對就是這樣。」

「聽了你們之前說的情況，似乎就是這樣。綾音太太當時知道這件事嗎？她知道真柴和津久井潤子分手，然後選擇了自己，只是期待她可以生孩子嗎？」

「這……」草薙結巴起來。

「應該不可能。」內海薰語氣堅定地說，「沒有女人會為這樣的選擇感到高興。我猜想綾音太太應該在即將結婚時才意識到這件事，就是真柴義孝和她約定，如果無法在一年以內懷孕就分手的時候。」

「我也這麼認為。好，那就來重新考慮動機的問題，內海剛才說，殺人動機是因為真柴的背叛，但他的行為真的是背叛嗎？因為真柴太太過了一年仍然沒有懷孕，所以真柴要和她離婚，和其他女人結婚——他只是執行了結婚時的約定而已。」

「雖然是這樣，但心情上無法接受。」

湯川聽了內海薰的話，嘴角露出了笑容。

「所以也可以這麼說，如果假設綾音太太是凶手，她的動機就是希望她的丈夫不要執行當初和她之間的約定，對不對？」

「應該是這樣。」

「你到底想說什麼？」草薙看著朋友的臉。

「可以想像一下真柴太太在結婚前的心情，她是帶著怎樣的心情和真柴完成了這樣的約定？她很樂觀地認為自己可以在一年之內懷孕嗎？還是認為即使沒有懷孕，她的丈夫也不會提起約定的事？」

「應該兩者都有。」內海薰回答。

「原來妳這麼認為，那我想請教妳，她認為即使不懷孕也沒有關係，所以沒有去醫院嗎？」

「醫院？」內海薰皺起眉頭。

「聽了你們到目前為止告訴我的情況，真柴太太在這一年期間，並沒有接受不孕治療。我認為既然和丈夫有這樣的約定，最晚在結婚幾個月後，應該就會去婦產科。」

「真柴太太告訴若山宏美，因為不孕治療很耗費時間，所以他們夫妻一開始就沒有考慮這麼做……」

「這是真柴的想法，他認為與其這麼麻煩，不如換一個太太更簡單，但是對真柴太太來說呢？不是應該會抱著一線希望去婦產科嗎？」

「聽你這麼說，的確有道理。」草薙小聲嘀咕。

「真柴太太為什麼沒有去醫院？這就是這起事件的關鍵所在。」湯川用指尖調整了眼鏡的位置，「你們想一想，有錢有閒，本來應該去醫院的人卻沒有去，理由是什麼？」

草薙陷入了沉思，他試圖站在綾音的處境思考問題，但想不出湯川這個問題的答案。

內海薰突然站了起來。

「會不會是……去了也無濟於事？」

「無濟於事？什麼意思？」草薙問。

「因為她知道即使去了醫院也沒有用，這種時候就不會想去醫院。」

「就是這麼一回事，」湯川說，「真柴太太知道去醫院也無濟於事，所以沒有去，我認為這種想法最符合邏輯。」

「所以她……綾音太太不孕。」

「她已經三十多歲了，之前不可能沒去看過婦產科，可能婦產科醫生曾經告訴她，她無法懷孕。如果是這樣，去醫院也無濟於事。不僅如此，還會被丈夫知道她無法懷孕這件事。」

「等一下，所以她明知道自己無法懷孕，還和丈夫有那樣的約定嗎？」草薙問。

「就是這樣，也就是說，她唯一的希望，就是丈夫不遵守約定，但現實並非如此，她的丈夫試圖履行當初的約定，於是她就決定殺夫。現在我問你們一個問題，她是什麼時候想到殺夫？」

「就是她發現真柴義孝和若山宏美的關係——」

「不，不是，」內海薰打斷了草薙的話，「如果她決定一旦丈夫打算履行約定就殺夫，就代表她在當初和丈夫約定的時候，就已經決定了。」

「我就在等這個回答。」湯川恢復了嚴肅的表情，「事情就是這樣，綾音太太預料將會在一年之內想要殺夫，也就是說，她可能在那個時間點就著手做了準備。」

「你是說殺夫的準備嗎？」草薙瞪大了眼睛。

湯川看著內海薰說：

「妳剛才說了鑑識小組的意見，在淨水器內下毒只有一個方法，就是拆下併聯水管，下毒之後再裝回去——是不是這樣？鑑識小組並沒有說錯，事實就是如此，兇手在一年之前，就用這個方法下了毒。」

「怎麼可能……」草薙說了這幾個字，就再也說不出話。

「但這麼一來，就無法使用淨水器了。」內海薰說。

「沒錯，真柴太太這一年期間從來沒有用過淨水器。」

「這就太奇怪了，淨水器的濾心有使用過的痕跡。」

「濾心上的髒污並不是這一年留下來的，而是前一年附著的。」湯川打開了桌子的抽屜，拿出一份資料說，「我不是請妳調查了濾心的編號嗎？我把編號告訴了廠商，詢問是什麼時候的商品，對方回答說是兩年前的，同時還告訴我，如果是一年前交換的濾心，不可能是這個編號。兇手應該請人換了淨水器的濾心後，又立刻自己換上了舊的濾心。否則在犯案後被發現濾心幾乎沒用過，詭計就會被識破。兇手就是在那個時候下了毒。」

「不可能。」草薙說，他的聲音沙啞，「不可能有這種事。怎麼可能在一年前就下毒，之後一次也沒有使用淨水器……無法想像這種事。即使她沒有用，其他人可能會使用啊，不可能做這麼危險的事。」

「這個方法的確很危險，但是，她做到了。」湯川用冷靜的口吻說道，「這一年期間，只要丈夫在家，她就絕對不外出，不讓任何人靠近淨水器，就連家庭聚會時，她也都是一個人下廚。家裡經常買很多瓶裝礦泉水，防止飲用水不足，所有的一切，都是為了完成這個詭計所做的努力。」

草薙搖了搖頭，他連續搖了好幾次頭。

「怎麼可能有這種荒唐的事……不可能，不可能有這種事，不可能有人做這種事。」

「不，有可能。」內海薰說，「我在湯川老師的指示下，調查了真柴太太在結婚後的生活，也問了若山宏美很多問題。雖然當時我並不瞭解要我問那些問題的目的，現在終於瞭解了。老師想要確認除了真柴太太以外，其他人是否有機會使用淨水器。」

「就是這樣。最關鍵的就是她在真柴假日時的行動，她一整天都坐在客廳的沙發上做拼布。我曾經去過他們家，所以知道，她在做拼布的同時，不讓丈夫走進廚房。」

「胡說，這是你的幻想。」草薙呻吟般說道。

「從邏輯的角度思考，這是唯一的方法。不得不說，這是令人驚訝的執著，也是可怕的堅強意志。」

「胡說。」草薙又說了一次，但他的聲音漸漸無力。

忘了是什麼時候，豬飼在提到綾音照顧真柴無微不至時曾經這麼說：

「綾音是完美的家庭主婦，辭去了外面所有的工作，專心做家事。真柴在家的時候，她都坐在客廳的沙發上做拼布，隨時準備侍候丈夫。」

草薙又想起了在綾音娘家聽到的事。她的父母說，綾音原本並不擅長下廚，但在結婚前突然去學了廚藝，廚藝大有進步。

這兩件事都是為了避免別人踏進廚房所採取的行動，這麼一想，就覺得很合理。

「所以真柴太太想要殺夫時，不必特別做任何事。」內海薰說。

「沒錯，不必做任何事，只要獨自出門，把丈夫留在家裡就好。不，她做了一件事，就是把家裡的瓶裝水倒掉，只留下一、兩瓶。義孝喝瓶裝水期間不會發生任何事。他第一次泡咖啡時，應該使用了瓶裝水，但第二次自己泡咖啡時，使用了淨水器。八成是因為只剩下最後一瓶水，所以他想要省著點用。一年前下的毒終於發揮了威力。」湯川拿起了放在桌上的咖啡杯，「這一年期間，真柴太太隨時可以殺夫，但真柴太太小心翼翼，避免他誤喝了毒水。一般人會為如何殺人費盡心思，但這次的凶手剛好相反，將所有的精力都投入避免殺人這件事上。天底下沒有這種凶手，古今中外都找不到這種凶手。即使理論上可行，現實上也難以想像，所以我才說是虛數解。」

內海薰走到草薙面前說：

「馬上請綾音太太主動到案說明。」

草薙瞥了一眼她好勝的表情後，將視線移到湯川身上問：

「有證據嗎？有沒有她使用了這個詭計的證據？」

物理學家拿下眼鏡，放在旁邊的桌子上。

「沒有證據，不可能有證據。」

內海薰露出驚訝的表情看著他問：「是嗎？」

「只要想一下就知道。如果做了什麼，或許會留下痕跡，但是她什麼都沒做。因為她殺夫的方法就是什麼都不做，所以想要尋找她做了什麼留下的痕跡也是白費力氣。唯一的物證就是從淨水器中檢驗出的亞砷酸，但內海剛才已經說明，光是這樣，無法成為證據，濾心的編號也只是間接證據，也就是說，根本不可能實際證明她使用了這個詭計。」

「怎麼會……」內海薰說不出話。

「所以我之前說，這是完美犯罪。」

29

薰正在目黑分局的會議室內整理資料，從外面走進來的間宮向她使了一個眼色。薰起身走去他面前。

「我剛才和課長他們談了那件事。」間宮坐下後，眉頭深鎖地開了口。

「逮捕令呢？」

間宮聽了薰的問題，輕輕搖了搖頭說：

「目前的狀況不可能，缺乏可以證明她是凶手的證據。伽利略老師的推理一如往常的精采，但如果沒有證據，就無法起訴。」

「果然是這樣啊。」薰垂頭喪氣。湯川說對了。

「課長和管理官也傷透了腦筋。在一年前就下了毒，然後在最後的關鍵時刻之前，一直小心翼翼地不讓丈夫喝，這到底是什麼樣的犯罪？他們兩個人都半信半疑。不，老實說，其實我也一樣。雖然這是唯一的答案，但還是難以相信，會覺得怎麼可能有這種事。」

「我也一樣，在聽湯川老師說的時候，我也不敢相信。」

「是啊，竟然有人想出這麼離譜的方法，不光是那個叫綾音的女人，推理出這種方法的老師也很了不起，真不知道他們的腦子長什麼樣子。」間宮說到這裡，皺起了眉頭，「目前還不知道老師的推理正不正確，如果無法證明，就無法逮捕真柴綾音。」

「能不能從津久井潤子那條線著手？聽說鑑識小組已經去調查了她在廣島的老家。」

間宮點了點頭。

「聽說把原本裝亞砷酸的空罐送去SPring-8了，但即使檢驗出亞砷酸的成分，而且和這次事件中所使用的亞砷酸一致，也無法成為決定性的證據，不，甚至可能無法作為間接證據。因為津久井潤子既然是真柴義孝的前女友，就不能排除真柴本人持有那些亞砷酸的可能性。」

薰重重地嘆了一口氣。

「到底什麼東西才能成為證據？請你指示，到底該去找什麼證據。只要股長發出指示，我無論如何都會找出來。還是說，就像湯川老師說的那樣，這次犯案是完美犯罪嗎？」

間宮皺著眉頭說：

「妳不要這樣大聲嚷嚷，正因為不知道該如何證明凶手犯案，所以才在傷腦筋啊。目前只有淨水器可稱為是證據，因為在淨水器中發現了亞砷酸，課長他們認為，目前要提升這個證據的價值。」

薰聽了上司的意見，忍不住咬著嘴唇。因為她覺得聽起來就像是承認自己失敗了。

「妳不要露出那種表情，我還沒有放棄，一定可以發現什麼，想要犯下完美犯罪沒這麼簡單。」

薰默默點頭後，再度向間宮鞠了一躬，然後轉身離去。她並沒有同意股長的意見。

想要犯下完美犯罪沒這麼簡單——她當然清楚這一點。但是，真柴綾音所做的一切是常人不可能做到的困難事，所以她只是擔心會成為完美犯罪。

她回到了原本的座位，拿出了手機，確認了電子郵件。原本期待會收到草薙傳來的好消息，但只看到老家的媽媽傳來的電子郵件。

30

來到約定的咖啡店時，若山宏美已經到了。草薙慌忙走過去。

「不好意思，讓妳久等了。」

「不，我也才剛到而已。」

「真的很抱歉，一次又一次麻煩妳，我盡可能速戰速決。」

「你不必介意，反正我現在不上班，時間很充裕。」若山宏美淡淡地笑了笑。

和上次見到她相比，她的氣色好多了。草薙猜想她精神上已經走出了傷痛。

女服務生走了過來，草薙點了咖啡，然後問若山宏美：「妳喝牛奶嗎？」

「不，我點了檸檬紅茶。」她回答說。

女服務生離開後，草薙笑著對她說：

「對不起，因為我記得妳上次點牛奶。」

「喔，」她點了點頭說：「我並沒有特別喜歡牛奶，而且現在盡可能減少喝牛奶。」

「喔……是有什麼原因嗎？」

若山宏美聽了草薙的問題，偏著頭問：

「我也必須回答這些細節問題嗎？」

「啊，不，不用。」草薙搖了搖手，「因為剛才聽妳說時間很充裕，所以我也放鬆了心情。我們直接進入正題，今天想請教妳關於真柴家廚房的問題，妳知道他們家的自來水裝了淨水器嗎？」

「我知道。」

「妳曾經用過嗎？」

「沒有。」若山宏美的回答很明確。

「妳回答得很乾脆，通常不是應該稍微想一下嗎？」

「因為，」她回答說，「因為我甚至很少走進廚房，也從來沒有幫忙老師下廚，所以根本沒有用過淨水器。我記得曾經告訴過內海小姐，只有老師忙著做菜，實在分身乏術，叫我泡紅茶或咖啡時，我才會走進廚房。」

「所以，妳從來沒有獨自進過廚房嗎？」

若山宏美露出了訝異的表情說：

「我不太瞭解這個問題的意圖。」

「不瞭解也沒有關係，可以請妳回想一下，妳有沒有一個人去過廚房？」

她皺起眉頭思考著，然後看著草薙回答說：

「可能沒有，因為我覺得未經老師的同意，不能隨便進她的廚房。」

「她叫妳未經她的同意，不能去廚房嗎？」

「她並沒有明確說過，但有這樣的感覺，而且大家不是都說，廚房就像是家庭主婦的城堡嗎？」

「原來如此。」

飲料送了上來，若山宏美把檸檬片放在紅茶上，津津有味地喝了起來。草薙覺得她的表情也充滿了活力。

但草薙的心情很沉重。因為她剛才說的話證實了湯川的推理。

他喝了一口咖啡後站了起來，「謝謝妳的配合。」

若山宏美驚訝地瞪大了眼睛，「結束了嗎？」

「我完成了此行的目的，妳可以慢慢坐。」他拿起桌上的帳單，走向出口。

走出咖啡店，正在找計程車時，手機響起了來電鈴聲。是湯川打來的。

湯川在電話中說，要和他談談詭計的事。

「有一件事要緊急向你確認，有沒有辦法見一面。」
「如果是這樣，我可以去找你，但是你要確認什麼事？你不是對那個推理很有自信嗎？」
「當然很有自信，所以才想要確認，你儘量早點過來。」湯川說完，就掛上了電話。
大約三十分鐘後，草薙走進了帝都大學的校門。
「我假設凶手使用了那個詭計，回顧了這起事件，想到了一件事，也許對你們的偵查有幫助，所以就緊急聯絡了你。」湯川一見到草薙，就立刻對他說。
「看來真的很重要。」
「的確很重要，我想要向你確認的是，綾音太太在案發之後，第一次回家時的情況，我記得當時是你們送她回家？」
「對，我和內海一起送她回家。」
「她回到家後，最先做了什麼事？」湯川問。
「最先做了什麼事？她看了現場——」
湯川聽了草薙的回答，心浮氣躁地搖了搖頭說：
「她應該去了廚房，在廚房中用了自來水，難道不是嗎？」
草薙大吃一驚，想起了當時的情景。
「對，你說得對，她的確用了水。」

「她把水用在什麼地方？根據我的推理，她應該用了相當大量的水。」湯川雙眼發亮。

「她去澆了花。她看到花都垂頭喪氣，說這樣會心神不寧，然後用水桶裝了水，去澆了二樓陽台上花槽裡的花。」

「這就對了！」湯川用食指指著草薙，「這就是詭計的收尾工作。」

「詭計的收尾工作？」

「要站在凶手的角度思考。她在淨水器中下毒後出門，目標人物的確喝水死亡了，但是，這樣還無法放心，因為淨水器內可能還有殘留的毒藥。」

草薙忍不住挺直了身體，「的確有道理。」

「如果不趕快處理，對凶手來說很危險。如果有人誤喝，就可能造成第二個犧牲者，警方也就知道了詭計。凶手必須盡快湮滅證據。」

「所以才去澆花……」

「她當時在水桶裡裝的是淨水器的水，只要裝一桶水，就幾乎可以沖掉原本放在裡面的亞砷酸，如果不借助SPring-8的力量，根本無法檢驗出來。也就是說，她謊稱是為花澆水，但明目張膽地在你們偵查員面前湮滅了證據。」

「原來是這樣，當時的水……」

「如果當時的水留了下來，就可以成為證據。」湯川說，「即使從淨水器中檢驗出亞砷酸的微粒子，不是仍然無法證明那個詭計嗎？案發當天，淨水器流出的水含有相當於致死量的亞砷酸，才能證明我的推理。」

「我剛才也說了，她用那些水澆了花。」

「既然這樣，就只能調查花槽和花盆裡的泥土了，SPring-8應該可以檢驗出亞砷酸。雖然很難證明是真柴太太當時澆的水中所含有的，但至少也是證據之一。」

草薙聽了湯川這句話，腦海中閃現一個模糊的念頭，那是某個好像快想起來了，卻又想不起來；明明知道，卻忘記自己知道的念頭。

那片像碎片般的記憶終於進入了思考。草薙倒吸了一口氣，注視著湯川的臉。

「怎麼了？」湯川問，「我臉上有什麼東西嗎？」

「不是。」草薙搖了搖頭，「我身為警視廳搜查一課的偵查員，有一件事想要拜託你……不，是拜託帝都大學的湯川副教授。」

湯川立刻露出了嚴肅的表情，用指尖推了推眼鏡說：「說來聽聽。」

31

薰在門前停下了腳步。門上仍然貼著寫了「杏屋」的牌子，但聽草薙說，拼布教室最近幾乎都沒有生意。

薰看到草薙點了點頭後，按了對講機的門鈴。她等了一下，沒有聽到任何回應，她的手指再度伸向門鈴，想要再按一次，聽到「來了」的聲音。是綾音的聲音。

「我是警視廳的內海。」薰把嘴湊近對講機，盡可能不讓左鄰右舍聽到。

短暫的沉默後，聽到對講機傳來了回答，「喔，內海小姐，請問有什麼事嗎？」

「因為有事想要向妳請教，不知道妳方便嗎？」

對講機的另一端再度陷入了沉默，薰的腦海中想像著綾音沉思的樣子。

「瞭解了，我這就開門。」

薰和草薙互看了一眼，草薙輕輕點了點頭。

隨著打開門鎖的聲音，門打開了，綾音看到草薙，似乎有點驚訝。她可能以為只有薰一個人。

草薙低頭看著綾音，然後鞠了一躬。「很抱歉，突然上門打擾。」

「原來草薙先生也在，」綾音露出了笑容，「請進。」

「不，」草薙說，「其實今天是請妳和我們一起去目黑分局。」

綾音臉上的笑容消失了，「去警局？」

「對，要在警局仔細向妳瞭解情況，因為內容有點敏感。」

綾音直視著草薙，薰也順著她的視線看向前輩刑警的側臉。他露出了悲傷、遺憾和憐憫的眼神，綾音應該也可以感受到他來這裡之前，內心下了很大的決心。

「這樣啊。」她回答，很快恢復了溫柔的眼神，「那我跟你們去，但我要準備一下，可以請你們進來等嗎？因為你們等在外面，我會心神不寧。」

「好，那我們就打擾一下。」草薙回答。

「請進。」綾音把門開得更大。

室內整理得很乾淨，傢俱和擺設都曾經整理過，但那張當作工作桌使用的大桌子仍然放在房間中央。

「那條掛毯還沒有掛上去。」草薙說著，看著牆壁。

「因為一直沒有時間。」綾音回答。

「是嗎？那個圖案很漂亮，簡直就像會出現在繪本上，掛在牆上應該很好看。」

綾音臉上仍然帶著笑容，看著他說：「謝謝。」

草薙的視線移向陽台。

「妳似乎把花帶來這裡了。」

薰聽了，也將視線看向陽台，看到落地窗外有五彩繽紛的花。

「對，只有一部分而已，」綾音回答，「我請業者幫忙搬來這裡。」

「是嗎？妳似乎有澆花。」草薙看著下方，落地窗前放了一個很大的澆水壺。

「是啊，這個澆水壺很好用，謝謝你。」

「不客氣，能夠派上用場就好。」草薙轉頭看向綾音，「請妳先去做準備，不必在意我們。」

「好。」綾音點了點頭，走向房間，但在打開房間門前，轉過頭問：

「是不是發現了什麼？」

「什麼意思？」草薙問。

「就是和事件相關的什麼……新的事證或是證據，應該發現了什麼，才會要我去警局吧？」

草薙瞥了薰一眼，再度注視著綾音說：

「對，沒錯。」

「真讓人好奇，請問可以告訴我發現了什麼嗎？還是說，這件事也要去警局之後才可以透露？」綾音說話的語氣，好像在催促什麼開心的事。

草薙垂下雙眼，沉默片刻後開了口。

「目前已經知道在哪裡下了毒，根據各種科學的分析，認為應該是淨水器。」薰凝視著綾音的臉，但她的表情沒有絲毫變化，一雙清澈的雙眼仍然注視著草薙。

「原來是這樣啊，在那個淨水器……」她的聲音沒有一絲慌亂。

「問題在於如何在淨水器中下毒。從狀況來看，只有一種方法，如此一來，也就縮小了嫌犯的範圍，只有一個人有可能犯案。」草薙注視著綾音，「所以請妳跟我們去分局一趟。」

綾音的臉頰有一抹紅暈，但她嘴角的笑容並沒有消失。

「有證據可以證明在淨水器內下毒嗎？」

「根據詳細分析的結果，檢驗出亞砷酸的成分，但只有這件事無法成為證據。因為凶手是在一年前下的毒，所以必須證明當時下的毒在案發當天仍然有效，也就是這一年來，完全沒有使用淨水器，藏在淨水器中的亞砷酸也沒有流出來。」

綾音的長睫毛動了幾下，薰確信她是對「一年前」這三個字產生了反應。

「所以有辦法證明嗎？」

「妳一點都不感到驚訝。」草薙說，「當我聽說凶手在一年之前就下了毒──當我聽說這個推理時，還懷疑自己聽錯了。」

「因為你說的一切都很令人意外，我來不及反應。」

「是嗎？」

草薙看著薰，向她使了一個眼色，她從皮包裡拿出一個塑膠袋。

綾音嘴角的笑容在那個瞬間消失了。她似乎看到了塑膠袋裡裝的東西。

「妳當然知道這是什麼，」草薙說，「這是妳以前用來澆花的空罐，底部用錐子打了洞。」

「你不是丟掉……」

「我留了下來，而且沒有清洗。」草薙雖然放鬆了嘴角，但臉上的表情很嚴肅，「妳還記得湯川嗎？就是我那位物理學家的朋友，我請他的大學調查了這個空罐，結論就是從這裡檢驗出亞砷酸的成分。同時也調查了其他的成分，發現是妳家的淨水器流出來的水。我清楚記得最後一次使用這個空罐時的情況，妳拿了這個空罐，為二樓陽台上的花澆水，然後若山宏美小姐來這裡，妳就沒有繼續澆水，之後就沒再用過這個空罐，因為我去買了一個澆水壺。這個空罐也沒有再使用過，一直放在我的抽屜裡。」

綾音瞪大了眼睛問：「你為什麼放在抽屜裡？」

草薙沒有回答這個問題，但用壓抑內心感情的語氣說：

「基於以上的情況，警方推測亞砷酸加在淨水器內，在案發當天，淨水器中流出的水中含有可以達到致死量的亞砷酸。同時，各種證據顯示，亞砷酸在一年前就加在淨水器中，能夠做到這一點，而且能夠在一年期間，都不讓任何人用淨水器的人只有一個人。」

薰收起下巴，觀察著綾音的反應。美麗的嫌犯垂下雙眼，緊抿著雙唇。雖然仍然帶著一絲笑容，但她的優雅氣質就像日落西山般漸漸蒙上了陰影。

「詳細情況去分局再談。」草薙做了總結。

綾音抬起頭，用力吐了一口氣，直視著草薙點了點頭。

「我瞭解了，但是可以再等我一下嗎？」

「沒問題，妳慢慢來。」

「不光是換衣服，我想為花澆水，因為澆到一半。」

「啊……請便。」

「不好意思。」綾音說完，打開了通往陽台的落地窗，雙手拿起大澆水壺，緩緩開始澆花。

32

那天也像這樣澆水——綾音回想起一年前的事。就是從義孝口中得知了殘酷事實的那一天。綾音聽著他說話，注視著種在花槽內的三色堇。那是閨中密友津久井潤子喜歡的花，所以她取了胡蝶堇的筆名，那是三色堇的別名。

她是在倫敦的書店結識了潤子。當時，綾音正在找拼布的設計，伸手想拿一本畫冊時，另一個女人也伸手準備拿那本畫冊。那個女人是日本人，看起來比綾音大幾歲。

她和潤子一見如故，約定回國後一定要見面，後來她們實現了當初的約定，綾音來到東京後不久，潤子也來到了東京。

因為兩個人都有工作，所以見面並沒有很頻繁，但潤子是綾音真心對待的好朋友，她也有自信，自己對潤子而言也是相同的存在，潤子比綾音更不擅長和別人交往。

有一天，潤子對綾音說，希望她見一個人。潤子正在設計一個網路動畫的角色，對方是即將播出這個網路動畫那家公司的董事長。

「我們在談到這個角色的周邊商品時，我說我認識一個拼布專家，他說很希望見一見妳。雖然我覺得妳一定會嫌麻煩，但可不可以給我一個面子？」

潤子在電話中語帶歉意地拜託。綾音一口答應。因為她沒有理由拒絕。

綾音就這樣認識了真柴義孝。義孝是一個很有魅力的人，在表達自己想法時的表情很豐富，眼神充滿自信，而且也很擅長讓別人表達想法，和他聊了幾分鐘後，就會陷入一種好像自己精通說話技巧的錯覺。

和他道別後，綾音忍不住說「他好優秀」。潤子聽了之後，高興地露出微笑說：「對不對？」綾音看到潤子的表情，就察覺到她對義孝的心意。

為什麼當時沒有確認？事到如今，綾音感到很後悔。只要問一句：「你們在交往嗎？」就好了，因為自己沒有問，所以潤子什麼都沒說。

最後，推出結合拼布的周邊商品這個點子無疾而終，但義孝為了這件事親自打電話給她，為浪費了她的時間道歉，同時說希望改天有機會請她吃飯。

綾音以為只是客套話，沒想到過了不久，真的接到了義孝約她吃飯的電話，而且聽義孝的口氣，似乎並沒有找潤子。於是綾音就以為他們並沒有交往。

她帶著雀躍的心情去和義孝吃飯，和他單獨相處的時間開心得無法和上次相提並論。

綾音對義孝的感情迅速加溫，同時也漸漸疏遠了潤子。因為她知道潤子也喜歡義孝，所以不好意思主動和潤子聯絡。

相隔數月，當她再度見到潤子時大吃一驚。潤子骨瘦如柴，皮膚也很差。她以為潤子生了什麼病，但潤子只說自己沒事。

當她們相互聊近況後，潤子也稍微打起了精神，綾音正打算告訴她，自己和義孝的事時，潤子突然臉色大變。

妳怎麼了？綾音問她。潤子回答說沒什麼之後，立刻站了起來，說她臨時想到有事情，所以要回家了。

綾音感到莫名其妙，目送潤子坐上計程車離去，結果這一別就成為了永別。

五天後，綾音收到了宅配。小盒子內是裝在塑膠袋裡的白色粉末，塑膠袋上用簽字筆寫了「砒霜（有毒）」幾個字。寄件人是潤子。

綾音感到納悶，試圖聯絡潤子，但潤子的電話打不通。她很擔心，去了潤子所住的公寓，看到警察正在她住的地方調查，圍觀的民眾中有一個人告訴她，住在那個房間的人服毒自殺了。

綾音大受打擊，完全不記得自己走去了哪裡，當她回過神時，發現已經回到家裡，然後再度看著潤子寄給她的東西。

那包白色粉末到底代表什麼意思？她在思考這個問題時突然想到，最後和潤子見面時，她注視著綾音的手機。當時綾音拿出了自己的手機，上面掛著和義孝一起買的手機吊飾。

潤子發現了綾音和義孝的關係，所以自殺了嗎？——這種不祥的想像在綾音的內心擴散。潤子不可能因為單戀義孝就自殺，這就意味著她和義孝也有很深入的關係。

綾音無法主動去向警察說明，也沒有去參加潤子的喪禮。想到自己可能把她逼上了絕路，就很怕搞清楚真相。

她也基於相同的理由不敢問義孝和潤子之間的關係，當然更害怕因此影響自己和義孝之間的關係。

不久之後，義孝提出了奇怪的提議。他說兩個人分別去參加聯誼派對，假裝是在派對上認識的，他說這樣可以「避免一些麻煩事」。

「不是有很多無聊的人會問情侶是怎麼認識的嗎？我不想被別人問東問西，所以說在聯誼派對上認識就簡單多了。」

如果是這樣，只要對別人這麼說就好，根本沒必要真的去參加派對。雖然綾音這麼想，沒想到義孝去參加派對時還帶了豬飼當證人。義孝這種徹底的做法很像他的作風，但綾音懷疑他試圖從自己的過去中抹去潤子的影子，只不過綾音並沒有把這種懷疑說出口。她按照義孝的要求去參加了派對，並按照事先說好的劇本，演出了「戲劇性的邂逅」。

之後，他們的交往很順利。在聯誼派對的半年後，義孝向綾音求婚。

綾音沉浸在幸福中，但內心的疑問漸漸膨脹。當然就是關於潤子的事。她為什麼自殺？潤子和義孝到底是什麼關係？

既想瞭解真相，又不想知道真相的兩種想法在綾音內心拉扯。和義孝結婚的日子一天比一天近。

有一天，義孝對她說了一件讓她震驚不已的事。義孝可能並不覺得自己說了什麼欠考慮的話，他用輕鬆的口吻說：

「如果結婚後一年之內沒有生孩子，我們就離婚。」

綾音懷疑自己聽錯了，完全沒有想到還沒有結婚，義孝就和她談離婚的事。她以為義孝在開玩笑，但似乎並非如此。

「我以前就這麼想，時限是一年。只要不避孕，大部分夫妻都能夠生孩子。如果生不出孩子，其中一方有問題的可能性相當高。我之前去檢查過了，我這方面沒有問題。」

綾音聽了他的話感到毛骨悚然。她注視著他問：

「你也對潤子說了相同的話嗎？」

「啊？」義孝的眼神飄忽，他難得這麼驚慌失措。

「拜託你對我說實話，你之前是不是也和潤子交往？」

義孝不悅地皺起眉頭，但他並沒有掩飾，只是露出有點賭氣的表情說：「是啊。原本以為妳會更早知道，因為我以為妳或是潤子會告訴對方和我的關係。」

「你劈腿嗎？」

「並沒有，和妳交往時，我已經打算和潤子分手了，我沒騙妳。」

「你是怎麼向她提分手的？」綾音注視著未來的丈夫問，「你說無法和生不出孩子的女人結婚嗎？」

義孝聳了聳肩說：
「雖然措辭不同，但差不多就是這個意思，我說時限已到。」
「時限……」
「她已經三十四歲了，我們沒有避孕，她完全沒有懷孕的跡象，所以我覺得該放棄了。」
「所以就選擇了我嗎？」
「不行嗎？和沒有可能性的人交往也沒有意義，我向來不做這種沒有意義的事。」
「你為什麼之前隱瞞這件事？」
「我認為沒有必要。我剛才也說了，我早就做好了妳會知道的心理準備，所以原本打算等妳知道之後，再向妳說明。我可以保證，我並沒有背叛妳，也沒有欺騙妳。」
綾音背對著義孝，看著陽台上的花，看到了三色堇。那是潤子喜愛的三色堇。她低頭看著花，想著潤子的事，想到了她內心的遺憾，眼淚差點流出來。
即使義孝提出分手之後，潤子一定仍然無法割捨這段感情。就在這時，她和綾音見了面，從手機吊飾察覺了綾音和義孝的關係。她太受打擊，所以決定自殺，但在死之前，想要留言給綾音。就是那包亞砷酸。但並不是因為綾音搶走了她的男友而懷恨在心，那是警告。

妳遲早會走上我的路——她想要告訴綾音這句話。

潤子是綾音可以傾訴所有煩惱的唯一對象，她只告訴過潤子，自己因為先天性異常，所以一輩子無法懷孕，所以潤子可以預料到，綾音在不久的將來也會被義孝拋棄。

「妳有沒有在聽我說話？」義孝問。

綾音轉過頭。

「我在聽啊，當然在聽啊。」

「但妳沒什麼反應啊。」

「我只是稍微發呆了一下。」

「發呆？真不像是妳啊。」

「因為我太驚訝了。」

「是嗎？但是妳應該很瞭解我的生涯規劃。」

義孝曾經談論過自己對結婚的想法，他說如果無法生孩子，結婚根本沒有意義。

「綾音，妳到底有什麼不滿？妳已經得到了妳想要的一切。當然，如果妳還有其他的要求，妳可以說出來，不必客氣，我會盡力而為。不要再胡思亂想，愁眉不展了，該開始為新生活做打算了，還是我們有其他選擇？」

他完全不知道自己的話多麼傷害女友的心。綾音的確因為他的支持，實現了許多夢想，但既然已經決定一年後要離婚，怎麼可能思考今後的婚姻生活？

「我可以向你確認一件事嗎？也許你會覺得這個問題很無聊。」綾音問義孝，「你對我的愛呢？你對我還有感情嗎？」

她想問義孝，他拋棄潤子選擇自己，是不是只是為了生孩子，並沒有愛情的成分？

義孝露出困惑的表情回答說：「我對妳的感情並沒有改變，」然後又接著說：「這一點可以斷言。我喜歡妳，這份心意並沒有改變。」

綾音聽了他的回答後下定了決心。她決定嫁給他，但這並不只是因為想和他一起生活，而是為了讓自己內心同時存在的愛情和憎恨這兩種相反的感情和解。

我身為妻子，隨時在他的身邊，但他的命運掌握在我的手上——她打算迎接這樣的生活，這種生活是對他處罰的緩刑期間。

她把亞砷酸放進淨水器時很緊張，因為從此之後，沒有任何人能夠靠近廚房，但她同時也感受到支配義孝的歡喜。

只要義孝在家時，她隨時都坐在沙發上，連上廁所和洗澡也都小心謹慎挑選他不會走去廚房的時間。

他在結婚後很溫柔，是無可挑剔的丈夫。只要他的愛不變，綾音不會讓任何人靠近淨水器。雖然她無法原諒義孝對潤子所做的事，但只要他不對自己做同樣的事，即使永遠這樣也無所謂。對綾音而言，婚姻生活就是每天持續拯救站在斷頭台上的丈夫。

她當然並不期待義孝放棄要孩子，當她察覺義孝和若山宏美的關係時，覺得該來的還是躲不掉。

在邀請豬飼夫婦來家裡參加家庭聚會的晚上，義孝向她提出離婚，而且用很公事化的口吻說：

「我想妳應該知道，時限很快就到了，我希望妳做好搬出去的準備。」

綾音露出了微笑回答說：

「在此之前，我只有一個要求。」

「什麼要求？」他問。她注視著丈夫的眼睛說：

「我明天想出門兩、三天，但很擔心你一個人在家。」

他笑著說：「原來是這種事，不用擔心，我一個人在家沒問題。」

「是嗎？」綾音點了點頭。這是她結束拯救丈夫的瞬間。

33

這家葡萄酒吧位在地下室。一推開門，就可以看到吧檯，後方有三張桌子。草薙和湯川坐在牆邊的桌子旁。

「不好意思，我來晚了。」薰鞠躬說完，在草薙身旁坐了下來。

「那件事的結果如何？」草薙問。

薰用力點了點頭說：

「好消息，檢驗出相同的物質。」

「這樣啊。」草薙瞪大了眼睛。

將津久井潤子老家庫房內的罐子送去SPring-8後，檢驗出和殺害真柴義孝相同的亞砷酸，證明了真柴綾音供稱的「我把潤子用宅配寄給我的亞砷酸放進淨水器」屬實。

「看來終於順利破案了。」湯川說。

「沒錯。好，既然內海也來了，我們再來乾杯。」

草薙叫來服務生，點了香檳。

「這次你真的幫了大忙，太感謝了。今晚我請客，你不必客氣，多喝點。」

湯川聽了草薙的話皺起眉頭說：

「不是這次而已，而是這次也幫了大忙，而且我這次不是幫你的忙，而是幫內海。」

「這種小事不重要。香檳送上來了，我們來乾杯。」

在草薙的吆喝下，三個人乾了杯。

「話說回來，沒想到你竟然還保留了那種東西。」湯川說。

「什麼東西？」

「就是真柴太太澆花用的空罐，你不是保留下來了嗎？」

「喔，原來你說那件事。」草薙露出不悅的表情，垂下了雙眼。

「我知道你代替真柴太太澆花，卻不知道你還買了澆水壺。這不重要，你為什麼保留那種東西？聽內海說，你放在辦公桌的抽屜裡。」

草薙瞥了薰一眼，薰移開了視線。

「直覺？所謂刑警的直覺嗎？」

「這個嘛……是直覺。」

「對。雖然不知道什麼東西可以成為什麼證據，但在破案之前，不能隨便把東西丟掉，這是辦案的原則。」

「原則喔。」湯川聳了聳肩，喝著香檳，「我還以為你是留下來紀念呢。」

「什麼意思？」

「不，沒事。」

「湯川老師，我可以請教你一個問題嗎？」薰問。

「請說。」

「你為什麼會發現那個詭計？如果你說只是剛好想到，我也只能接受。」

湯川吐了一口氣說：

「任何想法不可能只是剛好想到，而是建立在各種觀察和思考的基礎上。我首先注意到那個淨水器的狀態，因為我親眼看過，所以記得很清楚，一眼就可以發現積了很多灰塵，很久沒有碰了。」

「我知道，正因為這樣，所以一直不知道到底是用什麼方法下毒。」

「但是，我在想為什麼會變成那樣的狀態。之前聽妳說，真柴太太個性很一絲不苟，而且妳還因為她沒有把香檳杯收好就外出而懷疑她。這樣的女人，即使是流理台下面，通常不是都會打掃乾淨嗎？」

「啊……」

「於是我就想到，會不會是故意這樣？她是故意不打掃，讓淨水器積滿灰塵。如果是這樣，到底有什麼目的？這麼一想，就產生了逆向思考。」

薰打量著眼前這位學者的臉，輕輕搖了搖頭說：

「果然厲害。」

「不是什麼值得稱讚的事，話說回來，女人真是太可怕了，竟然會想到那種缺乏合理性，又充滿矛盾的詭計。」

「說到矛盾，聽說若山宏美決定把孩子生下來。」

湯川露出訝異的眼神看著薰說：

「我並不覺得這件事有什麼矛盾，想把孩子生下來不是女人的本能嗎？」

「聽說是真柴綾音勸她生下來。」

這位物理學家聽了薰的話後愣了一下，然後緩緩搖著頭說：

「這……的確很矛盾，太匪夷所思了。」

「這就是女人。」

「原來如此，這次能夠用邏輯的方式破案幾乎可稱為奇蹟了，你不覺得——」

湯川問草薙，突然住了嘴。

薰也看向身旁，發現草薙垂著腦袋睡著了。

「在瓦解完美犯罪的同時，也破壞了他的戀愛，他當然累壞了，就讓他睡一下吧。」

湯川說完，拿起杯子喝酒。

☐集滿4個印花贈品（二款任選其一）：

A：【推理謎】LOGO皮質燙銀典藏書套一個
（黑色，25開本適用，限量1000個）

B：【推理謎】吉祥物『獨角獸』圖案皮質燙金典藏書套一個
（咖啡色，25開本適用，限量1000個）

☐集滿8個印花贈品（二款任選其一）：

C：【推理謎】LOGO皮質燙金證件名片夾一個
（紅色，11.5cm x 8.6cm，限量500個）

D：【推理謎】吉祥物『獨角獸』圖案環保購物袋一個
（米色，不織布材質，41.5cm x 38.6cm，限量1000個）

☐集滿12個印花贈品（二款任選其一）：

E：【推理謎】LOGO不鏽鋼繩鑰匙圈一個
（限量500個）

F：【推理謎】吉祥物『獨角獸』圖案馬克杯一個
（白色，320cc容量，限量500個）

謎人俱樂部會不定期推出最新限量贈品提供兌換，請密切注意活動官網和粉絲專頁。

【注意事項】
◎本活動僅限台灣地區讀者參加。
◎贈品兌換期限自即日起至2024年12月31日止（以郵戳為憑）。
◎贈品圖片僅供參考，所有贈品應以實物為準。
◎所有贈品數量有限，送完為止。如讀者欲兌換的贈品已送完，皇冠文化集團有權直接改換其他贈品，不另徵求同意和通知。贈品存量將定期在【謎人俱樂部】活動官網上公佈，請讀者在兌換前先行查閱或直接致電：（02）27168888分機114、303讀者服務部確認。
◎皇冠文化集團保留修改或取消謎人俱樂部活動辦法的權利。辦法如有更動，將隨時在【謎人俱樂部】活動官網上公佈。

國家圖書館出版品預行編目資料

聖女的救贖 / 東野圭吾 著；王蘊潔 譯. -- 初版. --
臺北市：皇冠, 2021. 08
面; 公分. --(皇冠叢書; 第4958種)（東野圭吾作品集；38）
譯自：聖女の救済
ISBN 978-957-33-3758-4（平裝）

861.57　　110010532

皇冠叢書第4958種
東野圭吾作品集38

聖女的救贖

聖女の救済

作　　者—東野圭吾
譯　　者—王蘊潔
發 行 人—平　雲
出版發行—皇冠文化出版有限公司
台北市敦化北路120巷50號
電話◎02-27168888
郵撥帳號◎15261516號
皇冠出版社(香港)有限公司
香港銅鑼灣道180號百樂商業中心
19字樓1903室
電話◎2529-1778　傳真◎2527-0904
總 編 輯—許婷婷
責任編輯—平　靜
美術設計—王瓊瑤
著作完成日期—2008年
初版一刷日期—2021年8月
初版四刷日期—2023年5月
法律顧問—王惠光律師

讀者服務傳真專線◎02-27150507
電腦編號◎527037
ISBN◎978-957-33-3758-4
Printed in Taiwan
本書定價◎新台幣420元/港幣140元

謎人俱樂部贈品兌換卡

請沿虛線剪開、對摺、裝訂後寄出。

我要選擇以下贈品（須符合印花數量）：☐A ☐B ☐C ☐D ☐E ☐F

1	2	3	4
5	6	7	8
9	10	11	12

【個人資料蒐集、利用及處理同意條款】

您所填寫的個人資料，依個人資料保護法之規定，皇冠文化集團將對您的個人資料予以保密，並採取必要之安全措施以免資料外洩。您對於您的個人資料可隨時查詢、補充、更正，並得要求將您的個人資料刪除或停止使用。

本人同意皇冠文化集團得使用以下本人之個人資料建立該集團旗下各事業單位之讀者資料庫，做為寄送出版或活動相關資訊、相關廣告，以及與本人連繫之用。本人並同意皇冠文化集團可依據本人之個人資料做成讀者統計資料，在不涉及揭露本人之個人資料下，皇冠文化集團可就該統計資料進行合法地使用以及公布。

☐同意　　☐不同意

我的基本資料

姓名：________________

出生：________ 年 ________ 月 ________ 日　性別：☐男 ☐女

職業：☐學生 ☐軍公教 ☐工 ☐商 ☐服務業

☐家管 ☐自由業 ☐其他 ________________

地址：☐☐☐☐☐ ________________

電話：（家）________________ （公司）________________

手機：________________

e-mail：________________

◎請沿虛線剪開、對摺、裝訂後寄出。

我對【東野圭吾作品集】系列的建議：

寄件人：

地址：□□□□□

北區郵政管理局登
記證北台字1648號
免 貼 郵 票
〔限國內讀者使用〕

105020
台北市敦化北路120巷50號
皇冠文化出版有限公司　收